# 歪打正緣

3

完

畫淺眉 著

風文創 895

風文創
895

# 目錄

# 第二十一章

其實，在魏韞的手遮住她眼睛的瞬間，馮纓已經看見馮澈脫下了最後的那一條褲子。

她沒有隨便看男人身體的愛好，就算是上輩子，最多也只看過網路上那些猛男模特兒的漂亮身材，而這輩子也只摸過魏韞的……

但是馮澈的情況有些不一樣。

馮纓伸手，按了按遮住自己眼睛的那隻手，往下拉，無奈道：「我都看見了。」

魏韞嘆了口氣。「我動作還是慢了。」

馮纓回頭嗔怪地看他一眼，這才重新看向馮澈。

他站在那裡，從脖子到耳朵，滿臉脹紅，兩隻手緊緊握拳，別過臉，強忍著難堪。

「二姊……」馮澈動了動唇，聲音發顫，且是從骨子裡發出的顫抖。「二姊，妳看見了嗎？我……我是個怪物……」

馮纓搖頭。「你哪裡是怪物？」雖然大小看起來是奇怪了點，但最多只能算是身體缺陷，還談不上怪物。

頂多……頂多就是天閹罷了。

馮澈臉上的難堪之色越發嚴重。「姊夫，我、我想借一下二姊。」

魏韞並不攔著，只看了看馮纓，馮纓心下嘆息，主動上前拉過馮澈走到角落的屏風後。

馮澈到底覺得難堪，一面拿衣服遮住自己，一面不得不在二姊面前露出令他難堪了二十多年的地方——

那是女人才有的器官！

而這個器官，就那麼完整地出現在一個二十出頭，正值最好年華的青年身上……

「快穿上，別著涼了。」馮纓臉色凝重。

馮澈背過身，聽話地把褲子穿了回去，然後亦步亦趨地跟著她走回到魏韞身旁。

「你的身體不可能是這幾年才發生變化的，所以，你母親一直都知道你的情況是不是？」馮纓好不容易才壓下心頭的怒火。「你這樣……她還逼著你要你娶妻生子？」

馮澈低下頭。

魏韞抬手攥了攥馮纓的衣袖。「怎麼了？」

馮纓咬牙，將馮澈的情況說了一遍。她不敢說得太詳細，但儘管說得含糊，以魏韞的聰明，還是當即明白過來。

「從前不是沒有過這種事，只是的確不好讓外人知曉，畢竟不是所有人都能接受得了這種情況。」魏韞安慰道：「忠義伯可知曉？」

馮澈搖頭。

「你母親連枕邊人都瞞著，看來這些年實在是辛苦了。」馮纓忍不住譏諷道。

她不是衝著馮澈發脾氣，而是一想到他這些年是怎麼帶著這個秘密過下來的，就從心底對祝氏生出更多的惱怒和厭惡。

她一下子就能猜到祝氏這個打算是為了什麼。

不就是為了有個兒子，能好好霸住家裡正妻的位置，免得馮奚言那些鶯鶯燕燕生出個兒子來，日後霸占忠義伯府的家產。

馮澈自小聰穎，得諸多長輩和先生看重，馮奚言對這個兒子也是情理之中的疼愛，但他顯然不知道兒子身上究竟藏什麼重要的秘密。

「我……偷偷找過大夫，大夫說我的身體……十有八九是因為母親在懷孕的時候吃了太多的藥導致的。」

馮澈痛苦地抱著頭，把身體蜷縮起來。

「大夫說，他見過好些這樣的人，大多、大多都是婦人為了生兒子，於是在懷孕期間拚命吃一些遊方大夫開的、據說包生兒子的藥方……如果本就是兒子，生下來可能身體羸弱，壽數不長；如果是、如果是女兒，就可能成為像我這樣的……怪物……」

馮澈失態得很，到後面再也忍不住哭出聲來了。

馮纓咬牙。「你母親……算了，現在埋怨她也沒用了，我算是明白她為什麼把馮昭當做寶貝，恨不能捧在手心裡了。」

她頓了頓。「那……你手腕上的傷，是什麼時候割的？」

「十二歲……」

「因為發現自己和別人不一樣？」

「是……」

馮纓看了看魏韞，後者拍拍她的手背，問道：「你不願意成親？」

「我這樣的身體，怎麼成親？」馮澈苦笑，眼角還流著淚。「我這樣的怪物，到底算男人，還是女人？我難道真的要雌、雌伏在別人的身下？」

魏韞盯著他看了一會兒，搖了搖頭。「你既然不怕死，為什麼不靠著這股意念，想著如何繼續活下去？」

「不……不可能的，我活一天，父親就會想方設法地讓我娶妻生子；如果我死了，家裡還有弟弟，不怕忠義伯府後繼無人，而且……也不用害怕哪一天，我的秘密被人發現，被傳得到處皆知，然後……然後讓忠義伯府蒙羞。」

「你到現在還為他們著想什麼？你問問自己，這麼多年下來，那對夫妻倆有沒有為你考慮過一丁半點？」馮纓一字一句地說。

為了生兒子，祝氏枉費自己作為親娘的責任，硬是吃下那些有害身體的藥，導致馮澈一出生就擁有這樣一副殘缺之身，直到他長大成人，始終自私地對外隱瞞他的秘密。

不僅如此，她還想逼馮澈娶妻生子，為她生個嫡親的孫子延續香火，繼承家業；而身為親爹的馮奚言更是不可取！嘴上說著對祝氏是真愛，言行舉止上卻半分不沾邊。

但凡對兒子多一點關心，也不至於二十三年來都不知道自己的兒子，竟然身上有恙。

馮澈徹底慌了。「二姊……」

「三兒，你知道我至今做過最高興，並且不後悔的決定是什麼嗎？」馮纓笑了起來。「是五歲那年，從嬤嬤手裡逃出去找阿兄討零嘴吃。」

馮澤離家的時候，她還很小，儘管是穿書過來，仍抵擋不住嬰孩的天性，整日裡只知道吃睡。

等她能長時間思考人生時，已經是一兩年以後的事。她太清楚馮奚言和祝氏是怎樣對待自己的，所以下定決心要為自己找一條出路，並聯想到書裡一筆帶過的女將軍，某天得知馮澤回京的消息，就想盡辦法從守著她、有意阻攔他們兄妹相見的嬤嬤看管下逃了出去，這才見到了她同父同母的親哥哥。

「三兒，除了尋死，你想做什麼，二姊都支持你。」馮纓抱膝蹲下，和馮澈平視。「你二姊呢，雖然只會打打殺殺，也不聰明，但是你二姊夫有顆聰明的腦袋，我們會幫你的。」

她知道，馮澈此時如果回去，多半是逃不掉一頓打的。

馮奚言雖然對這個兒子寄予厚望，可更喜歡到手的財富，他要脅胡雙華圖的是美色，現在又得到金子，勢必更加護著她。

「別擔心，你二姊我名下還有些房子，你若是想從伯府搬出去，我就把房子借你住，看你要修身還是養性都隨你，以後想成親還是獨自過活也隨你，若是一個人覺得寂寞了，要收養個孩子也行，最好能教養孩子做個正直孝順的人，給你養老送終。」

馮纓與馮澈之間從來就沒有利益衝突，對馮纓來說，這個弟弟也向來十分乖巧懂事，如果是嫡親弟弟自然更好，不過這倒也沒什麼影響，她幫自己的弟弟本是應該的。

就像魏韞，他會在能力範圍內幫助魏家那些堂兄弟，她也會如此。

馮澈低垂著頭，一言不發。

馮纓伸出手，揉揉他的頭。「三兒，你好好活著，二姊和你二姊夫都能罩著你，要是死了，可就什麼都沒了。」

馮澈不說話，馮纓拿胳膊撞了撞他。

「等以後有機會，我帶你去河西，到了那裡你就知道，不管身體上有什麼殘缺，甚至是當了寡婦鰥夫都不要緊，人活著才是真的，對了，我還可以順便帶你去獵狼！你知道嗎？頭狼最難打，可如果誰打到了頭狼，全河西的人都會拿他當英雄，連關外的人也是。」

這時長星突然進門來，同魏韞附耳說了幾句話。

馮纓看了看他們主僕二人。「怎麼了？」

「沒什麼，說已經給三公子收拾好廂房了。」魏韞道：「早些休息吧，睡一覺過後，身心都能舒服一些。」

馮纓到底不放心馮澈，親自送他去了廂房，非要盯著人躺到床上睡著了，這才回自己的寢室。

等她回來，進了裡屋，只見魏韞已經換過衣裳，靠坐在窗下小榻上，手裡捧著書，正翻過一頁。

馮纓怕打擾了他，輕下腳步進門，可惜，才走了兩步，那頭看書的男人已經抬起頭來，神色溫柔地望向她。

「睡了？」

「睡了。」

知道魏韞問的是馮澈，馮纓點了點頭。

魏韞放下書，在榻邊坐好，好整以暇地看著她。「馮澈的事，妳打算怎麼辦？」

馮纓挨著人坐下，聞聲眨了眨眼。

他屈指，彈了下她的腦門。「他是妳弟弟。」

「我知道呢。」馮纓摸了摸額頭，靠上他的肩膀。「我會幫他的，先讓他好好睡一覺，睡醒了我再問問。他現在情緒不穩，我不能亂了他的主意。」

在馮纓看來，馮澈的生活已是極好，至少在平京城中，像他這般年輕有為的青年並不多見。即便是世家子弟中，也有太多的紈袴惹人頭疼。

不過馮澈的秘密，早晚會藏不住的。

怪不得他之前會問她後不後悔當女人，當女人是不是一件很麻煩的事。

因為自始至終，他的性別都發生了錯誤。

他原本……可能是個女人。

但生養他的那個人，更喜歡他是個男人，一個能繼承家業、光宗耀祖的男人。

「不管他是怎麼想的，有我們給他當靠山就行。」

馮纓已經決定了自己的立場，魏韞頷首。

馮纓往他肩頭蹭了蹭。「今次沒能看到螢火蟲，等明日陪他回忠義伯府，螢火蟲只怕就要等下次了。」

她重重嘆了口氣。

片刻後，魏韞忽而抬手拉了她一把，馮纓順勢轉了個身，坐上了他的膝頭，男人的大手下一瞬扶在她的腰上。

馮纓睜大眼，不解地看他。

「妳想看螢火蟲，我讓人抓了一些回來。」魏韞揉捏她的腰，鼻頭貼著鼻頭，低聲笑道：「妳去把蠟燭吹熄了。」

吹蠟燭？

馮纓皺了皺鼻子，聽話地從他腿上下來。屋裡屋外點了好些蠟燭，她一根根地吹熄了。聞著鼻端的燭火味，馮纓轉過身。「都吹滅了，我瞧不……」

她話音未落，便見屋內有一星子綠光慢慢飛了起來，然後兩個、三個……數不清的瑩瑩綠光在屋裡成群飛舞，輕輕悠悠的，像一盞盞小燈。

馮纓呆呆地站著，看著螢光由遠及近，又從鼻尖飛過，飄飄忽忽地飛去別處，好像……一伸手就能搆到這片從天上灑下來的點點繁星。

真好看……

馮纓說不出話來，想到這一切都是男人特意準備的，一時間心中千迴百轉。

「星河」之中，她只能隱約看見站在小榻邊上的男人。

她穿過「星河」，咬了咬唇，幾個小步之後撲進了男人的懷裡。

魏韞抱住人，下意識往後退了兩步，正要低斥她胡鬧，臉頰忽地被人捧住，緊接著被人吻住了唇瓣。

有螢火蟲輕輕盈盈的落在她的臉頰上。

魏韞看著，回過神來，閉上了眼，將人緊緊揉進自己的懷裡。

第二日清晨，用過早膳，馮澈便主動提出要回忠義伯府。

馮纓欣然應下，轉頭讓長星、渡雲套好馬車。用過早膳後，魏韞也隨姊弟倆一道上了車，嘴上不忘吩咐馮纓記得帶上女衛。

馬車很快到了城門口，又慢慢悠悠去到忠義伯府。

姊弟倆下了馬車，門房見了他們，趕緊迎上來，說道：「三公子，您可回來了，老爺氣了一天了，夫人派人到處找都不見公子，您要是再不回來，夫人可就要去京兆尹府了！」

門房說完，突然又覺得自己說得有點不對頭。「老爺其實也很擔心公子的，只是還在氣頭上，公子回去認個錯，也就沒什麼事了。」

馮纓邁過門檻，聞聲便語氣不溫不火的問道：「三公子不見了蹤影，伯爺沒有派人出去找過嗎？」

門房遲疑了一下，見馮澈已經走在了前頭，這邊只有馮纓一行人，到底還是苦著臉說了實話。「二姑娘快別說了，要是叫三公子聽見，心底可得難過了。」

他看了看左右，討好道：「姑娘也知道，老爺一貫是個偏心眼兒的，這點咱們忠義伯府上上下下誰都看得出來，可老爺哪會承認這個，從前三公子出生，老爺偏疼三公子，後來有了十公子、十一公子，三公子就不知被排到了哪裡去，現在來了位胡姨娘，老爺恨不能把人捧在手心裡。」

門房說完，又皺了下眉。「老爺陪了胡姨娘一整晚，夫人讓芳姨娘過去拉人，芳姨娘不肯，就差使老爺前幾日才看上的一個丫鬟過去喊人，結果那丫鬟被胡姨娘狠狠羞辱了一頓，回來就差點投繯自盡。」

馮纓聽著，輕笑了一聲，門房說道：「二姑娘可別笑了，等會兒若是老爺發了脾氣，姑娘且忍著些，別鬧得太難看了。」

馮纓不溫不火的說道：「行啦！你肯說這麼多已經不錯了，這勸人的話就別說了。」

她想了想，讓碧光給門房塞了一塊碎銀子，說道：「等會兒要是有什麼動靜，你看著點，別叫三公子受了委屈。」

門房愣了愣，捏著銀子滿臉不解。

馮澈走在最前頭，因為跟門房說話的關係，馮纓自然被落在了後面。等他們夫妻倆往前走，隔得老遠就聽到裡面大吵大鬧的聲音。

女衛先過去探了探情況，不一會兒便返回。

「在吵什麼？」

「伯爺撞見三公子了，知曉三公子昨日去了山莊，身邊沒帶人，也沒人回來傳信，正發著脾氣，夫人聽著聲音出來，在旁邊又哭又鬧，沒多會兒，胡家那位姑娘也出來了。」

馮纓笑了笑。「那還真是熱鬧。」

她還沒笑完，後腦勺被人輕輕敲了兩下，回過頭，魏韞看著她。「妳當是來看熱鬧的？」

當然不是來看熱鬧的。

馮纓摸摸鼻尖。

馮澈回忠義伯府又不是為了來挨罵的，她也沒打算讓馮澈回來受委屈。這父訓子，說上一兩句也就罷了，就這個熱鬧程度，估摸著是打算把火都發在他身上了。

出了院子，吵鬧的聲音就更大了，祝氏的號哭聲極為尖銳，一聲聲的傳過來，刺得馮纓耳朵直疼，就連魏韞都不禁皺了皺眉。

到了前院，就見眾人都不在屋裡，一個個的站在院子裡，你吵我勸，你罵我哭，只馮澈和胡雙華兩個人，一個沈默不語，一個冷臉傲視，都沒有說上一句話。

祝氏已經把能砸的都砸了，腳邊有好些花盆的碎片，鮮嫩的花被踩在腳底下，來回幾下就沒了樣子。

而馮澈，應該是挨了一巴掌，今早還乾乾淨淨的臉上，又高高的腫起，看著就叫人覺得疼。

馮奚言才不管祝氏的號哭。他是個濫情的主，雖然從前向著祝氏，髮妻一死，就巴巴地把人討進門來，可等美嬌娘成了黃臉婆，眼前又有了更漂亮的，也就把人丟到一邊了。

之前發現祝氏把娘家姪女接到身邊，還去找馮纓想辦法把那祝雲岫也塞進宮裡的事情，夫妻倆已經鬧過一回。那會兒祝氏梨花帶雨，說自己當年是如何辛苦，兄弟是如何幫扶，馮奚言一時愧疚，便把這事就這麼過了。

可這次，馮澈欺辱胡雙華，馮奚言可是氣壞了，他一走，馮奚言的火直接就都發洩到了祝氏的身上。

馮纓又往屋裡看了眼。

桌子椅子都翻了，還有不少碎瓷片，應當是從裡頭一路吵到了院子裡。

衛姨娘灰頭土臉的，緊緊摟抱住祝氏。「老爺，有話好好說，三公子才回來，您別再把人嚇跑了！夫人，夫人消消火！」

衛姨娘喊完，祝氏跟著一邊抹眼淚一邊哭喊道：「沒我們娘兒倆活的地方了，還是死了算了，死了都比現在強啊！我兒是什麼性子，老爺你怎麼會不清楚！我兒怎麼會去碰那個賤女人！」

馮纓聽著衛姨娘的喊聲，差點沒忍住笑出來，好在邊上還有魏韞看著她，她忙斂去唇邊笑意，走了過去。

「父親，母親。」

她喊了一聲，魏韞一旁行禮。

祝氏一見她，瞪圓了眼睛，哭聲越發淒厲尖銳。「妳是故意要看我們娘兒倆丟臉是不是？妳做了什麼讓澈兒一出事就跑出去找妳，現在還特意把他送回來，害他被打被罵！」

「母親何必把火氣撒在二姊的身上！」

馮澈看著祝氏一副潑婦樣，衝著馮纓又是罵又是喊，一改平日裡和顏悅色的模樣，當下就拔高聲音打斷了她的話。

祝氏氣得直喘氣。「你幫她說話？你居然幫她說話？我是你娘，你親娘！」

馮澈冷著臉。「二姊也是我親姊。」

「這裡沒你說話的分！」馮奚言更生氣了，揚手就要去打馮澈。

魏韞上前攔了一把，道：「忠義伯消氣。」

「消氣？消什麼氣？」胡雙華出聲，聲音透著委屈。「我平白受了委屈，竟是連做主的人都沒了不成？也對，你們是父子，是母子，是父女，是真真正正一家人，我算什麼東西，就是個外人。」

祝氏喊道：「妳個賤人，我是看妳可憐才准妳進家門，喝妳敬的茶拿妳當姊妹看！妳裝模作樣倒是厲害，一轉頭就誣陷我兒子欺負妳！馮奚言，你個殺千刀的，為了三箱金子和一個可以害死你全家的女人，你居然連我們母子倆都不要了！沒活頭了，還不如死了算了！」

馮纓低頭，輕聲說了一句。「母親若是死了，父親只怕轉頭就要把人扶正。」

她這聲音不重，將將能叫他們夫妻倆聽見。

說實話，馮奚言就是再怎麼昏頭，也不會真讓祝氏去死，然後將胡雙華扶正。胡家就要流配，胡雙華已經是逃犯，他馮奚言膽大包天敢把人帶回家，那是打定主意不讓人往外露臉的。

所以，就算祝氏真自盡了，忠義伯府要再立一位伯夫人，也得要一年後，從那些小世家或者官家正正經經娶進門來。

胡雙華，這輩子都要被馮奚言藏在家裡不讓外人知曉。

馮奚言氣得跺腳，喝斥道：「說什麼渾話！」說完了，搖頭對馮澈說道：「你看看你，你現在像什麼樣子？目無尊長，你那些書都讀到狗肚子裡去了？真是要氣死我啊！」

馮澈不說話。

魏韞像是突然想起什麼，開口道：「三公子在翰林院一向踏實做事，前幾日太子殿下還曾同我提起，說是想將三公子調入東宮崇文館。」
魏韞說著，看向馮奚言。「伯爺，太子極看重三公子，三公子往後會有大作為的。」
「這……太子真這麼說？」馮奚言被他的話說得忍不住滿臉欣喜。到底是兒子好，有了出息，日後就能連帶著整個忠義伯府前程似錦……
「老爺。」
胡雙華突然嬌嗔了一聲。
馮奚言打了個哆嗦，立即變了臉色。「澈兒！不管你有沒有得太子看重，這都不是你不敬尊長的理由，你還不快些給胡姨娘道歉！」
「道什麼歉？」馮纓嗆聲道：「胡雙華說三兒欺負了她，三兒就一定真欺負她了？」
祝氏差點扯開嗓子就要摻合著罵罵咧咧，衛姨娘把人拉開，耳語了幾句，她這才安靜下來。
馮奚言皺眉。「妳胡說八道些什麼！還有，叫她胡姨娘，別亂喊人名諱！」
胡雙華挽住馮奚言的胳膊，半張臉埋在他的臂膀上。「老爺，清平縣主這是不樂意喊妾身姨娘呢。」
馮奚言一張老臉漲得通紅，這時候面子比天大，當即就吼了起來。「妳別仗著身分就亂來！妳弟鬧了這麼大的事，怎麼就不能道歉了？他居然敢欺負他的姨娘，我看他簡直就是腦子壞了！」

「證據呢？」馮纓質問道：「三兒要是看上個人，只怕母親早就風風火火地去提親了，還用得上骯髒的手段去欺負？再者說，縣老爺斷案還得人證物證俱全才行，父親怎麼就認定三兒錯了？」

「他……」

「是父親親眼所見，還是他人口述？」

「我……」

「人證何在？人證可有見著三兒如何欺負胡、姨娘的？」

「當……」

「若三、馮澈當真胡來，只要證據確鑿，父親，我會親自押送他去見官！」

「可不能見官！」

幾乎是同時，馮奚言、祝氏、胡雙華異口同聲地喊了起來。

馮奚言只是一時上頭，認為自己不過就是教訓一下不聽話的兒子，其他的還真沒別的什麼想法。畢竟，長子遠在河西，早就注定不會繼承忠義伯府，三個小兒子要麼愚鈍，要麼還看不出資質，這要是真把馮澈送去牢房裡……

「不能送，千萬不能送。回頭要是叫外人知道了，咱們家的臉就丟光了！」馮奚言狂擺手。

馮纓哭笑不得。「父親，你不擔心胡姨娘的事敗露連累全家，只擔心三兒進牢房給家裡丟臉？」

祝氏趁著衛姨娘愣神的工夫，掙脫開，衝上去就抱住馮澈，衝著馮奚言又哭又鬧。「老爺，澈兒可是你兒子，你不能害了他！都是這個女人的錯，都是她的錯！」

「母親。」

就在馮纓被祝氏吵得頭疼，只能找魏韞給安撫的時候，馮澈推開了祝氏的懷抱，聲音波瀾不驚。

「造成今天這種局面的，不該是您嗎？」

祝氏愣住。

馮纓循聲回頭，一個箭步上前，按住了馮澈放在腰帶上的手。「你又想大庭廣眾下解衣裳？別胡鬧。」

「不是胡鬧。」馮澈搖頭。「二姊，妳說得對，我的事早晚瞞不住，不如早些解決了，這樣才對誰都好。」

他說得認真，馮纓沈默，往後退了一步。

祝氏彷彿意識到了什麼，在馮澈準備解開腰帶的一瞬，尖叫著撲了上去。

祝氏的反應叫馮奚言身上竄起一陣麻嗖嗖的感覺，腦子裡轟隆一聲，也不知是不是被剛才一連串的嗆聲刺激到了，總之一下子勃然大怒。

「說！你們娘兒倆瞞了我什麼事？」

馮奚言心如擂鼓，要不是身邊還站著胡雙華，他得撐著不能露怯，要不早氣得倒下去。

「沒有，沒有！」祝氏瘋狂擺手。

「父親，這裡不是好地方。」馮纓嘆了口氣。「父親不如去找位嬤嬤，進屋裡再說。」

「馮纓！妳果然是故意來害我們母子的對不對？妳就是來討債的，妳是來報復我害妳……」

祝氏的聲音突然拔高，馮奚言被嚇得一激靈，當下推開胡雙華，指著幾個下人就喊：「還不把府裡的老嬤嬤叫過來！」

老嬤嬤很快就被找了過來，祝氏還想攔，馮奚言直接上手就是一巴掌。

魏韞不贊同地皺起眉頭。「伯爺的脾氣委實不太好。」

馮纓低聲道：「一個願打一個願挨，聽梅姨娘說，他對我娘也會如此，一開始他還顧忌我娘是盛家的女兒，又是郡主，背後有皇帝表舅護著，不敢動手。後來娶了祝氏，濃情密意過去之後，就開始三句話不和動手打人了。」

馮纓抿唇，見胡雙華竟然打算跟著馮奚言進屋，上前一步，一把把人拽了回來。

「妳幹什麼？」胡雙華掙扎了下，沒能掙脫開馮纓的手。「妳弄疼我了！」

「這算什麼疼。」

馮纓低笑，拽過胡雙華，在她耳邊道：「你們胡家的男人野心勃勃，將女人充作工具，處處利用。如今，妳知不知道妳那些姊妹們都是個什麼下場？」

胡雙華不寒而慄。

「我不知道妳怎麼逃出來的，但我勸妳安分點，別欺負到我的人頭上。」

馮纓鬆開手，聽著屋裡傳出的怒吼，轉身往裡走。

魏韞落後兩步，胡雙華像是突然有了膽子，往前一步，張開雙臂攔住他。

「你、你就這麼看著她欺負我？」胡雙華兩眼通紅。「長公子，你怎麼能放任她這麼欺負我？明明是我受了委屈，憑什麼……」

魏韞不語。

馮纓已經從前頭又繞了回來，腳一踮，毫不客氣地摟過魏韞的脖子，在他唇上大大方方地親了一口。

親完了，她一回頭，衝著胡雙華抬了抬下巴。

「胡姨娘，以妳現在的身分，勸妳就別吃著碗裡的還想著鍋裡的，不過等會兒，碗裡的那點肉，只怕也不會讓妳再惦記了，到時候，妳就是偷雞不成還蝕把米。」

馮纓沒再管胡雙華的反應。只要她別再攔著魏韞，別想從別人的男人身上求什麼安慰，她幹什麼馮纓都不在意。

屋裡，馮奚言在怒吼，間或還有祝氏的號哭。

馮纓和魏韞走進門，就見祝氏竄了過來，伸手要去拉她的胳膊，魏韞手一伸，攬住馮纓的腰，把人往邊上帶了帶，祝氏當即撲空，狼狽地摔倒在地上。

「父親。」馮纓只是淡淡看了祝氏一眼，很快收回視線。「父親還是別氣壞了身體。」她一邊說，一邊往前走。

馮澈跪在地上，身上的衣裳鬆鬆垮垮的，但穿得還算完整。馮奚言站不住，靠坐在椅背上，胸膛起伏不斷，大口大口地喘著粗氣。

「這事，妳什麼時候知道的？」馮奚言問。

「不早，就在昨晚。」馮纓答，順便偷偷拿腳尖踢了踢馮澈的小腿，等人踉蹌地站起身，她又不慌不忙地往前擋了擋。

馮奚言抹了把臉。「所以，妳才一直強調證據。妳知道妳三弟不可能對胡……那個女人做什麼。」

「父親，我和大哥離家很多年，我們是什麼脾氣性格你可能不大了解，但是三兒是在你身邊長大的，在那時候又是你最疼愛的孩子，你不可能不清楚他是什麼性格。所以，就算三兒的身體沒有問題，那種事他也不可能去做。」

馮奚言一口氣頂上來，差點噎住。

馮纓笑笑。「父親，有些大道理我不會說。所以，我讓含光和你說說，聽完了，父親再想想要不要為了一個女人，連累整個忠義伯府吧。」

馮奚言下意識看向魏韞。

太子身邊的紅人，馮奚言多少還是信服他的話的。

馮纓也正是因為如此，所以有意給魏韞安排了這個任務，說什麼都得把一些道理和他說清楚了，免得將來禍害人。

魏韞臉上不動聲色，溫聲將窩藏胡雙華的利弊都同馮奚言說了一遍。

其實哪來的利？唯一的好處大約就是那三箱對忠義伯府來說十分重要的金子，但最嚴重的還是欺君之罪。

馮奚言不是不懂。

他能離開老家那種窮鄉僻壤之地，又是得了功名，又是有了爵位，就分明不是個死蠢的。

只是這人一貫是個眼界淺的，不然也不會出那麼多事。

這頭魏韞才將道理掰碎了給馮奚言說清楚，後頭等他們夫妻倆回不語閣暫時小歇，胡雙華便又竄到了馮奚言的身邊。

她身邊，連個伺候人的丫鬟也沒帶，就一個人，一副要哭的樣子，拉住馮奚言的胳膊，拽著他的袖子哭訴道：「老爺，是我誤會三公子了……都是我的錯……你不知道我這些日子過得有多難受……我好不容易才得老爺庇護，家裡人都在牢裡，很快就要被流配了，我多害怕啊！

「都是我的錯……我太害怕了，所以誤會了三公子……老爺，您可千萬別把我送出去……我只有您了老爺……」

胡雙華到底是胡家這些年來精心養大的姑娘，性子略有些刁蠻和傲氣也在情理之中。她有時候還懂得示弱，梨花帶雨，那麼嬌滴滴的一哭，總叫人心疼。

馮奚言身邊來來去去那麼多女人，還是很吃胡雙華這一套的。

馮奚言從她的手裡把胳膊抽出來，說道：「這事還真是妳錯了。要不是妳這一通鬧，纓娘也不會替她弟弟出頭，跑回來給他撐場面。」

胡雙華一聽，當即再撲上去，扒住馮奚言的前襟，哭訴說道：「是我錯了，是我太害怕所以想多了，還以為三公子是要欺負我……可我也不知道三公子竟然是個怪物啊！老爺，說到底，這都是夫人的錯，要不是夫人瞞著這事，老爺也不會現在才知道！」

胡雙華一哭，身子一扭，胸前兩團來回蹭過馮奚言，只叫人身下生火，口乾舌燥。

再聽她的話，馮奚言連聲應和。「對，都是祝素婉那個賤人的錯！那個小怪物就是她生的，生出來之後還瞞著我！我說怎麼這幾年每次提到要給那小怪物相看，她都一副要吐的樣子……」

馮奚言越想越氣憤，隨口安撫了胡雙華兩句，轉過身就要去找祝氏的麻煩。

不語閣。

馮纓懶懶地趴在魏韞的腿上，無所事事地把玩他的手指。魏韞低眉含笑，微微俯身，在她耳邊落下一吻。

馮纓索性轉了個身，夫妻倆你親我一口，我親你一口，鼻尖擦著鼻尖，玩得不亦樂乎。

他倆也沒打算在忠義伯府待多久，這會兒正等著馮澈做好決定過來說事，碧光此時走進屋來，臉頰上隱約還帶了道血印，紅紅的，似乎腫了起來。

馮纓一看見，登時從魏韞的腿上爬了起來，皺眉道：「怎麼回事？」

碧光眼眶紅紅，沒哭，忍著道：「是繼夫人，夫人跟瘋了似的，在前面又打又砸的，要來找姑娘的晦氣。」

馮纓眉頭一皺，大抵是因為他倆方才在玩鬧，所以沒注意到前頭院子裡的動靜。

這會兒碧光話音一落，果真就聽見了院子裡的吵鬧聲。

馮纓當即就要往外頭去，被魏韞拉住了。「別急，妳先幫碧光上藥，我出去看看。」

魏韞從屋裡走出去，瞧見了祝氏，她帶著幾個丫鬟婆子站在院子裡，見人出來，尖聲說道：「哎喲喂，我們的姑爺出來了，我們二姑娘呢？怎麼不見二姑娘跟著出來啊？」

她說著，面前幾個女衛擋著，她不敢動，嘴裡卻膽大得很，罵罵咧咧。「你們夫妻倆年紀輕，可得看仔細了，身邊養的這些阿貓阿狗要是不看牢，傷了誰，就不好說了。」

魏韞跨前一步。「夫人說得是。只是她們都是纓娘身邊的女衛，是陛下都曾召見過的精兵，夫人的擔心有些多餘了。」

「哎喲，哎喲！我的擔心多餘了？魏長公子，你還不知道你媳婦是個喜歡招惹是非的性子吧？澈兒就是因為她才被人當做怪物的！他的前途都被她毀了！」

魏韞聽她一個勁兒的謾罵，眉頭緊緊皺了起來。

「讓馮三公子變成現在這樣子的人，難道不是夫人妳嗎？」他不客氣地打斷祝氏的話。「夫人難道忘記自己在生下三公子前，都吃過什麼藥了？三公子不是怪物，纓娘也從不招惹是非，夫人把所有的錯都往別人身上推，看來是絲毫不覺得自己有錯了。」

祝氏瞪大了眼睛，一時間說不出話來。

她倒是想起了自己有身子的時候吃過的藥。

祝家也就是個鄉紳，沒那麼多見識，她好不容易重新遇到馮奚言，恨不能立馬生下個兒子，把人套牢了。

那些藥是祝家找來的，說是吃了之後包准生兒子。她照著量吃，吃完了就讓家裡人再去找，找來繼續吃，一直……一直吃到了孩子出生。

然後……她看到了一個怪物……

一個既是兒子，又是女兒的……怪物……

「我沒有做錯！」祝氏回過神來，狠狠的瞪了魏韞一眼，咬牙切齒的罵道：「我什麼都沒做，他原本就是個怪物！馮纓如果聰明，就應該幫那個小怪物把真相瞞住，而不是像現在這樣把事情血淋淋地翻開，讓大家都不好過！」

祝氏說罷，甩頭就要走，卻發現院子那頭，馮澈不知什麼時候站在那裡，就那樣沈默地看著她，也不知聽到了多少，但那句「小怪物」一定是聽清楚了。

「如果三兒是怪物，那妳是什麼？」

馮纓一直待在屋裡，可院子裡的聲音她一句沒漏，都聽在了耳裡。

她一腳邁過門檻，當下幾步走到魏韞身邊，又走了幾步，一手拉過魏韞，一手拽過馮澈，扭頭丟下話。

「既然妳嫌棄妳兒子，覺得他是個怪物，那從今往後，他就只是我弟弟，跟妳沒關係了！」

她拉著人，大步往外走，迎面就遇上了正匆匆趕來的馮奚言。

「纓娘，妳這是要幹什麼？」

「父親還是問問母親，問她究竟都說了什麼，做了什麼吧！」

馮纓帶走馮澈後，祝氏好像和馮奚言大鬧了一場，梅姨娘帶著芳姨娘喜孜孜地出外吃茶看戲，偶然碰上馮纓，便將他們夫妻倆鬧的事添油加醋說上一頓。

馮奚言把所有的事都怪到了祝氏頭上，夫妻倆從屋裡打到屋外，又從屋外打到屋裡。丫鬟們不敢去外頭喊人救命，都嚇得躲了起來，一直等到夫妻倆打夠了，這才鑽出來伺候。

梅姨娘還說，馮奚言甚至動手打了小十，就連祝氏讓人找來當救兵的馮蔻，都被趕了出去。

不過最叫梅姨娘高興的，是馮奚言從祝氏手裡拿回來的掌家權，交到了她的手裡。

馮纓心裡清楚，馮奚言這人太容易被旁人影響，不過他們夫妻倆走之前說過的話，或多或少還是在他心裡留了點痕跡，所以再怎樣，他也還記得不能讓外人發現胡雙華，這才有了梅姨娘代為掌家的事。

祝氏在那之後就沒了消息，聽說是被禁足，關在她自己的院子裡。

當然，祝氏要是真能老老實實待著，那就不是她了。

過沒幾天，祝氏果然又開始不消停了，東街瓊花樓裡有位正經入籍的花娘贖期將近，放了消息要找人家，讓剛得了三箱金子、手裡寬裕得很的馮奚言當下就有了要給那花娘贖身的意願。

他又不是個能藏得住事的人，於是很快，全城的人都知道，忠義伯又想納妾了。

這消息，很快就叫祝氏知道了。於是忠義伯府又叫外人看了好幾天的熱鬧，可到底還是讓馮奚言風風光光、得意洋洋地砸錢為那花娘贖了身，只等著黃道吉日把人抬進門納了。

馮纓從阿索娜的酒壚回來，把一身的酒氣洗去，又換了一身衣裳，找來碧光，問道：「三公子那把東西都送去了嗎？」

碧光回道：「換洗的衣物和一些乾糧都已經送過去了。」

馮纓點了一下頭，又道：「去倉庫看看有什麼東西能當禮物的，回頭送去忠義伯府。」

「忠義伯府？」

馮纓喝了口冰鎮酸梅湯。「對，去道喜，當然要送點禮物，咱們家那位伯爺過幾日又要納小了。」

碧光噎住。

想想忠義伯府的後院裡，如今都養著幾位姨娘了，這再納一位，雖然說多不多，可說少也是真的不少。

外人都是怎麼評價忠義伯的？

踩中狗屎運才得了爵位，又厚著臉皮娶了和靜郡主。結果升官發財死老婆，前一個沒有，後兩個全得，很快就娶了新人，緊接著接二連三地納妾。

這麼多年過去了，官職不升反降，最後只剩下個有名無實的爵位，外面的女人倒是換了一個又一個，分明就是個廢物色胚。

這些言論，馮纓在外頭走動的時候沒少聽見，就是魏府，岳氏也時不時拿著這個去刺一刺她。

可她絲毫沒放在心上，就連賀禮都讓碧光隨便從倉庫裡挑上一二，也就算是上心了。

相比而言，她更留心盛家三房小表妹的及笄。

# 第二十二章

八月初六，盛家三房盛小妹及笄。

小姑娘是三房和馮纓同輩的弟弟妹妹中，年紀最小的一個。去年定了人家，只等著今年過了及笄就出嫁。

馮纓挑給她的禮物，是前些日子大哥馮澤從承北送來的一支簪子。羌人的手藝，赤金鑲寶珠，嵌著一朵並蒂石榴花，紅彤彤的，一看就是用了極好的紅寶石。

盛家三房在平京城裡一貫低調，便是么女及笄也沒有大肆宴請，請來的都是家裡的親朋好友、左鄰右舍。

馮纓和魏韞夫婦倆自然就在其中。

「表姊，妳同姊夫感情真好。」

禮過，一群小姑娘們湊到一處，先是嘰嘰喳喳羨慕盛小妹頭上的簪子，再是好奇地看那頭魏韞不時讓人將馮纓愛吃的茶果點心送過來，滿臉驚訝，盛小妹到底同馮纓關係更親近些，當下就開了口。

盛三夫人哭笑不得，抬手就在她腦殼上敲了一下。「說什麼呢，小心叫妳三哥聽見了罰妳回頭蹲馬步。」一面說，一面又捏了捏她的臉。「下個月就嫁人了，做什麼現在去羨慕妳纓表姊？」

盛小妹嘟了嘴。「我就是羨慕嘛。妳看表姊夫，被三哥拉去說話都不忘給表姊送好吃好喝的，萬一那臭書呆不知道疼人怎麼辦？」

她嘴裡說的臭書呆，就是她要嫁的那個未婚夫。

「書呆也有書呆的好，起碼以後不會像妳三哥那樣，動輒就罰妳蹲馬步不是？」馮纓笑，捧著小妹的臉一頓搓揉。「不過呢，妳要當心一件事。我聽妳姊夫說，那書呆最愛讀書抄書，小心妳哪天說錯話做錯事，叫他抓住罰抄書百遍。」

這麼一鬧，大傢伙都笑了起來。

盛家三房的老太太一手一個，把馮纓和小妹都拉到身邊坐下，幾個小姑娘也都跟著在近處坐下，一盤點心妳分我我分妳，樂呵呵地靠在一起。

老太太拉著馮纓的手感慨道：「一眨眼的工夫你們這一輩都長大了，聽說連二房那頭年紀最小的一個，如今也成了親，以後盛家就都要靠你們這一輩人了。」

她摸摸盛小妹。「妳今日及笄，日後就不再是小孩了，遇到事可不能再耍小脾氣躲開，哪怕妳成了親，有了夫婿，真要是遇上什麼困擾，記得回家來，家裡人總是會幫襯妳的……」

老太太上了年紀，一番話絮絮叨叨、翻來覆去的說，馮纓在旁邊聽著，絲毫不覺得煩悶，反倒是幾個小姑娘偷偷妳看看我、我看看妳，笑嘻嘻地撞了撞彼此的胳膊。

盛三夫人屈指敲了敲幾個小姑娘的腦門，道：「再胡鬧，一個個都罰去蹲馬步。」

她話音剛落，馮纓就看見老太太瞇眼笑了起來。

「不蹲馬步，不蹲馬步。」老太太笑道：「咱們盛家的姑娘哪個不是打小跟著父兄練點拳腳功夫的？我看哪，該罰她們抄書才行。」

「祖母！」

小姑娘們頓時圍著老太太不住撒嬌。

大家哈哈笑，馮纓也樂得不能自已。

邊上有位夫人指著她，對盛小妹道：「趁妳纓表姊在，還不趕緊問問怎麼讓夫妻感情和睦？」

盛小妹羞得滿臉通紅。

盛三夫人凝了笑，老太太的嘴角也跟著微微抿了起來。

這話題委實有些過於私密了，馮纓笑笑，並不打算回答。

這話題若是放在私下裡說，倒也無妨，只是如今現下這麼多人，談論這種事就顯得不合時宜了。

總不能讓她笑著回答說，夫妻感情要和睦，就得沒臉沒皮，沒羞沒臊吧？

夫妻該做的事，除了最後一步，還真沒少做。要不是礙著他身上的毒，她肚子裡指不定已經有了個娃娃。馮纓有些害臊地摸了摸鼻尖。

那夫人似乎壓根沒注意到盛家人的反應，還在樂此不疲地道：「妳們這些小姑娘，都得好好跟著家裡長輩們、姊姊們學學，這日後成了親，可得學著抓緊男人，不然男人要是跟著別人跑了，妳哭都來不及……」

一直到開宴，那位夫人都還在試圖把她的那些理論灌輸給盛家的小姑娘們。

馮纓僥倖躲過一劫，挨著魏韞入了席。

她打發了盛家安排的丫鬟，扯了扯魏韞的袖子，低聲對他道：「那位夫人的夫君，你可認得？」

說著，就指了指正拉著另外一對母女不停說話的那位夫人。

魏韞順著她手指的方向看過去。「是鴻臚寺少卿許大人的夫人。」

魏韞從前雖然身體羸弱，可也認得朝中各官吏，自然也記得他們夫人的面孔。

「這位夫人同她夫君的關係如何？」

「許大人畏妻，身邊連伺候的下人都不敢用丫鬟，多是些小廝和婆子。」

馮纓一愣，隨後笑了起來。

「還真的是被夫人抓得緊緊的。」

魏韞低笑。「許大人能言善辯，會多國語言，朝中人皆說日後他會是繼任鴻臚寺卿的不二人選。唯一的弱點，就是懼內。」

「懼內也不是什麼不好的事。」馮纓笑嘻嘻點頭。

盛小妹的及笄禮是在白天，吃完宴席也不過才午後時分。馮纓想著最近街上新出的點心，夫妻倆才出盛家門，便立即坐上馬車讓人往點心鋪趕。

走了不過一小會兒，馬車忽然沒有預兆地停了下來，馮纓靠坐在車廂裡正打著哈欠，猝不及防之下，直接撞進魏韞的懷裡。

魏韞哭笑不得地揉了揉她的額頭，伸手掀開簾子，問：「怎麼回……」

話音未落，就見馬車外女衛胡笳翻身下馬，順便從馬背上抓下一個人來。「姑爺。」

她喊了一聲，馮纓聽見聲音，從魏韞身後探出頭來，望了眼她手裡的人。「這人？」

「二、二姑娘……」

那人顯然被馬顛得受不住了，一落地，壓根站不穩，趴在地上就不停地嘔，連話都說不清楚。

馮纓一頭霧水，看向胡笳。

胡笳答道：「是忠義伯出事了。」

馮纓愣了愣，低頭去看地上的人。

他們動靜太大，周圍行走的百姓中也有停下腳步看熱鬧的。馮纓沒去管那些，擺手讓胡笳把人提起來問話。

那人哀號一聲，總算是能順順暢暢說話了。

「伯爺……伯爺出事了，三公子讓奴才趕緊通知二姑娘，好、好讓二姑娘快些回去！」

馮纓和魏韞對望一眼，繼續問：「說清楚，究竟是出什麼事了？還有，三兒什麼時候回的忠義伯府？」

「是、是伯爺出事後，奴才去翰林院找三公子。」

馮纓皺了皺眉。

那人渾身發顫。「伯爺……伯爺……他們說，伯爺死了，就死在……死在胡姨娘的房裡……」

一隻手伸過來，緊緊地握住馮纓垂在身側的手，十指相扣，把掌心的溫度傳遞過來。

八月盛夏，她卻覺得背脊微涼，兩耳無聲。

片刻後，她回過神來，擰起眉頭。

「到底怎麼回事？」

那人弓著背，搖頭道：「二姑娘，奴才是在三公子院裡伺候的，平日裡只做些粗活，是三公子突然吩咐奴才來給二姑娘報信，除此之外，奴才什麼也不知道。」

馮纓閉一閉眼睛，再睜開時，神色已經如常。「我信你。」她回握住魏韞的手。「我們去忠義伯府看看，我眼皮在跳。」

馮奚言沒了，對她而言不算壞事，可更稱不上是好事。

他雖然有了年紀，可也不是什麼多病的人，好端端的突然沒了，任誰都會覺得這裡頭有不對勁的地方。

而且，這種事馮澈竟然派了自己院裡做粗活的下人來傳消息，這又有些不合規矩。疑點太多了。

馮纓一定神，轉身上了馬車。「去忠義伯府。」

魏韞當即放下簾子，胡笳依舊提著人丟回到馬背上，還沒扯韁繩，就見車廂一側的小窗被推開，馮纓臉色難看，問道：「是什麼時候出的事？」

那人不答。

馮纓看了胡笳一眼，後者應聲，揚手就在那人後腦勺上拍了一巴掌。

那人嗷了一聲。「是、是三天前！」

馮纓沈默。

「先別管出於什麼目的，我們現在要做的，是趕緊去忠義伯府，到了那裡，了解情況，再決定該怎麼做。」魏韞低聲叮囑馮纓。「三公子不是有意要瞞著妳這件事，畢竟傳出去，對忠義伯府的名聲並不好。」

馮纓點頭，之後兩人一路無話，只用了不到一盞茶的時間，馬車就到了忠義伯府。

馮纓很快跳下馬車，眼睛一瞥，就見從馬背上滾下來的那人臉色煞白，見門房匆匆迎了出來，忙趴在地上兩手抱著腦袋裝作誰也沒看見。

門房頭上繫了一條白孝布，面色哀戚，一見馮纓，臉色立馬變了。

「伯爺真的沒了？」馮纓問。

門房點頭。「三天了。夫人把消息壓了整整三天，誰也不准去通知姑娘，要不是今早老太太來了，還不知夫人打算瞞到什麼時候。」

正說話的工夫間，有堆著紙紮、蠟燭等物的板車被拉到門前，拉車的小子還奇怪地抬頭望了望大門，問：「這些東西，是這裡要的嗎？怎麼門口連點白都沒有？」

門房「哎呀」兩聲，見馮纓擺手，忙小跑過去指路。「往那邊去，那邊是側門，有人在那頭等著搬東西。」

馮纓逕自往裡走，眼前一片縞素，平日裡掛著的那些燈籠都被摘了下來，新掛上的白色燈籠被風一吹，搖搖晃晃。

底下設了靈堂，靈前跪了一地披麻戴孝的婦人，其中幾個年紀極輕，身姿也妖妖嬈嬈的，哭靈的時候不忘扭下身子，衝著邊上眨幾下眼。衛姨娘拉著馮昭也跪在靈前，她趴在地上，邊哭邊捶地。

梅姨娘和芳姨娘不見人影，就連馮瑞、馮荔甚至馮凌都不見人。

馮纓往前踏了一步，有人忙過來攔。「你們誰啊？」

說話的人嗓門極大，肩寬背闊，四肢粗壯，一看就是做慣了重活的模樣。

魏韞擋住馮纓，上前道：「我們是忠義伯的女兒女婿，還不知閣下如何稱呼？」

那人愣了愣。「女兒女婿？」他撓撓頭。「哪個女兒，哪個女婿？」

他胳膊上綁著孝布，一看就是同馮奚言沾親帶故，可聽他話裡的意思，似乎是不認得馮奚言都有哪些孩子。

「二姊！」

馮昭看到她，立時叫了一聲，跳起來悶頭就跑，一頭撲進馮纓的懷裡。「二姊，他們是壞人！他們要搶我家的錢！」

馮纓伸手摟過馮昭，聽著衛姨娘越發大聲地哭喊，她抬起頭，看向靈堂，馮奚言的牌位就擺在上頭，周圍來來往往戴著孝布的人裡頭，卻有許多張陌生的臉孔。

她想起第一次見到馮奚言的時候，她才穿到這個書裡的世界。她的身體在發燒，梅姨娘抱著她求到祝氏的面前，想請大夫來看病。祝氏避而不見，再去求馮奚言的時候，她正好睜開了眼。

那個血緣上稱之為父親的男人喝得醉醺醺的，帶著一身酒氣，看也不看她一眼，而是樂陶陶地摸了把小小的馮澈，順便拍了馮澈奶娘的屁股。

後來馮澤從河西回來，得知這唯一的親妹妹被親爹無視，繼母欺負，索性帶著年僅五歲的她返回了河西。

之後的那些年，她的便宜爹幾乎不會往河西送信，不問一聲亡故的原配妻子留下的一雙兒女過得怎麼樣。

一直到馮澈他們兄妹三人到了該成親的年紀，馮奚言才頻繁給他們兄妹寫信，一封封，都在要她回京嫁人。

說什麼必須按照齒序嫁娶，到頭來，馮凝還沒找到人家，馮蔻已經先做了皇子的姬妾，說到底，不過就是一個「利」字。

所以，要說什麼父女之情，謝謝，半分沒有。

她覺得馮奚言不該死得這麼突然，因為她還沒查到生母盛氏的死因……

靈堂裡突然傳來淒厲的哭聲，喚醒了一時出神的馮纓。她抬起眼簾，看向跪在靈堂前燒紙痛哭的衛姨娘。

整個忠義伯府，要說對馮奚言感情最深的，應當就是衛姨娘了。

她雖然是丫鬟出身，可也是真情實意地喜歡馮奚言，這才甘願做了這個姨娘，生下兩女一子後，還像個丫鬟一樣，成日裡伺候祝氏。

梅姨娘說過，整個院子裡最苦命的其實就是衛姨娘。女兒看不起她，兒子成了祝氏的兒子，自己明明是半個主子，卻心甘情願當個丫鬟，就為了能多看馮奚言幾眼。

所以衛姨娘會哭得這麼淒厲，馮纓絲毫不懷疑她有作假。

只是，靈堂內不見祝氏母子幾人，實在有些古怪。

傳信的下人說，祝氏想瞞著這件事，是三兒找了院中最不起眼的他才把消息送了出來。門房說，因為鄉下老太太來了，於是死訊才徹底瞞不住了。

馮奚言的一雙父母年事已高，都在鄉下老家頤養天年，兒孫滿堂，光找來伺候他們的下人就有不少。馮奚言雖然孝順，可也好面子，不願讓沒什麼見識的父母進京丟人現眼，所以馮纓也的確從來沒見過這對她名義上的祖父祖母。

他們是怎樣的人？

馮昭又為什麼說這種話？

以及，這靈堂裡的陌生臉孔，為什麼在聽到馮昭喊她「二姊」的時候，一個個都變了臉色？

忠義伯府在馮奚言死後一定發生了什麼事。

「二姊，他們是壞人！他們要搶我家的錢！」馮昭平日裡沒少躲著馮纓，可這會兒緊緊抓著她的衣裳，恨不能整個人扒住她，一邊扒一邊哭喊著。「二姊，他們把母親關起來了，還打了大哥，當著爹的面欺負我們！」

馮昭大喊大叫，周圍人的面色越發古怪起來，立即就有人走上前要去拉開他，嘴裡說道：「小孩子家家的，可別胡說八道！」

馮昭嚇得哇哇大叫，一手抓著馮纓，一手拚命揮舞想要躲開。

長星、渡雲及幾個陪同而來的女衛們當下將夫妻倆圍攏在中間，一齊對上了周圍聚集過來的眾人。

馮纓掃了眼左右，給身後人使了個眼色。

一作丫鬟打扮的女衛點了點頭，趁亂混進人群，不多時就不見了身影。

「是二姪女跟姪女婿吧？」一個粗膀子的婦人戴著滿頭金釵走上前。「家裡出了這麼大的事，你們怎麼才回來？快些去跟老太太請安！」

婦人說著一口不流利的官話，雖然打扮富貴，但仍能看出早年吃過些苦頭，並不像祝氏那樣是錦衣玉食一輩子的模樣。

魏韞客氣地詢問如何稱呼，那婦人的眼睛恨不能黏在他的身上，連聲道：「我是你們四嬸！你們快點去跟老太太請安，年紀輕輕的，怎麼不大懂規矩，從外頭回來的時候不見長輩，成親的時候也沒叫家裡親戚都來吃酒。」

她一邊說，一邊伸手作勢要去推搡馮纓，幾個女衛不動聲色地擋了一下。

魏韞扶上馮纓一側肩頭，對著婦人頷首道：「四嬸說得是。」

他說完轉身就走，馮纓腳下一滯，等對上他的目光，當下提起馮昭的衣領直接丟進長星的懷裡。

「跟上。」她笑笑。「乖乖跟著，你這麼吵，可別叫四嬸累著了。」

被長星抱穩了的馮昭抽了抽通紅的鼻子，難得乖巧的「嗯」了一聲。

說是去給老太太請安，可等馮纓一行人真進了長廊，趁著前頭那些人不注意，夫妻倆一道貼著牆根，繞過了廊道和花廳，一路走近祝氏的院子。

院子裡有女人哭泣的聲音，間或還有一個清澈的男聲在安撫。院門前坐了幾個壯實的僕婦，同樣也是生臉兒，正一邊嗑著瓜子，一邊打牌，不時頭一撇，往地上吐一口唾沫。

長星探出頭。「公子、夫人，要不要我們把人引開？」

魏韞低頭去看馮纓。「妳決定。」

馮纓擺手。「等珈南。」

話音落，一個身影這時候正巧從牆那頭翻了出來，輕手輕腳地落在了旁人瞧不見的地方，臉一抬，正是方才扮做丫鬟混進人群的珈南。

馮纓招了招手，珈南貓著腰走了過來，輕輕喊了聲「姑娘」。

「裡頭什麼情況？」馮纓問。

「祝氏母子三人及那位祝家姑娘，還有平日裡貼身伺候的幾個丫鬟婆子都被關在了院子裡，有幾個婆子十分凶悍，有個丫鬟想要硬闖，被當場打斷了一條腿，另外我瞧四姑娘的臉，似乎也是被她們打了。」

馮纓冷笑一聲。「很好，這是打算把人關著，有兒子也給整出一個沒兒子的結果，光明正大吃絕戶來了。」

胡笳在後頭出聲。「姑娘，接下來怎麼做？」

馮纓抿唇。「妳去找小十一，找到就想辦法先把人藏起來，孩子太小，怕一不留神就會出事，其餘的人，跟我進去。」

「不用引開嗎？」長星愣了愣。

馮纓冷笑，回頭看他。「引開做什麼？別人都打上門來，踩著自家人的臉了，我難道還要客客氣氣的待人？」

能動手絕不動嘴。

馮纓直接走進院門，那幾個僕婦丟下牌，起身攔人。

「妳誰啊？」

「幹什麼的？」

馮纓一言不發，伸出手，幾息之間就把僕婦們都制伏了，阿嬗帶著幾個女衛拉開僕婦，見她們哎喲哎喲叫個不停，索性把人堵上嘴，拉到了一邊。

馮纓邁步跨過門檻，徑直往院子裡走。

平日裡熱熱鬧鬧的院子空蕩蕩的，連個丫鬟的影子都見不著，馮纓循著哭聲往前走，然後伸手去推西面屋子的房門。

祝氏的哭聲就是從那裡傳出來的。

門上掛著鎖，推不開。

馮纓直接抬腳踹門，碰一聲，門開了，屋裡的人嚇了一跳，下意識地抱作一團。裡屋出來個人，一見是她，當即愣了一愣。「二妹？」

馮澈聲音一出，緊接著從裡屋又奔出來幾人。馮荔跑在最前頭，一下撲到她面前，抱著她就哇哇大哭。

馮纓沒說話，抬手拍了拍馮荔的肩膀，這才往她身後看。
馮凝是跟著幾個妹妹跑出來的，披頭散髮，面色蒼白，看著連平日裡的三分氣色都沒有。
梅姨娘和芳姨娘也在，臉色比幾個小的要好上許多，只是見了人，難免有些激動。
馮纓眉頭緊皺，問馮澈。「我是收到你的消息才趕過來的，現在是什麼情況，你們怎麼都被關在院子裡，門外還有僕婦專門看管？」
「爹死的時候我不在府中，我也是今早才回來的，一進門就被關了起來，還沒來得及去見祖母一面。」馮澈搖頭。
馮纓去看馮荔，馮荔哭得厲害，根本說不上話，問馮凝她們，幾個大家閨秀一問三不知，最後還是問了梅姨娘。
「老爺被發現的時候，人已經不行了，那時候是夫人先進的門，我們幾個後頭才跟進去，想說得趕緊通知二姑娘妳，夫人不肯，說這事傳出去丟人現眼，還是先瞞著好。」
馮纓掩下怒氣，嗤笑。「她把這事瞞著才叫丟人現眼，傳出去很好聽嗎？忠義伯暴斃，繼室瞞住人死的消息，她想做什麼？」
祝氏的神操作簡直蠢到無力吐槽。
她要是真能把事情瞞下來，就得連馮奚言下葬的事都進行得悄無聲息，可她又怕鄉下的馮家人知道後生出亂子，就老老實實地找人去傳了消息。

現在好了，祝氏兩頭不討好。

「還能想做什麼，不就是為了家裡那點田產鋪子？」梅姨娘眼睛發紅，咬牙切齒道：「夫人連三公子都沒通知，就先把胡姨娘關起來，連夜翻箱倒櫃找地契房契，要不是老太太本來就帶著人往平京城趕時正好遇上送信的，提前趕到府裡，夫人只怕是就要把手裡幾個鋪子轉賣了！」

「我這都是為了家裡！」

裡屋突然傳出尖利的叫聲。

馮纓往屋裡走，簾子一掀，就能聞到難聞的氣味。

魏韞頓了頓。「是湯藥的氣味。」他順手從懷裡掏出個香包，塞到馮纓手裡。「妳拿著，能好過一些。」

香包是馮纓給魏韞準備的，他身上時時帶著草藥味，有些人聞不慣，她就特意準備了好些香包，氣味不重，正正好能提神順帶壓住那些草藥氣味。

有了香包，裡屋的氣味果真沒那麼難聞了。

馮纓進屋，只見祝氏就躺在床上，睜著眼睛，目光空茫茫的，也不知在看什麼，她臉色不大好，看起來有些浮腫，嘴唇發白，彷彿剛才的聲音不是從她嘴裡發出來的。

馮纓看著她，好久才出了聲。「我爹是怎麼沒的？」

「都是胡雙華那個賤人！」一罵起人來，祝氏的眼睛就發亮，好像找到了什麼支撐。

「妳爹的身體本來就不行了，她還纏著他，連那些下三濫的藥都用上了！她不就是想早點有個孩子，好出來把家裡的東西都搶走嘛！我早就勸過妳爹，可是妳爹被那狐狸精迷住，什麼都不管，這次吃多了藥，直接就死在了那個賤人的肚皮上！他就這麼拋下我們孤兒寡母，要是我不爭不搶，等你們回來，就什麼都沒有了！」

馮纓看了看跟著進來的馮凝和馮荔。

「可你們還是被人關在這裡，衛姨娘好歹還能跪在靈堂前給我爹哭靈，讓馮昭在人前露臉……」

祝氏咬牙，從床上爬起來。「姓衛的那個賤人，以為老爺沒了，她就能帶著兒子當家做主？也不想想，那個老太婆會不會讓她那嬌生慣養的兒子當家！」

馮纓懶得聽她咒天罵地，轉過身叫住梅姨娘。「我先讓人送你們出去。」

梅姨娘愣住，馮澈先反應過來。

「可喪事還沒辦完……」問出這一句，馮澈的話當即就頓了頓。「父親死後，祖父祖母的確應當插手忠義伯府的事，只是他們將我們看管起來，分明是不願我們在人前露臉，又把小十拉出去，就是怕外人說難聽的話，看樣子是有所圖謀……」

「我們要是走了，這個家……」馮凝捂著臉痛哭起來。

馮澈看她一眼，狠狠心，道：「二姊，我知道妳的意思，母親她們就先交給二姊送出去，但我不能退。」

「我不走！」馮凝抬起頭，眼睛哭得通紅。「憑什麼要我走！我們要是走了，家裡的所有都歸了他們，妳是不是不安好心！」

馮凝說完，撲到祝氏床邊。「娘，我不走！」

「三兒留著還有用，妳留著能做什麼？給那些族親們表演掉眼淚嗎？」馮纓並不想說什麼刻薄話，但馮凝的反應還是讓她心底覺得不舒服。「那些族親要是怕妳的眼淚，早就讓你們在靈堂哭靈了！」

魏韞拉過馮纓，擋住祝氏母女倆怨毒的眼神，微微彎腰柔聲說：「不要在這個時候和她們置氣。」

他說完，眼神示意馮澈將馮凝帶出去，梅姨娘也趕緊帶上兒女跟著走，唯獨落在後面的芳姨娘腳步停了停，轉過身，一改往日笑盈盈的模樣看向了馮纓。

「二姑娘，夫人這些年給老爺安排了多少人，夫人自己心裡清楚，老爺身體是個什麼狀況，夫人顯然也清楚，二姑娘、二姑爺，有句話叫不能聽信一家之言，二姑娘不妨再去問問胡姨娘，也許能從她那裡聽到些別的消……」

「妳閉嘴！」祝氏尖叫。

芳姨娘才不管她是什麼反應，馮纓只看到這位一向過得十分自得其樂的同齡人輕輕哼了一聲，轉身就走。

「妳們一個兩個，都想搶我的東西！妳們都不是什麼好人！我就說不能讓妳回來，不能讓妳回來！妳回來就是來搶我東西的，妳是來搶東西的！」

祝氏的反應時而正常，時而又好像是得了失心瘋，剛送走弟弟妹妹們返回的馮澈怔了怔，抱頭蹲在地上，失聲痛哭。

「三兒，胡雙華在哪裡？」

「在、在她的院子裡，祖母沒什麼能用的人，索性就關在老地方，讓丫鬟們看著，誰敢放了她，就發賣了誰。」

那正好，也算是方便她找人了。

馮纓點頭。

「來人。」

「姑娘。」綠苔冒頭。

馮纓抿唇。「夫人既然不肯走，那就待著。綠苔，妳和珈南她們留在這，要是有人來找麻煩，或者要把人帶走，只要不是我親自來提人，誰來都不許答應。」

她交代完這些，想起胡雙華對魏韞的心思，又怕祝氏等會兒發瘋傷了人，隨即伸手一把抓過他的手掌，道：「我們一塊過去。」

說是一塊過去，等真到了胡雙華的院子，魏韞卻主動提出在門外等。

「我在外頭，要是馮家人等下過來，好歹身分上我還能壓著他們，不至於硬來。」

馮纓推開門。

胡雙華剛進忠義伯府的時候，馮奚言就特意給她單獨收拾了一個院子出來，屋裡屋外，一應擺的都是最好的家具。

但現在，裡外空蕩蕩的，只剩下一張小榻、兩個矮墩子，別的什麼都沒了。

看管胡雙華院子的是原本伺候她的那些丫鬟僕婦，壓根不用馮纓動手就乖乖讓出了門，等她進屋，更是躲得遠遠的，不敢往跟前湊。

床上，胡雙華睜著眼睛躺在那裡，聽到馮纓不帶遮掩的腳步聲，慢慢轉過頭來。

「妳來了。」

「我來了。」

胡雙華回頭，慢慢笑起來。「我真羨慕妳，妳嫁了全平京城的姑娘最喜歡的人，而我，淪落到給一個老男人當妾，這個老男人還得吃藥才能在床上活起來。」

「所以，為了能有個孩子，妳餵那個老男人吃了很多很多藥？」

「這話，是妳那個繼母告訴妳的對不對？」

「難道妳沒有餵藥？」

胡雙華咯咯笑。「沒有。我巴不得妳爹那個老男人在床上只能當條死魚，我才不要給他生孩子！」

馮纓到這時候終於注意到她的不對勁。

「妳的腿怎麼回事？」

「還能怎麼回事，當然是被妳繼母打斷了。」胡雙華望著她。「最毒婦人心這句話，就該用在她的身上！」胡雙華哈哈大笑。「妳以為妳爹跟妳娘是怎麼死的？那些藥，是她下在妳爹的飯菜裡的，是她故意害死妳爹的！我才不要告訴妳爹我發現這件事了，我就要看著他死，等著他死！」

馮纓猛地上前，抓住她骨瘦如柴的手腕，一字字問：「那我娘呢？」

胡雙華咧開嘴。「當然是妳那個繼母下的藥，要不然，她怎麼登堂入室，怎麼聽你們喊她一聲母親？」

馮纓不說話。

胡雙華繼續笑。「這可是妳爹親口告訴我的，二兩黃湯下去，在床上，他什麼話都說了。」

盛家長房就盛蟬音一個女兒，向來是全家上下捧在手心裡寵著疼著，盛氏和馮奚言剛成親時，也算是一對恩愛眷侶，之後生出嫌隙，已經說不清究竟是因為什麼緣由了。

總之就是盛氏提出和離，並且提出帶走馮澤的要求，馮奚言礙於面子，不肯答應。

盛氏索性不准他進屋，卻還是被他使了手段得逞，那次鬧得很厲害，幾個陪嫁丫鬟甚至已準備將此事回稟慶元帝和盛家，請皇家出面做主，可偏偏那之後沒多久，盛氏發現自己懷孕了。

幾個月後，她即將臨盆，而那時候的馮奚言早已經和祝氏勾搭上，破鏡重圓這種事一旦真發生了，就擋也擋不住。

馮奚言已有休妻的打算，一心想用八抬大轎把祝氏抬進門，當堂堂正正的忠義伯夫人，為了不讓已經懂事的馮澤壞了事，他先把孩子送回鄉下小住，並趁著盛氏臨盆之際，讓祝氏登堂入室管理家務。

這一胎盛氏疼了一天一夜，好不容易才生下了女兒馮纓，當時因為難產失血過多，情況一度危急，但好在福大命大，她從鬼門關走了一回，最後總算以母女平安收場。

產後虛弱的她本該好好調理一段時間，要養上幾年，只是此時在馮奚言和祝氏的刻意安排下，她身邊已經連一個能信任的人都沒有了。

她暈睡了許久，每日只有祝氏親自侍奉湯藥，可祝氏不知是從哪裡搞來的藥，竟讓盛氏漸漸癒合的傷口更加惡化，過沒幾日，人就已經不行了，等到馮澤從鄉下被接回來，忠義伯府已經掛起了白綾。

所有人都說，和靜郡主是因難產而過世的，兩個孩子都還小，不到一年，馮奚言便以兩個孩子需要母親為理由，正式迎娶鄉紳之女祝素婉為妻，之後祝氏很快傳出有身孕的消息，再然後便是早產生下了馮澈。

「妳爹什麼都知道，包括妳娘真正的死因，和妳那個三弟是不是真的早產，妳爹心裡一清二楚。」胡雙華望著馮纓，一字一句道：「所以妳說，這樣的男人，我怎麼可能會願意為他生孩子？難道要等著生下來被他嫌棄，被那個歹毒的女人害死？」

馮纓聽得背脊生寒。

娘親真正的死因跟馮奚言和祝素婉有關，這些年她和舅舅們不是沒想過這個可能，但始終沒有找到證據，當時還是丫鬟的梅姨娘被支開了好一段時間，對此事也不怎麼清楚，整件事就像真的只是一場意外，漸漸地，他們也就只把這個可能猜測藏在心裡。

嫁給魏韞後，她仍始終沒有忘記自己願意回來的目的——

舅舅們想把他們唯一的妹妹和爹娘合葬，這樣即便他們在戰場上被馬革裹屍、戰得屍骨無存的時候，也還有一個血脈相連的人，能夠永遠陪著爹娘。

所以，她不顧馮奚言的反對，遷走了娘的墳，重新安葬在盛家的墳地裡。為了這事，她和馮奚言還大吵過一架。

舅舅們說得對，馮家，有的人是她的親人，有的人是陌路人。

現在，還多了仇人。

「馮纓，我雖然羨慕妳嫁給了魏韞，但我更想笑話妳有這麼一對沒天良的父母。」胡雙華笑得渾身顫抖。「看樣子也沒比胡家好多少！」

「不，還是有差別的。」

馮纓深呼吸，振作起精神。

「胡家只能依靠律法制裁，但馮奚言和祝氏，還有外面的馮家人，我自己就可以解決。」

馮纓轉身要走。

胡雙華突然尖叫。「救我！」

馮纓停下腳步。

「我知道妳一定已經把妳那些弟弟妹妹們都救出去了，所以多救一個我好不好？就多加我一個，不會費妳多少工夫的，快救我出去好不好！」

馮纓嘴角一扯，繼續往前走。「不好！」

馮纓出了門，魏韞仍舊站在外頭，身邊多了幾個他的手下。

她問道：「人都安全送出去了？」

魏韞頷首。「送出去了。馮家的人有心要攔，不過攔不住，現在已經回去找馮老太太了，大概等會兒就要見我們。」

馮纓估算了一下，道：「應該還有工夫，留幾個人在這兒護著胡雙華，她的腿被打斷了，馮家要是遷怒到她身上，她恐怕就得把命送在這裡。」

她頓了下。「這人就算要出事，也該跟著胡家一道去流配，在流配的路上出事才行。」

魏韞嘴角一扯，伸手捏了捏她的耳朵。「妳到底還是有些心軟。」

沒一會兒，馮家的人果真趕了過來。

那一個個都是陌生的親戚，馮纓不認識，雖然領頭的男人自稱是她三伯，還有個老頭說是什麼三叔公，可她就是從頭到腳沒有一塊地方是認識的。

老太太要見馮纓，馮纓沒躲，帶著人浩浩蕩蕩地跟著過去。

也沒去別的地方，直接就是在靈堂裡，和未曾謀面的祖母第一次見面。

靈堂裡鬧哄哄的，馮纓一行人的出現很快驚動了靈堂內外的人，靈堂裡沒有弔唁的賓客，除了下人，剩下的都是馮家族親。

所有人都朝她看了過來，從中走出一位被四、五個丫鬟婆子簇擁著的老婦人，施著薄薄一層脂粉，嘴角耷拉著，細瞇眼，一副很不好對付的模樣。

馮纓沒有從她的眉眼間找到和自己相似的部分，但還是認得出來，這一位就是她便宜爹的親娘馮老太太。

她這麼多年來從沒見過這位祖母，五歲之前沒有，回京之後也沒有，所以眼下見到了面，什麼孺慕之情壓根就不可能產生。

「祖母。」她客客氣氣地喊了一聲。

老太太嘴角耷拉，淡淡掃了眼馮纓，手裡杵著的枴杖重重往地上敲了一聲。「妳還知道該喊老太婆我一聲『祖母』啊？」

馮纓也不行禮，只往周圍人身上掠過一眼。「纓娘雖然認不得各位親戚，但多少還是能認出祖母的。畢竟爹是祖母的骨血，模樣上總有幾分相像。」

老太太不滿意地皺起眉頭，她身邊的婆子忍不住尖銳地出聲。「二姑娘，老太太是家中長輩，是伯爺的親娘，妳怎麼能這麼和老太太說話？」

「我怎麼說話了？」馮纓淡笑一聲。「我爹突然亡故，如若不是聽到消息，祖母是不是打算等我爹下葬了之後，再託人轉告我？」

婆子看看老太太，又看看馮纓，擰了擰眉頭。「老太太也是為了你們好，當年伯爺看上了祝家那個已經嫁過人的閨女，非要鬧著娶回家來當填房，老太太就說過那是個攪家精，一定會鬧得忠義伯府無法安生。這些年，老太太雖然住在鄉下，可一直叫人盯著府裡，就怕姑娘公子們受了欺負。」

老太太神情嚴肅。

馮纓嘴角扯了扯。「照這位婆婆的意思是說，這些年老太太一直在暗地裡關照我們兄妹幾個了。可我和我阿兄怎麼從來就沒感受過這分關照？」

婆子臉色一僵，有些心虛。「大、大公子和二姑娘實在是離得太遠，老太太力不那個什麼從心……」

「力不從心？我們兄妹倆離開平京去到河西投奔舅舅之前，祖母冷眼旁觀，從未在意過我們兄妹是否得到過照拂。現在爹突然亡故，祖母帶著族人將忠義伯府上上下下都看管起來，祖母認為是為了我們好？」

馮纓抬起眼簾，直直注視著老太太的眼睛。

老太太一看就是這些年在鄉下過慣了說一不二日子的人，也是，馮家好不容易才出了一個馮奚言，又是救過當今天子，又是得了爵位，又娶了將門盛家的獨女，那些沒膽子進京攀交情的人，自然就會往馮家獻殷勤。

久而久之，馮家上下無一不是靠著忠義伯府過上了人人豔羨的生活。

馮老太太回望著她，冷冷道：「妳個不知好歹的東西，有妳這麼跟長輩說話的嗎？」她的聲音略有些沙啞，冷冰冰的，沒帶一絲好氣，開頭第一句話，就先訓斥了起來。

馮纓做好了心理準備，但聽到這句話，心底多少還是生出惱怒。

「妳爹是我馮家的子孫，就是成了忠義伯，那也是姓馮。」老太太的口音很重。「妳那個繼母當初沒把妳當回事，妳爹死了，還打算瞞著妳，把馮家的家產都搶走，所以妳也別為了她在這兒鬧。」

馮纓瞇眼。「祖母說錯了一句話。」

「什麼？」

「母親就算要搶，那也是搶忠義伯府的家產，跟馮家有什麼關係？」

老太太變了臉色。「妳什麼意思？妳爹的家產就是馮家的家產！」

「祖母終於說真話了。」馮纓環視一圈，冷聲道：「我爹還沒下葬，你們這就打算開始搶奪忠義伯府多年積累的家產不成？忠義伯府是姓馮不錯，可我爹沒了，這個府裡還有我們兄弟姊妹，可輪不到祖母和各位叔伯嬸嬸們伸手！」

老太太身邊的幾個婆子對看一眼，當即跳了起來，齊齊往馮纓身上撲。

馮纓面不改色，身側的魏韞已經上前一步，抓住一個婆子的胳膊，直接把人摔倒在地。

那婆子慘叫一聲，捂著受傷的胳膊大喊道：「殺人了！殺人了！」

老太太倒吸一口氣。「混……混帳東西！看看你們盛家都養出了什麼混帳東西，你居然想殺人，你……」

「老太太，」魏韞打斷她的話，擦了擦手。「謹言慎行。老太太是纓娘的祖母不錯，可論身分，纓娘還是陛下欽封的清平縣主，老太太今天要是傷了她，那就是不把魏家和天家放在眼裡。」

「縣、縣主是什麼？」一邊的人連忙問。

「不知道，是不是比公主差點？」

「馮纓的親娘記得是郡主吧，縣主跟郡主比，誰厲害？」

「管他娘的誰厲害！臭丫頭回來是來搶田產房子的，不能讓她得逞！」

有人跳了出來，緊接著又出來幾個，靈堂內頓時亂成一片。

魏韞和手下人擋住了一邊，就不得已漏了另一邊，等到有人自以為得逞，得意洋洋地衝到馮纓面前，伸手要去抓她的時候，卻見馮纓微微一笑，舉起一物，直接朝那人臉上捶了下去——

# 第二十三章

「殺人啦！殺人啦！」

挨揍的那人捂著臉倒在地上，指縫裡溢出血來。

其他人此刻都倒吸了一口涼氣，紛紛停住腳步，不敢再往前。

方才還十分張狂的馮老太太已經嚇得變了臉色，躲在幾個丫鬟身後，連話也不敢高聲說了。

馮纓拿的是放在旁邊的木魚槌子，短短一根，槌頭上沾了血。

「你們儘管朝我動手，我看看誰那麼不長眼，敢跟我硬碰硬！」馮纓拿著木魚槌往前走。「這裡是忠義伯府，就算爹走了，掌家的也該是我阿兄和三弟，還輪不到外人指手畫腳！」

她往前走一步，就有人慌忙往後頭躲。

老太太的幾個兒子遲疑了一下，站出來。「妳一個出嫁女，有什麼資格管忠義伯府的事？就算是馮澈，在老太太面前，也是低頭聽話的分！」

馮纓道：「出嫁女怎麼了？這個家，還沒有絕戶，輪不到你們來吃絕戶！」

馮老大臉色一沈。「妳個丫頭，胡說八道些什麼！」

「我有沒有胡說，大伯你們心裡清楚。」馮纓隨手丟開木魚槌。「有句話，叫作『托之宗族，宗族未必賢；托之親戚，親戚未必賢。』按照大啟的律法，一家之主過世之後，家業應交由子女。若家中無子亦無女，則可由寡妻從旁支過繼不足三歲的幼童，待幼童成年後，即可交由他照管。

「大伯，我爹先後娶妻兩任。我娘和靜郡主，為忠義伯府誕下一子一女；繼母祝氏，膝下有一子二女。除此之外，衛姨娘、梅姨娘還有芳姨娘，更是有三子三女。」馮纓笑。「我們兄弟姊妹十一人，難道還不夠資格支撐門戶？還需要讓族親來瓜分忠義伯府的所有東西？」

馮老大看了眼聚集在靈堂裡的人，咬牙道：「話不要說得這麼難聽。大家也是擔心你們兄妹幾個年紀輕輕，不會管家，若是叫外人哄騙了去，豈不是平白便宜了外人。」

「祖母也是這個意思？」馮纓笑問。

「自然……」

馮老二走到跟前打斷道：「這裡人太多，具體的情況還是去隔間說吧，別叫等會兒來弔唁的賓客看了笑話。」

老太太急匆匆地先進了隔間，之後是馮家幾位族親，你看看我、我看看你，又往馮纓身上看了幾眼，搖搖頭，跟著走了過去。

馮纓絲毫不介意落在自己身上的那些目光，反而抬手撣撣魏韞的肩頭和臂膀。

「剛才那幫人有碰到你嗎？」

剛才一擁而上的人不少，她顧不上魏韞，這會兒有些後怕。

魏韞眉頭微挑。「烏合之眾，還傷不到我。」

馮纓嘆了口氣。「這幫人，還真的是無法無天。」

「要不要告訴陛下和太子？」

「當然要。」馮纓冷笑。「順便還要告訴幾位舅舅。」

隔間裡，老太太和幾位族老坐在一處，正低聲討論著什麼，老太太有些激動，猛地拍了下桌子，立馬被一旁的族老瞪了一眼。

馮纓和魏韞並肩踏進房，只看一眼，就發覺老太太的臉色變得十分難看，幾個輩分小一些的馮家人站得遠遠的，只要說話聲音稍微大一些，就會被留著山羊鬍的族老咳嗽打斷。

老太太到底是馮家的外人，即便在馮家這些年過得格外舒心，又因有個出色的小兒子，被底下的小輩們個個捧著，可輩分更高的族老們從來沒有拿她當回事過。

宗族不管是在什麼時候，都是一股很強勢的力量。

不過好在馮纓早已打算和馮家人撕破臉皮，所以那些族老們只怕也奈何不了她。

他們對兄妹幾個日後的生活漠不關心，不管日子過得是好是壞，還是將來會有什麼磨難，他們更看重的是馮奚言手裡的東西。

「各位族老。」馮纓開門見山，直接道：「祖母關押祝氏和我一眾弟弟妹妹，意圖霸占家產，族老們可是知情？」

山羊鬍族老皺了皺眉，低聲訓斥。「胡說八道！」

「這都是誤會。」一旁的族老擺擺手，試圖解釋道：「妳爹年紀輕輕，論理還能活上許多年，現在突然去了，不管原因如何，都算是英年早逝。這一下子家裡沒了當家的，勢必大亂，再加上妳大哥跟家裡鬧了矛盾，多年都不肯回來；妳三弟馮澈年紀也不小了，至今還不肯成家，若是身上有什麼不妥，將來也不好繼承家業；至於小的三個，都是庶出，論理將來是要分家出去過的，我們這些族裡的長輩，自然有責任出面主事。」

族老說得痛心疾首。「再說到妳祖母，所作所為也是一心為了忠義伯府好。我們也商量過了，決定就從族裡挑幾個孩子過繼到妳繼母名下，充作嫡出，這樣等將來長大了，還能幫著你們姊弟幾個奉養寡母。」

邊上的老太太冷笑連連，等馮纓轉過頭看她，立馬又止了聲音。

魏韞低笑。「魏某頭一次聽說，父輩留下的家產，庶子沒有資格繼承。」

馮纓撇嘴。「我也是第一次聽見這種說法。」

山羊鬍族老手裡端著茶，聞聲看了他們夫妻一眼，長嘆一口氣。「你們夫婦倆年紀尚輕，許多事不知道也正常，咱們馮家這麼多年來，一向是庶子不繼承家業的。」

「那也還有三公子在。」

「馮澈是在，可馮澈不肯娶妻生子，難道馮家的香火要斷在他身上不成？」

「香火斷不斷跟忠義伯府的家產由誰繼承有什麼關係！」

眾族老皆沈默。

馮纓笑。「說來說去，不過就是你們先下手為強，想把持忠義伯府的家產，我想所謂過繼的孩子，將來就是長大了，也繼承不了家產。」

在這個隔間裡坐的，都是族中十分有名望的族老。他們讓老太太當先鋒軍，制住了祝氏等人，而他們就在背後討論著怎麼分割府裡留下的田產和房宅鋪子，料定現在的情況都在他們掌控之下，哪怕是馮纓問到跟前，他們也不在意。

「妳這孩子在亂說什麼渾話……」山羊鬍族老搖頭。「妳從小沒在妳爹跟前長大，族老們原諒妳的不懂事，可是妳現在是清平……縣主了，又嫁了人，日後應該多為夫家著想，這已出嫁之女又跑回家來大吵大鬧，傳出去只會叫妳夫家人覺得丟人現眼，還是趕快回家吧。」

馮纓一笑，輕聲說：「族老，看樣子你們都不知道我回平京之後都做過什麼。」

山羊鬍族老嘆息。「不管妳做過什麼，還沒有出嫁女回過頭來管娘家的事……」

他一句話還沒說完，外面突然吵嚷起來。

不一會兒，一個提著褲子，左腳絆右腳的男人連滾帶爬地衝進隔間。「怪、怪物！是怪物！」

山羊鬍族老擰起眉頭，厲聲喝斥。「閉嘴！你又喝多了是不是，說什麼胡話！」

男人癱軟在地，手抓著褲頭，臉色慘白。「爺，是怪物，真的是怪物！我剛才看到馮澈底下有……有……有女人的東西！」

「什麼亂七八糟的？」

「是女人……不對！是怪物！爺，馮澈是怪物，他不是男人，也不是女人，他就是個不男不女的怪物，我看到他底下不光有男人的東西，還有女人的……啊——」

不等男人說完話，馮纓從邊上猛地竄了過去，手裡的拳頭狠狠掄起，重重地把好不容易有力氣爬起來的男人打翻在地。

「馮纓！」族老怒吼。「妳這是要做什麼？殺人嗎？」

馮纓大口呼吸。「殺人？我倒是想殺人。」

她壓根不管別人，直接踩著男人的後腰，抬起胳膊又迎面給了地上的男人一拳。「你說誰是怪物？嗯，你對他做了什麼？」

「我……我就是……就是看到他下面……啊！」

馮纓哪會真讓人把話說出來，直接就是一拳頭打在人臉上。

有位族老跳了起來，面如土色。「馮纓，妳好大的膽子，怎麼能隨便打人！」

「爹！馮澈真的是個怪物，不男不女的怪物！」那人嗷嗷喊疼，掙扎著要逃，本來就沒穿好的褲子因掙扎得厲害，褲子直接就掉了下來，露出大半粗腿。

屋裡靜了一靜，幾位族老回過神來，臉色尷尬又難堪。

馮纓腳下用力，踩得那人又「啊」的慘叫一聲。

有幾個婆子急匆匆從外頭進來，手裡拽著馮澈，一邊走一邊喊：「這小子真是個怪物，絕不能讓這怪物繼承馮家的家業！」

「對！不能讓怪物占了家業！」

「要不是輝哥想碰……不小心撞見，還不知道這小子居然是個不男不女的怪物，這種東西生下來的時候就該掐死了，還養這麼大，簡直就是作孽！」

「族老，快把他趕出去，這種怪物不能留在馮家！」

「誰敢動手？」

馮纓陡然拔高聲音，魏韞已經親自動手，從婆子手中輕輕鬆鬆帶走了面色慘白的馮澈。

一個婆子反應過來想拉回他，被魏韞手指一摁，直接一個踉蹌，撞上了後頭的人，後頭的人「哎喲」一聲，兩人都摔在地上。

「誰告訴你三兒是怪物的？」馮纓笑了笑。

「是我親眼看到的！」

「你說是你親眼看到三兒是怪物？」

「對！」

馮纓扯開嘴角。「那我也能說是你故意往他身上潑髒水。」

山羊鬍族老皺眉，剛要開口，老太太先搶了話頭。「好啊，我說我這個三孫子怎麼死活不肯成親，敢情是個怪物啊！那正好，這個家再怎樣也不能叫個怪物繼承了，來人，把他們都趕出去！趕出去！」

馮纓笑了笑，看了眼族老們或欣喜若狂、或驚慌失色的臉，抬腳猛一下把地上的男人踹開，目光梭巡。

身後，魏韞拍了拍掌，登時在門外一片人聲嘈雜中，擠進不少藍衣人。

「長公子。」藍衣人抱拳，齊聲應道。

族老們你看看我、我看看你，一時弄不清這些人究竟是什麼身分，又是從哪裡來的。

馮纓也有些吃驚，她只當魏韞帶了幾個手下人過來，絲毫沒料到竟然還藏了這麼一批護衛。

魏韞長袖一撫，底下輕輕拍了拍馮纓的後腰，然後指了指屋內的馮家人，道：「全趕出去。」

隨著魏韞話音落下，湧進隔間的一眾藍衣男子當即衝向族老們。

這些人都是魏韞的護衛，極得信任之外且身手不凡，拿住區區幾位手無縛雞之力的老者更是不在話下。

族老們初時還大拍桌子怒吼，可見魏韞從容不迫，他手下那些人又絲毫不顧忌他們年老體衰，輕輕一提就把人拎起來送出去，當下就慌張了起來。

「這都是誤會！」有人退了一步，慌忙道：「我是來看望小輩的，我沒打算搶什麼家產！」

「對對對，我也是，我也是！」

有一個人這麼喊，就跟著出現了第二個、第三個。

見情勢不對，這幫本就沒什麼見識、靠著馮奚言享了好幾年福的老人哪還有什麼骨氣，一個個都立即改了口。

馮纓抿唇，只笑不語。

魏韞看他們一眼，抬抬手，還是那句話。「趕出去。」

山羊鬍族老是頭一個被趕出去的，他不肯走，愣是被四個漢子從地上抬了起來，醜態畢露的從隔間一路抬到了大門外。

有賓客正巧這時候過來弔唁，瞧見這一幕，登時愣住。

「這是、這是怎麼回事？」

「沒什麼，」馮纓笑呵呵。「一些家務事，家務事而已。」

她這麼說，賓客自然不好往細裡問，之後花了約莫一個時辰的工夫，魏韞的人這才把霸占忠義伯府的馮家人都趕了出去。

馮老太太到底是馮奚言的親娘，馮纓自然沒趕她走，不過是學著她的法子，把人安置在馮蔻空下來的院子裡。

老太太在院子裡又吵又鬧，院門外負責看守的婆子下人登時個個成了聾子。

聽不見就不知道。

有知情的賓客私底下勸說，叫馮纓夫妻倆凡事留一線，別真把親戚關係弄僵了，夫妻倆只是相視一笑，不做回應。

一直到收拾完馮家人，馮纓才終於得空坐下來和馮澈好好談一談。

他是在送走妹妹們之後回來的路上，被馮家那個畜生撞上的，那畜生吃多了酒，犯渾，又本就有斷袖之癖，色慾薰心，見馮澈生得清秀，當下不管不顧拉了人就要往隱蔽處辦事。

馮澈當然不肯從，只是被老太太關久了，沒能吃飽睡足，力氣上就比那畜生弱了很多，連番掙扎之下才會導致如此狼狽……

「沒事的，那個畜生現在可慘了，你姊夫叫人打斷了他的腿，還有……」馮纓勾了勾小指，輕聲說：「最小的那條。」

「……」

見馮澈仍是一副了無生趣的模樣，馮纓嘆氣。「對了，胡雙華跟我說了一件事。」

「什麼事？」

馮澈終於抬頭看她，愣了愣。「是……什麼……原因？」

「是……我娘的死因。」

忠義伯府有過一位先夫人，這是平京城裡人人都知道的事情，畢竟那位先夫人是慶元帝的表妹，人稱和靜郡主的盛家么女。

聽說當年的盛家七姑娘，容貌才情，無一不是絕佳，甚至還與那時的兩位美人、後來的宮妃，被稱為平京城三大美人。

妍豔美好，是直到今日人們對盛家七姑娘的評價。

溫柔賢淑，是各世家夫人們對於成為忠義伯夫人後的和靜郡主的讚賞。

但誰都沒想到，她會在生下第二個孩子之後沒多久離開人世。

更令人沒想到的是，她死後還不到一年，忠義伯會心急火燎地為一雙兒女找來一位出身平平的繼母！

當時一聽說這件事，尤其是看到聲勢浩大的婚禮的時候，整個平京城瞬間炸開了鍋。

盛家長房遠在河西，只在妹妹下葬時曾趕回京一次，此番得知妹婿再娶的消息，臨時要趕回根本來不及，最後只有原本就在平京城的盛家三房出面了解情況，在得到馮奚言會好好照顧女兒的承諾後，這才允許他續弦。

誰料到不過幾年後，和靜郡主的一雙兒女竟都離開了忠義伯府。

那時就有閒言碎語傳出，一說是續弦的那位伯夫人是個不好相處的，所以才逼得先夫人的一雙兒女不得不離家投靠娘家親人。

另有一說是兩個孩子硬脾氣、不懂事，老是刻意惹麻煩，馮奚言這才不得不把原配夫人生的一雙兒女送去給妻舅大人們管教。

更有甚者，其中還有人偷偷猜測，說和靜郡主的死只怕是與這對夫妻脫不了干係。

種種傳言滿天飛，當然，沒有證據，一切都只是憑空猜測罷了，這些話，馮澈自小聽到大，可他從不認為這些是真的。

然而馮纓的話，還是叫他心下一突，生出幾分擔憂來。

「胡雙華說，我娘的死，和祝素婉有關係。」

「她從哪裡聽說的？她一定是騙妳的……」聽到她的回答，馮澈下意識地反駁。

「她說是馮奚言告訴她的。」

反駁過後，馮奚言的名字一擺出來，他眼中的光便漸漸暗沈了下來。

他沒再說什麼，低下頭，一言不發。

「三兒，你得撐住。」馮纓拍拍他的肩膀，順手揉了揉他的頭。「我說過，這個家所有的一切我都不會要，也不會動，等喪事辦完，一切都還要靠你扛起來。弟弟妹妹們、幾位姨娘，以後都要依靠你。但只有祝素婉……只有你娘，我需要她給我一個真相。」

馮澈抬起頭，眼淚已經流了滿臉。「如果……如果真的跟她有關係，妳要怎麼做？」

「三兒，不管是誰的過錯，都要依照大啟的律法進行審判。」

「那是不是只要證明沒有關係，她就能安然無恙？」

馮纓遲疑了一下，緩緩點頭。

馮澈抹了把臉，拱手。「多謝姊姊、姊夫今日出手襄助，我……先去忙了。」

他走得失魂落魄，馮纓在後頭看著，忍不住罵了句「禍害」，罵的是如今躺在棺材盒子裡的馮奚言，以及半條命都快沒了的祝素婉。

一旁的魏韞走上前來。「我已經派人去查了，過去查不到，不代表一直查不到，既然這事可能和祝氏脫不了關係，那就從她身邊人入手，目標明確了應該更好查。」

他說話還是慢條斯理的，不急不緩，卻又胸有成竹。

馮纓吐了一口氣。「很難說，我從前也試圖從祝素婉身上找過線索，但是什麼都沒查到。是我太自負了，自以為憑我的本事能做到所有事，結果一轉身，就是一巴掌，明明白白告訴我，我也有查不到、做不到的事情。」

魏韞抬手攬過她的肩膀，往自己懷裡靠了靠。

「沒關係，誰都會有一時疏忽，也可能是時機問題而已。」

馮纓沒有動，挨著他的胸膛，嗯了一聲，點了點頭。

馮纓並沒有立即讓人去拿問祝氏，她和魏韞在忠義伯府住下，在馮家人被徹底送出平京城後，才將梅姨娘等人接了回來，然後和馮澈一起認認真真操辦起馮奚言的後事。

那天之後，來弔唁的賓客們私底下都說馮奚言是祖墳冒了青煙，這才得了一雙這麼能幹的兒女，再加上如今在河西衝鋒陷陣的長子，他要是命長一些，指不定還能享到兒孫福。

馮纓得閒的時候忍不住和魏韞開玩笑，說要是讓那些來弔唁的賓客們知道馮奚言究竟是怎麼死的，他們會不會一個個都恨不能在水裡泡上幾天把自己擦洗乾淨，免得和一個死得這麼不乾不淨的人扯上關係？

馮奚言的喪事辦得十分簡樸，水陸道場雖也做了，來往弔唁的賓客也不少，可姊弟倆在這事上沒有讓忠義伯府在人前太露臉。

等到下葬那日，往日裡與馮奚言一貫交好的幾戶人家沿途設了路祭，簡簡單單的，也全了往日的情面。

馮家族人雖然有野心要霸占忠義伯府的家產，可壓根不樂意讓馮奚言葬去祖墳，馮老太太雖然幾次表示要抬棺隊伍抬去鄉下，可馮家的族老和馮奚言的幾位兄長說什麼也不肯。

於是最後，馮奚言葬在了郊外。

喪禮後的第二天，馮纓去見了祝氏，一同去的還有魏韞和滿臉疲態的馮澈。

「我們昭兒終於熬出頭了！」

先進屋的是馮澈，祝氏仰面躺著，聽他疲憊地說起丈夫下葬的時候，臉上浮起滿滿的笑意，接著高興地撫掌大笑。

「太好了，太好了，他終於徹底死了，我們昭兒熬出頭了！」

馮纓聽見馮澈沒了聲音，皺了皺眉頭，抬腳要往裡走。

魏韞拉住她的手，搖頭。

屋裡，祝氏還在笑。「我們昭兒將來可是要繼承忠義伯府的，你爹活著，指不定哪天又給你們添了個弟弟。澈兒，娘也不要你成親了，你就先代你弟弟好好把家看住，等你弟弟成人之後，記得還給他。」

她聲音越激動，馮纓越聽不到馮澈的動靜。

一直等到祝氏平靜下來，她終於聽見馮澈道：「娘，昭兒繼承忠義伯府，那我呢？」

「你？你這樣的怪物，能有什麼用？要你成親你不肯，要你納妾你也不肯，你要是願意留下子嗣，我用得著把一個賤人生的兒子，當成自己的寶貝嗎？」

「我這樣的身體，如何成親？」

「你擔心什麼？我都安排好了，你娶個正妻，夜裡隨便糊弄就是，那些大家閨秀哪個不是薄臉皮，怎麼敢回娘家說床笫之間的事？然後你再納個聽話安分的妾，最好是你身邊的丫鬟，想辦法讓她懷上，回頭也好拿捏，要是不行，就找個男人，讓你懷……」

「妳把三兒當什麼？」

馮纓聽不下去了，闖進屋內，狠狠瞪了祝氏一眼。

「三兒是妳親生的，要不是因為妳胡亂吃藥，怎麼會害得三兒成現在這樣子！」

祝氏臉色大變。「不是我的錯！是妳娘，都怪妳娘！」

「和我娘有什麼關係？那藥還是我娘餵妳吃的不成！」馮纓順著祝氏的尖叫說下去。

祝氏如今也是近五十歲的婦人了，長年平日裡有燕窩雪蛤滋補，又有上好的脂粉敷面，容貌上自然看不出老態，可這幾日下來，沒有往日的滋補品，更沒有胭脂水粉妝扮，祝氏看起來足足比之前老了十餘歲。

「就是她餵我吃的！是她餵我吃的！」祝氏猛地去看馮澈。「澈兒，娘怎麼會害你呢，對不對？娘疼你還來不及，怎麼會害你……」

馮纓笑了。「這不對吧？妳嫁進忠義伯府的時候，我娘都已經逝世快一年了，那時候妳也還沒懷上孩子，我娘是什麼時候餵妳吃的藥？」

祝氏愣住，登時暴跳如雷。「妳個孽障！妳跟妳娘一樣，都是禍害人的東西！要不是妳娘，我怎麼會去吃那些藥！」

她說完又嗚咽起來。「我可憐的澈兒啊！娘真的不是有意要害你的，娘也不知道那個藥吃下去會讓你變成這副樣子……」

她越哭越傷心，馮澈臉上的神情便跟著越發冷漠。

馮纓心裡團著火，簡直要被她的反應給氣笑了。

敢情在祝素婉的心裡，想要生兒子，想要在忠義伯府站穩腳跟，所以吃那些亂七八糟的藥丸子，都是被她娘逼的？

可那時候，她娘已經去了，誰來逼她？

分明是滿嘴謊言，哄騙自己的良心！

馮纓努力克制自己，儘量不當著馮澈的面去揍祝氏。

「祝氏，我娘究竟是為什麼去世的？」馮纓深呼吸，認真問道。

祝氏頓時收了眼淚，手指緊緊攥住床鋪，朝馮纓笑道：「妳娘為什麼去世？就因為生妳呀！妳就是個禍害，害得妳娘生妳的時候吃盡了苦頭，結果還沒享福呢，人就跟著沒了，妳不知道嗎？」

「是嗎？」馮纓忍耐地深吸了一口氣，示意馮澈和魏韞先出去。「我娘倒是能享福，但是有人不願意讓她享著，所以她去世了。外頭人人都說，她是因為生我難產而死的，但是，妳知道這不是真相對不對？妳知道她真正的死因。」

祝氏咯咯笑了起來。「我不知道，我怎麼會知道？妳娘就是因為生妳才死的。」

馮纓輕笑一聲。「好吧，那就看府衙的意思了。」

她本來就沒奢望祝氏肯說真話，就如她也不信胡雙華百分之百說了真話一樣，但這並不妨礙她做出選擇。

「妳敢！」祝氏眼神陰沈。「纓娘，妳也不是什麼小孩子了，妳應該知道，一榮俱榮的道理！」

馮纓沒那個工夫理睬她，轉身就走。

祝氏吃力地在床上翻了個身，鐵青著臉喊著馮澈的名字。「澈兒，攔住她，你快攔住她！澈兒，她會害得咱們身敗名裂的，不能讓她害了咱們！」

她在喊的時候，馮纓已經出了房間。

門外，魏韞正與馮澈說著話，後者低著頭，一時看不見他臉上的神情。

祝氏的聲音一聲比一聲高，馮纓皺了皺眉頭，見馮澈終於抬頭看過來，擺手道：「這幾日，你照看好她。」

之後的幾天，馮纓好，馮澈也好，兩人都各有各忙碌的事。前者重新梳理了一遍所有已知或由魏韞的人陸續帶回來的線索，後者則開始學著去管理忠義伯府的田產鋪子。

馮澈一貫是埋頭苦讀的人，頭一回碰上生意事，難免手生。馮纓也不是很懂這塊，索性把魏韞借了出去。

魏韞哭笑不得，夜裡幾次索吻，這才算是收取了足量的報酬，白天仔細教導起妻弟來。

夜裡，馮纓回到了不語閣，疲累地趴在床上，臉朝內，閉著眼，話都說不出來，碧光站在床邊俯身給她按摩痠脹的肩背。

外頭有人進出的腳步聲，主僕倆誰也沒放在心上，只當是綠苔在走進走出。等腳步聲近到床前，碧光這才回頭。

馮纓絲毫不知身後都發生了什麼事，只察覺到身上的力道沒了，閉著眼的她忍不住皺了皺眉頭，哼哼道：「碧光，再捏捏。」

她這幾日白天騎著馬到處跑，身邊的女衛以及魏韞的人都被她派出去忙了，哪處有消息她就跟著去了哪處，幾乎都是快馬加鞭當天來回。

天天這樣忙，一旦夜裡放鬆下來，感覺渾身上下就無一處舒坦的地方，累得只想找個地方團起來舒舒服服地睡上一覺。

等察覺到身上力道不對，她這才猛地睜開眼，蹭一下坐了起來。

只見魏韞坐在床邊，抬著手，哭笑不得地放下。「捏疼妳了？」

「沒有。」見是魏韞，馮纓鬆懈下來，懶懶地往他身上靠。「就是突然發覺不是碧光，所以一驚一乍了下。你怎麼回來了，三兒那邊不是說今天要忙到很晚嗎？」

「那些掌櫃們都回去了，沒什麼事，就早些回來陪妳。」

聽到掌櫃們回去了，馮纓「咦」了一聲。

魏韞解釋道：「馮澈讓掌櫃們這幾日把帳本都送過來，帳本不少，我抽調了底下兩個帳房先生專門幫他查帳，發現了不少問題。」

自從馮纓出嫁，帶走了盛家當年送的陪嫁後，馮奚言手裡留的田產鋪子其實已經不多，不過這些年錢生錢的，也叫他積累了一些錢財，買了田地、店鋪，交給聘來的掌櫃專門打理。

馮奚言打小埋頭讀書，一心要做人上人，在他出人頭地前，馮家人本是農戶出身，全族老老少少只知道圍著自家幾畝地操持，即便後來有了鋪子，也都不知如何經營，只能交給外人。

於是這一查，還真就查出了不少問題。

「有幾個心大的，趁著你們姊弟操辦後事的時候，把鋪子裡的東西往外頭送，還有的以為將來會是馮家人掌權，連造假的帳本都懶得自己多看幾遍，漏洞百出，甚至有人偷龍轉鳳，把鋪子變到自己名下，打算慢慢消化，今天索性和馮澈一起把有問題的幾個都處理了。」

魏韞輕描淡寫，將白日裡和掌櫃們發生的衝突變作了簡簡單單的幾句話。

「他們倒是心大膽肥。」馮纓哼哼。「偷雞摸狗的事看樣子這些年就沒少做過，現在趁著主家人沒了，家裡又亂哄哄的，更乘機想往懷裡多攬點錢財。」

魏韞淡淡一笑。「沒事，妳三弟是個會讀書做事的人，雖然不擅長經商，也不會看帳本，但是帳房教他，他都肯靜下心來學。」

馮纓驕傲地仰起頭。「那是。雖然同父異母，但畢竟是我弟弟，多少會有姊姊的幾分聰明。」

魏韞忍不住笑，伸手刮了刮她的鼻子。「妳三弟確實很聰明，很快就發現帳本上的問題，知道哪幾位掌櫃私下犯了什麼事。」

白天馮纓在外奔忙的工夫，魏韞親眼看著幾個掌櫃被馮澈說得啞口無言，最後抱著厚厚的帳本匆忙逃了出去，準備過幾日再把補好的帳本送回來，倒也感到佩服。

「那些掌櫃倒也不是什麼大奸大惡之人，憑妳三弟的本事，大概很快就能全部管得服服貼貼的，不用我們再陪著。」夫妻倆十指相扣，魏韞低頭說道：「不過妳爹買給馮家人的那些地，有些對不上帳，不知道是從他鋪子裡出的錢，還是哪裡。」

「應該是我娘的陪嫁。」馮纓坐起身，沈下臉。「忠義伯府之前還給我的嫁妝裡少了些東西，多半是被馮奚言和祝素婉兩人拿去換錢了，現在想來，指不定他們馮家的地裡就有用我娘嫁妝買的。」

「想拿回來？」

「不是他們的東西，當然要拿回來。」

魏韞點頭。「好，我會幫妳拿回來。」

他說到這裡，又想起一事。

「祝氏的事，妳打算怎麼做？」

馮纓平靜道：「證據有了，祝氏既然不承認，我就找京兆尹，京兆尹要是不敢管，我就直接告御狀。」

她說著，見魏韞動了動嘴唇，探身在他唇上親了一口。

「我知道你想說不如直接找皇帝表舅，可是含光，我要的是祝氏明明白白、清清楚楚地認罪，而不是讓外人以為我是仗著身後有皇帝表舅，這才逼得祝氏百口莫辯、被屈打成招，而且……我得讓三兒知道，做錯事總歸是要償還的，哪怕那個人是他親娘，哪怕有可能傷了我們姊弟之間的感情，他都要記得這個道理。」

馮纓趴回床上，輕聲道：「要不是為了三兒還有梅姨娘母女倆，我連這棟宅子都想收回來還給皇帝表舅。」

她恨不能當下就和馮家切斷所有的關係，但她不能這麼自私，歸根究柢，這裡不僅和她有關，還有她的那些弟弟妹妹，還有梅姨娘她們。

翌日黃昏的時候，馮纓從外頭回來，手裡提著平京城裡最近流行的點心，徑直去見了胡雙華。

胡雙華的腿已經接好了，但傷筋動骨一百天，她還沒休養到能下地自由走動的時候。

馮纓去的時候，胡雙華坐在床邊，伺候她的小丫鬟正在給她的腿敷藥，見馮纓進門，忙加快動作，然後乖巧地退了出去。

「聽他們說，二姑娘要告夫人的狀，」胡雙華率先抬起頭問：「纓娘，是不是真的？」

「對。」馮纓把點心遞到她手邊。

胡雙華看了看模樣精緻的點心，聲音突然柔和了起來。

「如果我幫妳當證人，妳能不能保我活著？」

馮纓不說話。

胡雙華急了。「妳爹是唯一能做人證的人，可是他已經死了，他親口跟我說是祝氏害死了妳娘，現在只有我能當這個人證了。聽著，我幫妳作證，妳幫我保命，只要能讓我活著不死，妳要讓我做什麼都行！」

馮纓笑了笑。「哪怕我讓妳去流配？」

胡雙華一愣，抗拒地搖頭。「不……我不離開這裡……」

馮纓聳聳肩，轉身就走。

胡雙華猛地大喊道：「別走！只要、只要妳能保證我活著走到流配的地方，我答應妳，什麼都答應妳！」

「真的？」

「對……只要妳別讓陛下殺了我。」

胡家人早已經全上路了，這幾日又傳回消息，說是有幾位女眷因為受不住連日趕路的疲憊，死在途中，其中就有原本打算給太子做妾，卻並沒有被選中的胡櫻。

胡家人的消息，馮纓並沒有讓人瞞著胡雙華。

胡雙華深怕慶元帝因欺君之罪判她斬刑，但也不願意再過著東躲西藏然後被人藉機要脅的生活，思來想去，只能求馮纓幫幫自己。

馮纓回頭看她，見胡雙華臉上滿滿都是真誠和渴求，沈默地點了頭。

胡雙華驀地鬆下一口氣，眼角滑下眼淚，一會兒哭一會兒笑，嘴裡嘟囔著「對不起」，也不知究竟是在對誰道歉。

這一日，京兆尹和往常一樣出門辦差去了。

「大人，今天出門的時候我聽見喜鵲叫了，等會兒一定有什麼好事要發生！」

他手底下那些人慣常是極會說好話的，即便這幾年聽下來，耳朵都要聽出繭子來了，京兆尹也不得不承認，好話就是這麼動聽。

他回頭掃了眼說話的人，道：「這麼巧？我今天出門也聽見喜鵲叫了，你說，會是什麼好事呢？」

那人連忙點頭哈腰笑道：「這世上的好事，無外乎是升官發財，說不定今兒個喜鵲就是來跟大人報喜的，回頭大人就高升了呢。」

「你說得對！指不定等會兒就有人來道喜賀我高升了！」京兆尹笑了一聲，抬手在那人背上拍了幾下。

那人長得瘦瘦弱弱，單薄得很，被他這麼一拍，沒留神往前踉蹌了兩步，回過神來忙諂笑地給人道喜。

正說著笑，底下來了個人，滿臉的驚慌失措，見了人竟然還舌頭打結，說不順話。

「大人，那位、那位、那位縣主又來了！」

不管是京兆尹還是他身邊奉承的，一下子臉色都變了。

到底還是京兆尹率先回過神來，伸手一把拽住傳信的人，用了力氣，兩人臉都快撞到一起了。「你說誰、誰來了？那個瘟神?!」

京兆尹的手勁兒大，加上心裡著急，難免把人抓疼了。

那人疼得齜牙咧嘴。「就是、就是上回害得大人您睡書房的清平縣主！」

清平縣主……

又是清平縣主！

京兆尹已經怕了馮纓。

之前那次暗門的事，已經被她和她身邊的人弄得天翻地覆，害他們結結實實挨了慶元帝一頓罵。

等他回了家，還被他家媳婦追著又是打又是罵，連幾個妾都壯大膽子好一陣冷嘲熱諷，硬生生讓他在書房裡冷床冷鋪地睡了小半個月。

這一時沒了香香軟軟的妻妾可抱，可是叫他連覺都睡不好，還心驚膽戰，生怕突然又出了什麼事，被陛下又召進宮裡狠狠罵上一頓。

一聽說是馮纓來了，京兆尹就覺得頭疼牙疼，從頭到腳哪都疼。

「不行，我得找個地方躲躲。」

他說著就要藏起來，還是剛才說奉承話的人上前兩步「誒誒」兩聲，趕忙把人攔住。

「大人，你可不能躲，清平縣主跟別的人不一樣，她是盛家養大的，喊陛下一聲表舅呢！大人此時躲起來，回頭她要是去找陛下做主該如何是好？」

「可不躲，指不定她又給我帶什麼糟心事來！」

「大人大人，千萬別躲！這喜鵲大清早的才叫過，縣主來訪，說不定不是什麼糟心事，反而是天大的好事呢！大人這是要把送上門的好事給拱手推出去啊！」

到底是能說會道的人，幾句話下來，京兆尹改變了主意，雖然還有些猶豫，最後還是老老實實去見了馮纓。

等到京兆尹見到馮纓，聽她說完來意，下巴都要驚呆掉下來了。

「妳、妳說什麼？」

「狀告繼母祝氏。」

「不是，縣主，我的姑奶奶，妳知不知道自己在說什麼？」京兆尹真的驚呆了。「那可是妳繼母，雖然不是親娘，但是她也是忠義伯名正言順娶進門的正妻，妳作為子女，狀告她，那……那不合規矩。」

「那什麼是規矩？」馮纓反問。

京兆尹錯愕。「自然是『親親得相首匿』！我的姑奶奶，妳不會不知道吧，這從前朝開始，除犯謀反、大逆以外的罪行，家人即便有罪也應當相互包庇隱瞞，不得向官府告發。」

她怎麼會知道？

馮纓皺眉。

她身邊所有人都不覺得她要狀告祝氏是件多麼奇怪的事，她自然也不覺得在這個世界裡狀告家人是不對的事。

京兆尹搖頭晃腦。「父為子隱，子為父隱，直在其中矣……」

「不用跟我咬文嚼字，我只問大人你受不受理？」馮纓不客氣的打斷。

京兆尹噎住。

馮纓道：「你說的那些我不懂。我只知道，我要狀告的人涉嫌毒殺我生母，更是讓忠義伯暴斃的凶手。」

「什麼？」

「我要告祝氏毒殺我生母盛氏！我生母盛氏，乃是陛下親封的和靜郡主，與皇室血脈相連，祝氏謀害皇親已是大罪，我還要告她毒害我父親忠義伯！」

京兆尹這次是真要嚇死了，整張臉都青了，急得在馮纓面前走了幾個來回，好一會兒才停下腳步。「好！本官受理！只是事關重大，縣主真打算這麼做，不怕日後城中百姓紛紛議論，不怕魏家人……將來對妳指指點點？」

他說完，又追問道：「還有，還有！還有忠義伯府的名望，和縣主的家人，他們知不知道此事？」

知道京兆尹心有疑慮，馮纓並不氣惱，耐心回答道：「他們自然知道。」

舅舅們自是不必說，她送了信去河西，雖沒等到回信，但他們定然是同意她的任何決定。

而忠義伯府內，衛姨娘目前孤立無援，如今只能求著梅姨娘討生活，芳姨娘一貫是不管事的，只要能踏踏實實活著，她就樂意。

說到底，最對不住的，其實是梅姨娘和馮荔。

她們好不容易談好的婚事，因著馮奚言的暴斃，不得已又得推後三年。三年後，馮荔十六、七歲，正是最好的年華，只是那說好的人家卻不一定願意等這三年，一時間，多了太多的變數。

不過好在梅姨娘豁達，雖然有些發愁，但很快想通，站在了她的身邊，支持她狀告祝氏，給親娘報仇。

至於馮凝和馮蔻，前者勢必要和馮荔一樣被影響三年，但她始終還是馮澈的妹妹，馮蔻早已經做了五皇子的姬妾。她倆的將來，都不在馮纓關照的範圍裡。

見馮纓心意已決，京兆尹饒是再害怕她這個大麻煩，可想著清早出門的喜鵲，還是硬著頭皮接了這案子。

# 第二十四章

祝氏很快被人從忠義伯府「請」了出去。

她自是咬死不承認馮奚言和馮纓生母的死與她有關。

「馮纓那時候才多大，哪知道什麼真相？她生母就是因為難產才留下病根而死的，胡說什麼她生母是被人下藥死的，現在又跑來說是我毒死了人，分明就是惡意誣陷！再說了，忠義伯是我的夫君，他因病暴斃是活生生的事實，如今還屍骨未寒，縣主作為馮家女兒，不想著如何幫弟弟扶持家裡，倒還胡亂相信別人的話鬧得家犬不寧，就這麼認定是我毒死了他，試問，我毒死自己的夫君有什麼好處？沒有！我是被人冤枉的！」

祝氏又吼又叫，甚至還當著京兆尹的面開始撲打他的手下人。

京兆尹臉色難看。「縣主，妳狀告祝氏，手裡可有什麼證據，不如當堂一一說來。」

馮纓拱手。「自然是有的。」

與馮纓那處一牆之隔的地方，魏韞見到了太子。

京兆尹儘管有意壓著動靜，可耐不住祝氏的反應。把人從忠義伯府請出來的時候，因為祝氏又吵又鬧，很快就驚動了沿途的百姓人家，自然就有御史乘機又向慶元帝參馮纓一本。

慶元帝知曉了，太子又怎會不知道？

「纓娘要告她繼母的事，你知道？」太子朝門外看了看，不用看到人，光是聲音就足以明白牆那頭是個怎樣的場面。「此事傳出去，只怕將來對你們不好。」

魏韞點頭稱是。

「那你還由著她來？纓娘性子直，但一向肯聽話又講道理，你難道沒有好好勸過她？」

魏韞笑了笑。「不必勸。」

他說完，神色變得鄭重起來。「這畢竟是她的事，應當按照她的心意來。祝素婉對她來說，是毒殺她父母的凶手，她不可能不管不問，由著人繼續瀟瀟灑灑地活著。」

太子也變了神色。「孤知道，父皇也知道，但御史臺的人只會說纓娘不對。」

面對太子，魏韞沒有片刻遲疑。「我知道她是在做正確的事，這就足夠了。」

太子深深地看了他一眼，深吸一口氣，無奈搖頭。「魏含光啊魏含光，孤從前怎麼不知道你是這麼個寶貝妻子的性子？」

太子伸手，拍拍魏韞的肩膀。

「行了，父皇也不過就是意思意思，讓御史臺的人知道他已經派人勸過纓娘了，免得那些吃飽了沒事幹的大臣們又齊齊往父皇面前上奏，一口一個忠孝禮儀、不合規矩。」

魏韞自然知道慶元帝的意思。

那位高高在上的天子，恨不能將馮纓捧在手心裡疼愛。他一貫都是如此行事——只要是真心想要疼愛的小輩，無論是什麼身分，總會想盡辦法的給予照拂。

一如這些年得此恩典的自己。

「我不認識他們！」

隔壁突然傳來了祝氏一聲吼，君臣二人面面相覷，當下邁腿往隔壁去。

馮纓立在堂內，身邊的女衛將兩個老婦人和一個衣衫襤褸的老先生牢牢護在身後，稍遠處，幾個男人神情尷尬地擋著一個勁要往前撲的祝氏。

「你們幾個老不死的！說！你們是收了誰的錢，居然敢來誣陷我，想害我！」

她實在吵鬧得厲害，京兆尹忍不住揉了揉耳朵。

「祝氏，人證物證俱在，這兩個老婦人就是當年為和靜郡主接生的穩婆，她們清清楚楚記得當年的事，就只有祝氏妳全都忘了，還有這位老先生，連二十五年前去藥房配藥的單子都還藏在身上，筆跡亦是得到鑒定確認，妳還不肯承認？」

「你們沒有證據，你們冤枉我！」

「大人，老婆子幾個不敢胡說八道，當年這位夫人找了老婆子幾個安排對郡主下藥的事，老婆子們一時貪心就收了銀子照做，可之後的日子過得戰戰兢兢。」

一個老婦人抹著眼淚。「有一起拿了銀子的姊妹後來家裡出了事，男人死了，兒子瘸了，我們心裡想怕不是老天爺給的報應，就趁著人沒注意，帶著一家老小都跑了，那些銀子更是不敢花出去半分……」

旁邊的老婦人聽著聽著便哭了出來，就連老先生此時此刻也忍不住擦了擦眼睛。

他們一個是當年祝氏提前幫馮奚言找來安排在忠義伯府的穩婆，一個是當時城裡的遊方郎中，懂點醫理，能不引人懷疑的買到特殊藥材。

馮纓一直沒有停止調查過當年此事的知情人，但事隔多年，他們兄妹當時又年紀小，不記得什麼線索，於是很多人事都沒能對上號。

直到這次馮奚言死了，魏韞調出了手下的人，她終於循著那點細枝末節，在遠離平京城的鄉下小村子裡，找到了日子過得極其艱難的穩婆和老大夫。

除此之外，還有另外一個重要的人證……

聽著祝氏翻來覆去的否認和哭鬧，馮纓閉上眼，深呼吸，良久睜開眼道：「大人，還有一人可以證明一切都是祝氏主使。」

「何人？」

馮纓看著憤怒的祝氏，轉過頭。「帶人。」

她話音落，早已在門外候著的胡笳等人帶著一個東張西望、賊眉鼠眼的男人走了進來。

那男人一進門，看見祝氏，登時眼睛亮了起來。「婉娘！」

他脫口而出，再看祝氏的臉，已然一片灰敗。

「這男人是誰？」此時另一邊，太子好奇問道。

「祝氏從前的相好。」魏韞出聲。「祝氏原先的丈夫去世後，她就找了這個男人，後來又和忠義伯意外重逢，於是為了擺脫這個男人，祝氏給了他很大一筆錢。」

「這最多只能說明祝氏從前有過另一段感情，找這個男人來做什麼？」

「因為是他給的藥方。」

馮纓看到祝氏變得難看起來的臉色，心下總算稍稍舒了口氣。

這個男人名叫文生，原先是戲班子裡唱小生的，祝氏還在頭一段婚姻裡的時候，家裡時常會請戲班子來唱曲，祝氏特別喜歡聽文生的戲，一來二去便暗中勾搭上了。

祝氏那時的丈夫也是個鄉紳地主，除了土地，還有自己的生意，時常在外頭走動。因此祝氏有了更多的機會去和文生私會，等到丈夫去世之後，祝氏更是把文生接到了身邊，以管家的名義讓人跟隨左右。

喪偶的有錢婦人身邊養個小白臉再尋常不過，只不過祝氏很快和馮奚言重逢。

窮書生一朝成了有名望的伯爺，娶了郡主為妻，又有了兒子，怎麼看都已經是兩個世界的人了，可偏偏天雷勾動地火，祝氏很快拋棄了文生，轉投向馮奚言的懷抱。

已經從戲班子裡出來、沒了安身之所的文生哪裡肯就這麼罷休，一直纏了祝氏很久，直到祝氏提出要他幫忙買一種藥，事成之後給他一百兩加一間鋪子，文生這才同意會在事成後離開。

而祝氏說的藥，就是後來下在馮纓生母身上的那種。

不用京兆尹怎麼逼問，文生就一五一十地把知道的事都說了出來，完了還巴巴送上全部的證據。

他買藥時留的方子、藥房對草藥藥性的說明等等。

「我……我就是怕她再生下一個兒子……」

馮纓聽出來祝氏滿心的怨懟，她到現在還不認為自己錯了，她還在埋怨別人，埋怨所有擋了她前路的人。

「他說了，要是盛蟬音再生一個兒子，他肯定是不能找理由休妻的，更不能提納妾的事，所以他說……他說我們就保持原樣，他隔三差五來找我一回，要是有孩子了就養在外頭……我惱得不行，憑什麼我就要做外頭那個，憑什麼將來我的孩子只能是個外室子！所以我想了想，只有讓盛蟬音死了，他才能娶我進門……」

祝氏頹然，坐在地上連頭都抬不起來了。

馮纓笑了起來，手癢得厲害。

原來她娘真是死在這個女人的野心和馮奚言的自私之下，他們合謀害死了一個無辜的女人，儘管這個女人為忠義伯府開枝散葉，身分尊貴，可在生死一線之間的產床上，他們無視了一個女人想要活下來的心願，下藥活生生的害死了她。

什麼難產而亡，不過就是他們的一塊遮羞布！

「纓娘！纓娘！纓娘，我錯了！我知道我錯了！妳原諒我吧，我真的知道錯了！妳看看澈兒，看看妳的妹妹們，妳放過我，他們不能沒有母親，他們不能沒有……」

「那我呢？」

馮纓低頭，看著爬到自己腳邊哭著的祝氏，微微彎腰。

「我就可以沒有母親了？」

來到這個世界前，她有過幸福美滿的家庭，爸爸媽媽、爺爺奶奶，哪一個不是陪伴在身邊？過年時的團圓永遠是她記憶裡最美好的時刻。

可在這個世界呢？

「我出生後你們的所作所為，天知道地知道妳知道，我更知道。」馮纓垂下眼簾。「三兒需要母親，四妹妹和五妹妹需要母親，難道我就不需要了？」

祝氏張了張嘴，馮纓不客氣地打斷。「妳想說妳可以代替是嗎？可妳代替過嗎？」

祝氏啞口無言。

太子此刻進門，抬手免了京兆尹等人要行禮的動作，低頭看向祝氏，臉色陰沈得可怕。

「祝氏，妳可認罪？」

「……我……我……」

「如今證據確鑿，妳難道還要狡辯？是打算讓刑部、大理寺再共同審訊一番不成？」

祝氏渾身顫抖。

太子深吸了一口氣。「也好，那就暫時收監，孤這就回稟父皇，命刑部和大理寺共同審訊，徹徹底底定妳的罪，也好讓妳心服口服！」

「啊！」祝氏一聲驚呼，她想再求饒，京兆尹已經眼疾手快，帶著人親自上前抓著她的胳膊，把人架起來押了下去。

馮纓站著不動，直到聽見魏韞的腳步聲在自己身邊停下，她這才轉過身去，直直撞進他懷裡，抓著胳膊，閉著眼動也不肯動一下。

魏韞拍拍她的背，對著太子鄭重說了聲「謝謝」。

並非是為了讓祝氏心服口服。

太子剛才的話，是想要將事情公諸於世，將所有將來可能落到馮纓身上的口誅筆伐都扼殺在源頭。

這分情誼，該謝。

馮纓雖然不願意讓太子插手，但魏韞說動了她。

他說，這件事從頭到尾不單單是她的爹娘遭祝氏毒害，而是這種案子日後是否會被他人仿效？如果輕饒過，又是否會導致將來的案子出現問題？

更重要的是，他說，纓娘，陛下他們何嘗不想為了自己的親人做點什麼？

太子很快回了宮。

入大殿前，他在殿外遇上了如今的首輔及六部尚書，再後頭還跟著幾位侍郎。他領首受過禮，邁腿進殿。

殿內慶元帝正在奏摺上落筆，聽見張公公喚了聲「太子殿下」，方才抬起頭來。「纓娘的事如何了？」

太子拱手，將京兆尹府發生的事一五一十地說了一遍。

慶元帝冷笑一聲，丟下筆。「真是便宜了馮奚言！一個鄉紳的女兒，膽敢謀害皇親國戚，簡直是吃了熊心豹子膽！這裡頭若說沒有馮奚言的點頭，朕還就真的不信她能做到天衣無縫的地步！」

接下來，太子又說了馮纓的打算。

慶元帝點頭。「纓娘是個好孩子，考慮得周全，但是這事光周全沒有用。要做，就要做得讓人說不出一句話來。」

他招來張公公。「那女人既然不肯就這麼認罪，非要讓全平京城的人都知道忠義伯府究竟是個什麼虎狼之窩，那朕自然不會客氣。傳旨，命大理寺、刑部速查忠義伯府謀害和靜郡主一案！」

馮纓狀告祝氏，除了慶元帝，最關心此事的應該就是梅姨娘了。

聽說他們夫妻倆從京兆尹府回來了，梅姨娘也顧不上什麼規矩，當下從後院跑了出來，一見馮纓，拍著胸口一陣擔心。

「怎麼樣了？夫、祝氏她認罪了嗎？」說著，她掃了眼周圍豎著耳朵偷聽的丫鬟僕役，道：「四姑娘已經在院子裡鬧了一天，連表姑娘都被鬧得出去躲躲了。」

祝雲岫這段時間還是一直住在忠義伯府。祝家的人沒能趕過來，就先被馮家打回去了，倒是她，因著是個無足輕重的姑娘家，馮家人也沒拿她怎樣。

只是馮凝不敢對著別人發脾氣，就遷怒到了祝雲岫的身上。

「讓人跟著了嗎？別這個時候人出了什麼岔子。」

「跟著了，跟著了。我也怕她在外頭亂跑碰上什麼不好得罪的人和事。」梅姨娘答道：「纓娘，事情究竟怎樣了？我瞧妳這神色好像不大好的樣子……」

馮纓當下笑了笑，道：「她沒認罪。」

「都證據確鑿了，她還不認罪？」

「沒關係，還有刑部和大理寺，是她殺的人，她就算再覺得自己無錯，也不會讓她稱心如意。」

梅姨娘嘆了一口氣。「這麼多年了，她藏得實在太深，真要是鬧到了陛下跟前，豈不是……豈不是讓三公子難堪？」

「那也沒辦法，」馮纓無奈道：「總是有得有失。可如果為了三兒，為了忠義伯府往後的路，要我忘掉殺母之仇，這口氣我忍不下。」

梅姨娘點點頭，又拉過馮纓到一邊說話。「咱們不說什麼，總歸是支持妳做任何事，不過魏家那頭……他家規矩大，前幾日來弔唁的時候我瞧著就好像不大滿意妳做的事。」

馮纓稍稍回頭看了看魏韞。

他就站在那裡，風度翩翩，神情淡然，可偏偏帶給她一種打從心底生出的信任和依賴。

「沒關係，只要他站在我身邊就足夠了。」

她的想法始終沒有改變。

魏韞多活一年，她就多陪一年，不管他身上的毒能不能解，她始終都會陪在身邊。這些，和魏家人無關。

得了馮纓這樣的回答，梅姨娘自然不好說什麼。「妳爹跟祝氏別的好事沒做過，就這一樁婚事，倒是歪打正著給妳挑了個好的。」

馮纓沒忍住，笑出聲來。

她也覺得那對夫妻只做對了這一件事。

「姨娘。」馮纓喊了一聲。「有件事得拜託妳。」

梅姨娘痛快地答應下來。「妳說，妳都來拜託我了，一定是我能做到的事，事不嫌多，妳隨便說。」

「是三兒。忠義伯府……可能要沒了，我打算想辦法幫你們保下宅子，讓你們以後還是能繼續住在這，但是三兒……他恐怕是要和我疏遠了，姨娘以後就是家裡的長輩，幫忙多看顧看顧他吧。」

梅姨娘自然應允。

馮纓回到魏韞身邊，後者向梅姨娘微微行禮，然後與馮纓並肩往後院走。他腳步稍快，轉角之後，卻忽然停了下來。

馮纓沒留神，徑直撞上他的胳膊，「唔」了一聲，揉揉額頭。「怎麼了？」

魏韞沒有說話，視線望向稍遠處。

馮纓跟著看過去，不遠處的牆角下，馮澈立在那兒，也不知是否聽見了方才她和梅姨娘之間的對話。

誰也沒出聲。

就這麼安靜地站了一會兒，而後馮纓就看著馮澈轉過身，慢慢走遠，消失在她的視野裡。

三天後。

平京城裡近來傳出兩樁驚人的殺人案。

一樁來自剛剛過世的忠義伯，一樁則是二十五年前的舊案，忠義伯的髮妻，據說是難產而亡的和靜郡主。

當案子調查的結果公布出來，所有人都驚呆了——誰都沒想到這一前一後時隔二十五年的兩樁案子，竟全都出於一個婦人之手，而那個婦人堂而皇之地當了二十四年的忠義伯夫人。

更令人吃驚的是，當年和靜郡主過世，竟還有忠義伯的手筆。

這樣的大案一出，前幾日有人傳言清平縣主告母的話鋒立即變作了「大義滅親」。有人呸了一聲，說一個殺人凶手算縣主哪門子的親！

這天，忠義伯府爵位不再，忠義伯府的門匾也高高落下砸在了地上。人人都等著看熱鬧，想看府裡的人哭著喊著被趕出去。

哪知半個時辰後，門前又掛上了新的匾額——馮府。

眾人錯愕，有知情人在旁嘆了句「縣主重情重義」，眾人才知，這「馮」字，既是馮家的馮，更是馮纓的馮。

清平縣主這是拿下了宅子，自己給自己留了個娘家，順道讓家裡的弟弟妹妹們也還能留一個落腳的地方。

整件事從頭到尾，她只針對那個毒害自己生母的惡婦。

沒人知道，被趕回鄉下的馮家人在她女衛的監督下，後來也老老實實將那些用她娘嫁妝買的土地交了出來。

等這些事都忙完了，馮纓與魏韞終於回到魏家。

馮纓夫妻倆一回魏家，看著怒氣沖沖的魏陽，夫妻倆面面相覷，有點不知道該說什麼。最後還是魏韞握了握馮纓的手，扶著雙肩，把人轉了個身示意她先回棲行院，這才算是打破了眼前的沈默。

「你們真是好大的膽子！」魏陽皺了眉頭。

魏韞毫無愧意，平靜道：「只是做了該做的事。」

「該做的事？」魏陽氣笑了，指指魏韞，嘴巴幾次張了張，最後咬牙切齒罵了句「混帳」。

魏韞視線往下，看著石磚上爬過的蟲子，淡然道：「混帳嗎？我不覺得。」

沒想到會聽到這麼一句回答，魏陽一句話不說，死死盯著他。

魏韞抬起眼。「殺人償命，祝氏殺的還是陛下的表妹，御封的郡主，難道殺人者不該為此付出代價？」

「可那也是馮纓的繼母！」

「只沾了一個繼字，那人算不上什麼母親。」

「對她來說不是，但忠義伯府還有那麼多的小輩……」

「她比父親你更清楚這個決定有多艱難。」魏韞毫不客氣地打斷了魏陽的話。「如果同樣的選擇放在父親你的面前，你會怎麼做？」

「自然是放棄一人，成全餘下的人！」

魏韞驀地笑了。「好。」

他看著魏陽，垂下眼簾。

「那就等著那一天我好看看，父親究竟是不是真的會放棄一個人，來成全其餘的人。」

魏陽面色難堪，一時間不知道該說什麼，正好外頭傳來一陣急促匆忙的腳步聲。他循聲看去，是康氏身邊伺候的小丫鬟。

「怎麼回事，橫衝直撞的？」

小丫鬟被他突然的冷臉嚇了一跳，舌頭都不索利了。「夫、夫人身體、身體不好了……」

魏陽猛地站了起來。「請大夫了沒有？」

「已、已經派、派人去請了！」

魏陽撇下人就跑，魏韞趕緊跟上，不多時趕到了康氏的院子裡。

馮纓和他們父子幾乎是同時趕到，正要進門，被幾個婆子攔在了外面。

「夫人說了，長公子夫人若是過來了，就把人攔在外頭，夫人……夫人不想見妳。」

領頭的丫鬟有些怕馮纓，說話的時候有些聲音藏著掖著。

可等她說完話，瞧見魏韞，忙挺了挺胸脯，底氣十足道：「夫人說了，這人活著總要守著禮義仁孝，要是有的人做不到這四個字，那咱們就少和他接觸……」

「閉嘴！」魏韞大喝。

丫鬟頓時紅了眼眶，委屈地低下頭。

馮纓早就注意到了丫鬟的小動作，可這會兒她絲毫不打算搭理一個帶了小心思的丫鬟。

「那我就先不進去了。」馮纓看著魏韞，怕他擔心，還笑了笑。「我就在院子裡等著，要是用得著我，我再進去。」

大夫很快來了。

馮纓看著父子倆進屋，閒來無事，便在院子裡慢吞吞地轉悠。一圈，又一圈。

隨後馮纓就聽見了屋裡傳來的聲音。「大夫……她……妳、妳這是……」

馮纓站定，豎起耳朵聽那頭的聲音，就聽見老大夫輕輕嘆了口氣道：「尊夫人當年懷孕的時候壞了身子，產後更是生過幾場大病，沒能好好養回來。這些年偏偏又常年茹素，這底子自然是越來越差，不過也不是什麼大問題，不用太擔心。」

馮纓聽這話，總算稍稍放下心來。

老大夫說完話後，她聽見魏陽低沈地應了一聲。「是我不好，沒能照顧好她。」

老大夫道：「魏大人，你同我道歉沒用，你得同尊夫人道歉。這藥方子我再改改，還是一日兩副，吃上七天再看看情況。長公子，令堂心裡藏著事，長公子不妨多陪陪她，也好開解開解，這心底的瘀，不是草藥可以化開的。」

魏韞沈默了片刻才低聲應「是」。

之後一直到老大夫出門，馮纓站在院子裡正對上他的視線，都沒再聽見他們說一句話。

馮纓又在院子裡待了一會兒，屋裡出來了個婆子，說是康氏醒了，要她進屋侍疾。

做媳婦的給婆婆侍疾，是外頭人家最尋常不過的事情，馮纓自然不會拒絕，當下爽快地答應了。

等進了屋，只見魏韞正站在一旁，看著魏陽試圖餵水卻被康氏避開。

「還是我來吧。」

馮纓上前，魏陽順勢遞過杯子，起身就走，臨到門口又把魏韞叫了出去。

屋裡一下子就只剩下幾個伺候的丫鬟婆子，還有馮纓和躺在床上閉眼不語的康氏。

「母親，先喝口水。」

她端了水送過去，康氏卻偏過頭，不聲不響。

馮纓耐著性子，繼續道：「藥還在煎，先喝口水潤潤嗓子，等下喝藥的時候能舒服些。」

康氏不說話。

「母親，要是不想喝水，那要不要吃點東西填填肚子？」

康氏還是不說話。

馮纓擱下杯子，低聲道：「母親不想喝水那就先不喝，等藥來了，再喝一口潤潤嗓子。」

邊上的婆子出聲道：「縣主，妳是來侍疾的……」

馮纓點了點頭。「我知道，但現在母親不想喝水，我總不能掰開她的嘴往裡頭灌。」

婆子愣住。

「這……這……話不是這麼說……」

「出去吧。」康氏睜開眼，話卻是衝著婆子說的。「妳們都出去。」

婆子低聲應是，帶著幾個丫鬟退了出去。

門關上後，康氏重重咳嗽起來。

馮纓嘆了口氣，還是端起杯子給她遞水。「母親，喝……」

「啪」！

杯子沒拿住，被康氏抬手一揮，重重地砸在地上。

馮纓抿了抿唇，彎腰去撿地上的碎瓷片。

康氏咳嗽著坐起來。「妳不是膽子很大嗎？妳不是想要誰倒楣，誰就能倒楣嗎？怎麼非要低聲下氣地伺候我？」

馮纓彎著腰，手下的動作頓了頓，到底還是先把瓷片都撿了起來，又拿帕子包住，放到桌上。

「我可不敢讓妳伺候我，妳連妳繼母都有膽告，我這個不管事的婆婆，只怕妳壓根沒有放在眼裡。」

馮纓嘴角微微一翹。「母親如果不想我侍疾，我這就離開。」

她說著，還真就要走。

康氏當場急了。「妳回來！」

馮纓停下腳步，回頭看她。

康氏道：「我這身體還不知道能活幾年，妳……算我求妳，妳從含光身邊離開好不好？」

馮纓一下子就明白她是什麼意思了。「母親覺得，我會影響含光的仕途？」

康氏低頭。「妳是縣主，又得陛下恩寵，怎麼會影響含光的仕途？我是擔心……我是擔心……」

「擔心我哪天因為看不過眼，或是莫須有的什麼原因，會闖下禍事，連累含光。」

康氏點頭，期盼道：「對，我是這個意思，妳明白就好，妳一向聰明，怎麼會不明白我的意思。」

她笑起來，卻淚眼汪汪的。「妳跟含光和離，我讓魏家給妳田地，我名下的嫁妝也撥間宅子給妳，保妳將來的日子過得好好的，沒人會瞧不起妳。不過妳都是縣主了，又有陛下跟盛家當靠山，妳跟含光和離之後，一定很快就能找到好人家嫁的，就算不嫁人，日子也不會過得差的對不對？」

「不對。」馮纓搖了搖頭。

康氏呆愣住。

「不管我嫁的是誰，和不和離都是我們夫妻倆自己的事情。母親說我會牽連含光的仕途，可母親也說了我有陛下的恩寵，有盛家的榮光，那母親又怎麼會不知道，我可能比任何一個世家姑娘，更適合含光？

「還有，什麼田地宅子的，這些東西有或是沒有，對我來說一點也不重要，我若想要田地，想要宅子，皇帝表舅、太子表哥，以及我的舅舅們難道就不會給我？我真的不需要這些。」馮纓見康氏急忙要說話，當下開口。「母親，您還是先養好身體，有什麼事，等身子好了再說。」

這一回，她沒再留步，任憑康氏在後面又喊又叫，就是半步不停，直接出了房門。

外頭的婆子丫鬟們慌慌張張地進房，那心思最活絡的一個走在最後，忍不住衝著馮纓喊了一聲。「有妳這麼侍疾的嗎，怎麼就不知道順著點夫人！」

「這不是給妳機會嗎？」

馮纓也不客氣直接回嘴，神情凝肅，頭也不回地離去。

她要怎麼順著？總不能為了康氏，真答應跟魏韞和離吧。

那丫鬟愣了一瞬，跺了跺腳趕忙跑進屋裡。

康氏生病，馮纓又把她氣著的消息，很快傳遍了整個魏家。魏陽讓人回棲行院不用侍疾，魏老夫人卻發了話，說是要她們婆媳倆好好磨合相處，免得傳出去說魏家婆媳不和，丟人現眼。

其實不用老夫人發話，馮纓也會好好守著康氏。

康氏的脾氣來得快去得也快，等到夜裡，她就已經安靜下來，除了喝藥、用膳、吃水，一言不發。

這樣倒也好，馮纓跟著安靜地侍疾起來，只不過這一守，卻守出了點古怪的事來。

藥裡摻了一點安眠的藥材，康氏服完藥之後往往很快就會入睡，雖然都是淺眠，但一向如此。

起初都還好，只是這幾天睡著睡著，康氏就開始作夢說起夢話來，一下是罵魏韞不孝，一下又是哭著說對不起，哭著哭著，人便醒了，醒來後壓根記不得自己剛才作了什麼夢，總會慌張地抓著丫鬟婆子的手追問她們都聽到了什麼？

一次兩次，漸漸的，饒是最膽大的幾個婆子，都不敢再湊近她了。

這一日，守到三更天的時候，康氏又開始作夢了。

幾個丫鬟已經怕了，誰也不敢這會兒跟前伺候，馮纓嘆了口氣，守在床邊看著她。

等聽到她哭著喊「都是娘的錯」、「娘應該一把你生下來就掐死」，馮纓的眉頭已經皺了起來。

而後，又和之前的無數次一樣，康氏猛地睜開眼醒來。

「我……我剛才是不是說了什麼？」

馮纓試著平靜地回答道：「沒什麼，母親，您只是作夢罷了，再睡一會兒吧。」

「我剛才到底說了什麼！」

康氏情緒激動，一把抓過瓷枕直接朝她砸了過去。

馮纓抬臂一擋，瓷枕砸到手腕上然後落地，發出清脆的響聲。

她忍著疼，看向康氏。

「妳說，妳應該一把他生下來就掐死。」

下雨了。

馮纓回到棲行院，十二月的風開始吹得人腦殼疼，她進屋摘下兜帽，風就跟著從身後還沒關嚴實的門縫裡鑽了進來，還有細小的雨絲也跟著飄進屋，帶了一點點的涼意。

馮纓轉身，闔上門，這才輕著手腳進裡屋。

裡屋床上，魏韞靠坐在床頭，閉眼休憩。他的腿上還放著一本書，是他之前在忠義伯府的時候就開始看的。

馮纓輕手輕腳地走近，又拿過書看了裡頭的書頁一眼……還是回來那天看的那頁，分明是拿著書卻壓根沒看下去。

她又去看魏韞。

他睡著時臉上的神情十分平靜，裡屋桌上的燭火照在他的臉龐上，越發顯得他鼻梁高挺，眉目深邃。

他果然還是累了，畢竟忠義伯府的那些事，不僅僅只是要他動動嘴皮子而已。

馮纓在床邊坐了一會兒，一直到碧光輕著手腳端著熱乎的茶湯進來，她這才輕輕喚醒魏韞。

「含光？」

她喊了幾聲，魏韞的睫毛這才微微顫動，然後慢慢睜開眼睛。

「回來了。」見是馮纓，魏韞下意識地彎了彎唇角，伸手去碰她的手。

馮纓由著他牽住手，笑咪咪道：「回來了，我又把母親惹生氣了。」

魏韞哭笑不得。「妳又做了什麼？」

他站起身來，揉了揉馮纓略顯發涼的手掌。「母親身體不好，精神狀況也一貫不太好，要是說了什麼難聽的話，妳不要放在心上。」

馮纓應了一聲。

她知道的，不管康氏這些年有沒有撫養過他，魏韞始終在心底尊重著康氏，畢竟那是他的親生母親，是十月懷胎、辛苦生下他的人。

也是為此，她才願意在明知道康氏不喜歡自己的情況下，仍舊在邊上侍疾。

當然……最後惹惱了康氏，並不在她一開始的計劃之中。

「母親希望我們能和離。」

康氏院裡發生的事，就是她藏著不老實說，回頭魏韞的人也一定會找時間告訴他。

馮纓說完，顯得有些為難。「不過我挺自私的，我拒絕她的請求了。」

魏韞眉頭輕皺，手上免不了略微用了些力氣。「和離？」

馮纓「嘶」地倒抽了口涼氣。「我拒絕了，真的，我拒絕母親了。」

魏韞愣了一愣，手上一鬆，就見她忙收回手，撩起袖子往手腕上吹了吹。他一眼看去，她手腕上有一塊清晰的瘀青，分明是被什麼重物砸傷的。

「怎麼回事？」

魏韞眉頭皺得越發緊了。

馮纓順著他的視線看到自己手腕上微微腫起來的瘀青，搖搖頭，繼續吹了吹。她膚色本就不易黑，又養了這一年，越發顯得白皙起來，於是手腕上的瘀青儘管實際上並不嚴重，也仍舊看起來叫人覺得觸目驚心。

「纓娘。」魏韞微微彎下腰，捧住她的臉。「妳受了傷，不管是輕傷還是重傷，不管有沒有見血，妳是不是都應該告訴我？」

馮纓頓了頓，老實道：「是我先惹惱了母親，母親激憤，這才拿瓷枕砸了過來。」她並不覺得手腕有多疼，這點傷從前對她來說只是一點小傷罷了，和什麼跌打損傷沒有太多區別。但可能是因為這一年來在平京城裡被嬌養慣了，這一點皮肉傷被人隨便一碰，她居然都沒能忍住疼。

看她一臉不在意，也沒順勢訴苦，魏韞皺了皺眉，揚聲叫碧光拿藥膏進來。

碧光匆匆忙跑進裡屋，懷裡抱著放了各種藥粉藥膏的小箱子，一抬頭，見馮纓手腕上大塊的瘀青，當下紅了眼眶。

「姑、夫人這是怎麼了？」

她手忙腳亂就要給馮纓上藥，魏韞沒抬頭，只拿過藥箱道：「我來。」
碧光猶豫，見馮纓頷首，這才行禮告退。
魏韞打開藥箱，找到一小罐藥膏，掀開蓋子送到鼻子底下聞了聞，這才挖出一塊搽到馮纓手腕的瘀青上。
「你不用小心翼翼的。」馮纓笑。「我忍得住這點疼。」
魏韞低著頭，聲音沙啞。「可是我心疼。」
馮纓垂下眼簾。
「母親今天一整天都昏昏沈沈的，睡著了就會作噩夢，等清醒了，卻記不得自己說過什麼，就會抓著人拚命問有沒有聽到她說了什麼？一整晚來來回回好幾次，現在丫鬟婆子們都怕了，不敢近身。今晚只有我守在邊上，聽到她說的話了。」
魏韞揉著她的手腕，聞言問：「什麼話？」
馮纓看著他，有些猶豫，最後仍是決定說了。
她低頭湊近一些，輕聲道：「她說……她應該在把你生下來的時候就掐死。」
馮纓搖了搖頭。「我不太明白，魏含光，母親……為什麼要這麼說？」
魏韞像是並不意外，沈聲道：「沒什麼，她只是病了，情緒不太好。」
知道魏韞心底有不願她知曉的事，馮纓當下便不再提康氏作夢的事情。
魏韞又挖了一指黃豆大小的藥膏，搽在她的手腕上。先前的藥膏有些已經揉進手腕裡了，整塊瘀青的地方熱呼呼的，再被冰涼的藥膏一碰，馮纓忍不住嘶了一聲。

「還說能忍。」魏韞眉心緊皺，把動作放輕了些，順便低頭吹了吹。「這兩天把妳的刀劍都放下，等養好了再動。」

馮纓笑嘻嘻，趁他湊近，猛地往他臉上親了一口。「真是小傷，你看，我還活蹦亂跳的呢。」

魏韞哭笑不得，索性拿沾了藥膏的右手直接按著她的脖子，結結實實地給了她一吻。藥膏的味道不難聞，反倒有股淡淡的清香味縈繞在鼻尖腦後，沒來由的逗笑了馮纓。

魏韞無奈，嘴裡罵了句「不專心」，再度堵住她的嘴。

這一晚，馮纓帶著一身藥香入睡，隱約知道身邊的魏韞遲遲未睡，想睜眼陪他說說話，卻被男人捂住眼睛哄著睡得死死的。

等一覺醒來，已是第二天天明。

再問魏韞，碧光沒見著人，倒是綠苔見到了，說是一早就往康氏那兒去了。

誰也不知道他過去是要做什麼，馮纓前去的時候，院門敞開，房門卻是緊閉的，平日裡伺候的那些丫鬟婆子們都候在了門外，似乎是得了吩咐，都離得遠遠的，誰也不敢湊近了偷聽屋裡的動靜。

過了好一會兒，房門開了，魏韞才從屋裡出來。

「你和母親說了什麼？」馮纓迎上前問。

魏韞抬手幫她理了理鬢邊的髮絲。「只是一場母子之間遲來的談話。」

馮纓不解。

魏韞笑笑，並不細說。「真的，不是什麼要緊事。」

他摸摸馮纓的臉，額頭貼額頭。「這邊不用妳守著了，妳乖乖回棲行院休息，或者把小羊接過來陪妳玩？」

「好啊好啊，讓小羊過來玩。」

魏韞說到做到，果真讓長星去阿索娜的酒爐接了小羊過來。

小羊如今跟著女學的先生識了字，雖然筆跡還稍顯稚嫩，但也能有模有樣地握筆幫阿索娜寫幾個酒牌子。

救她的人是鐵匠，但是鐵匠一個大老爺們，阿索娜和宋嬌娘怎麼也不放心讓他照顧小羊，索性就收養了小羊，也算是給彼此做個伴。

比起潑辣的阿索娜和偶爾嚴厲教導的宋嬌娘，馮纓儼然就是小羊的玩伴。

把小羊一接來，馮纓果真便帶著她在棲行院裡玩了起來。

傀儡戲、打鞦韆，還說著馮纓最愛的各種鬼怪故事，小羊玩得興高采烈，馮纓自然也跟著高興。

魏韞看著兩人玩到一處，哭笑不得地出了院門。

院外，魏陽站在那兒，正沈著臉等他過去。

「父親。」

「你娘還病著，你們倒是玩得開心。」魏陽開口，目光落到魏韞身後的院子，說：「你媳婦把你娘氣著了，你不帶她過去道歉就算了，怎麼還帶了外人回來玩耍？」

魏韞眼神微微一黯，唇角勾了勾。「纓娘受了傷，身上帶了藥味，母親一貫不喜歡那種味道，所以我才沒讓她過去照顧母親。」

「她是兒媳。做兒媳的，婆婆生病理當在邊上伺候，哪怕婆婆因為生病情緒不好，讓她受了委屈，她也該受著。」

魏陽皺眉，魏韞並不急著說話，安靜地聽他把話說完。

「當初挑中纓娘，也是機緣巧合，你們夫妻感情和睦是好事，可也不能太過嬌慣妻子，你將來是要承擔起魏家當家人的重擔的，你的妻子應該穩重賢淑，而不是像現在這樣，沒大沒小地氣婆婆，還跟個孩子一樣玩鬧。」

魏陽對馮纓這個兒媳婦並沒有什麼不喜歡，畢竟從一開始，他就是看上了她的身分。可當長輩的，總會想要管教小輩，尤其那頭的康氏還病著，說什麼都不肯跟他好好說話，這邊的年輕小夫妻卻嘻嘻笑笑的好不熱鬧。

魏陽沒等到魏韞的答應，再看他眼眉低垂，神色一如平常，當下心底生出不悅來。「含光，你有沒有聽進耳朵裡？你護著纓娘沒錯，但是別太護短……」

「父親覺得，身為丈夫，不保護照顧自己的妻子，反而是把她從身邊推開，用力傷害，然後回頭懇求原諒才是正確的？」魏韞沈吟片刻，笑了笑。「就像父親一樣？」

最後，魏陽父子不歡而散。

# 第二十五章

雖然魏韞沒說，但馮纓還是從底下人口中得知了父子倆那天的對話——父子倆那天就站在路中央，也不避著來往的丫鬟僕役，自然什麼話都叫經過的人聽見了。

雖然魏陽說的話，馮纓不敢苟同，但之後的幾天她仍舊每天都會去康氏那兒請安，不管康氏高不高興、見還是不見她，她都會去。

康氏也的確沒有見她，她送去的點心果脯照單全收，但就是人，回回婆子都說不見人。

這麼又過了兩三天，魏老夫人發了脾氣。

說起原因，還是因為馮纓的事。

馮澈是馮家如今的當家人，可到底尚未娶妻，許多事尤其是與一些人家往來的時候自然多有不便。雖然還有梅姨娘幫忙管著家，卻到底只是姨娘，不少人家看不上她的身分，自是不願與之往來。

儘管如此，梅姨娘仍舊硬著頭皮在人前露臉。所以難免有些人便開始多嘴了起來，你一言我一語，背底裡沒少說難聽的話，更連帶著，對魏家的閒言碎語也多了起來。

魏老夫人氣性大，聽說之後發了好大一頓脾氣，直接把岳氏狠狠罵了一頓。

「妳在外頭跟人家走動，就隨人家指著鼻子說那些難聽的話，連個嘴都不會回了？」

岳氏挨了一頓罵，苦著臉道：「這、這也得有理才、才能回嘴呀。」

荀氏也抱怨。「那些人家論起官職來，不比咱們府上低多少，說話自然沒什麼顧忌，又拐彎抹角的，我們總不能像他們那樣肆無忌憚地罵回去，那樣簡直……簡直就是給自己丟臉。」

她們倆剛才去參加一個茶會，茶會上都是官家的夫人太太們，這人各有性子，自然有不少說話難聽的。

魏老夫人氣她倆窩裡橫，當下冷笑一聲。「知道丟臉還任由別人胡說？」

「可這也不是我們的錯不是嗎？」岳氏撇撇嘴，有些不高興。「說到底，不都是含光他媳婦的錯？要不是她惹出來的事，咱們家會被人這麼指指點點嗎？」

「大嫂也是，成日裡病懨懨的，不是吃齋就是念佛，不曉得管管媳婦，這都叫媳婦爬到頭……」

「閉嘴！」

魏老夫人打斷荀氏和岳氏的一唱一和，兩人當即嚇得連頭都不敢抬了，低著頭就裝乖。

魏家老少，除了生病的康氏，餘下的人都集中在廳堂內，方才岳氏挨罵的時候，馮纓就坐在邊上聽著，等話題拐到自己的身上，這才稍稍抬頭往她們身上看了兩眼。

「老大。」魏老夫人點了魏陽，把人叫了出來。「你媳婦自從生產之後，三天兩頭不是病了，就是躲在小佛堂裡吃齋念佛不出來見人，你打算怎麼辦？」

「母親……」

魏陽才開口，老夫人的聲音就嚴厲了起來。「她是長房嫡母，更是魏家當家主母！她要是當不了這個當家主母，就早點回康家去！你白白養了她這麼多年，還想繼續養下去？我不求她再生個孩子了，左右也沒用。你不想納妾，我也不逼你，但是康氏，你必須給我休了送回康家！」

廳堂裡還有許多小輩，老夫人儼然沒打算再給長子留什麼情面，當下拍了桌子。

「你護著她這麼多年，她為你做了什麼，你非要這麼守著一個沒把你放在心上的女人？你看看你們長房現在成了什麼樣子，主母只知道吃齋念佛，偶爾露個臉，什麼時候脾氣上來了又莫名其妙的發瘋！少夫人是個天不怕地不怕的臭脾氣，整日裡除了往外跑，就是往家裡惹麻煩！說到底，是你媳婦沒用，管不了兒媳婦！」

「母親……」魏陽眉頭一皺。「康氏這些年來安安分分，除了多些時間吃齋念佛，並沒有犯什麼錯，怎麼能說休就……就把人休了呢？」

老夫人哼了一聲。「含光，你說說你母親該不該被休？」

老夫人這話就有些過分了，哪有人上來直接問人子，自己的親娘該不該被親爹休棄送回娘家的？

馮纓試圖上前，身旁的魏韞不動聲色地拉住了她的手腕。

馮纓回頭，魏韞看著她，搖了搖頭，然後走了幾步，走到人前。

「自古以來，男子休妻，有『婦人七去』的說法。不順父母，為其逆德也；無子，為其絕世也；淫，為其亂族也；妒，為其亂家也；有惡疾，為其不可與共粢盛也；口多言，為其離親也；竊盜，為其反義也。」

魏韞語調平平，將書中所講的「婦人七去」一一說明。

「男子可因這七去中的任一理由休棄妻子，這是自古以來歷朝歷代的律法給予的保障。但同樣的，還有一個詞，叫『七出三不去』，有所娶無所歸，不去。與更三年喪，不去。前貧賤後富貴，不去。」

意思就是說成親時女子父母健在，休妻時雙親已過世、無家可歸的不得休。和丈夫一起為公公婆婆守孝三年的不得休。成親時夫家貧賤，曾與夫家同甘共苦，後來夫家富貴的不得休。

「那又怎樣？」岳氏撇撇嘴。

「先說七去，祖母，我母親可有犯這七去的哪一條？」魏韞問。

老夫人的臉色立即沈了下來。

馮纓半低著頭，心裡忍不住發笑。這事鬧得，魏家壓根沒有理由休棄康氏。

「祖母，我母親並未觸犯七去中的任何一條，魏家如何能將她休離？再者三不去，祖母可還記得，祖父過世後，我母親曾為祖父守過三年整孝？」

「那又如何？不過只是守孝三年，不過就是沒犯七去，難道我兒想要休妻，還要被這些莫須有的條條框框束縛不成！」老夫人的語氣越發的嚴厲了，只是說完她忽然想起馮纓還在，當下頭一轉，指著馮纓就道：「如果祖母要你休了你的妻子呢？」

「纓娘又犯了什麼錯？」

「不順父母，不順尊長！無子！嫉妒！口多言……」

話還沒說完，魏陽打斷了老夫人的話。「母親！」

「祖母，纓娘無錯，孫兒不會休妻。母親也無過錯，父親並無理由休妻。如果祖母覺得母親並不適合再留在魏家，那不如將母親請來，問問她的意思。」

魏韞絲毫不理睬魏陽的反應。

老夫人看了看他們父子，惱怒道：「行了，把康氏叫過來，我看她敢不答應！」

魏陽心急想要攔人，老夫人眼神一橫，幾個丫鬟立馬圍上去把人擋下。

魏陽又氣又急，狠狠瞪了魏韞幾眼。

「讓母親過來做什麼？等下祖母說了難聽的話，小心害得母親身子又不舒服。」馮纓上前，湊到魏韞身邊低聲問。

魏韞低頭。「沒事。」

他目光篤定，像是已經知道之後會發生的事，馮纓看著他那雙深邃的眼，心下登時放鬆了。

康氏是被幾個婆子用轎子抬過來的。

她身體還沒好，臉色蒼白，沒什麼精神，進屋之後，身邊的丫鬟扶著她朝魏老夫人緩緩行禮。

老夫人沒好氣地揮了揮手。「起來吧！身子沒好，別拜了，晦氣。」

魏陽趕忙上前，伸手要去扶康氏。「秋月，我……」

康氏避開他的手，低頭咳嗽。

「找妳來不是為了別的事，我只問妳，妳可願意回康家去？」老夫人讓人拉開兒子。「我跟妳說句實話，老大如今是鴻臚寺卿，不是十幾二十年前的小官員了，膝下無……子嗣單薄沒事，可身邊不能沒有當家主母幫他和各家夫人們來往拉攏關係！妳既然擔不起當家主母的擔子，就讓別人做！」

康氏咳嗽。「母親是要夫君休妻嗎？」

「難道休不得？」

「休不得。」

馮纓敏銳地感覺到，康氏的目光若有似無地落到了魏韞的身上，似乎是在尋找什麼底氣。

然後她放下手，挺直了脊背說道：「我要和離。」

最後一個「離」字幾乎是用了她最大的力氣，從牙縫中擠出來的，廳堂裡頓時安靜極了。

「憑什麼？」魏老夫人吼了一聲。「是我兒不要妳的！」

魏陽眼眶發紅，岳氏低頭忍笑，幾個小輩這時候都彎下了脖子，誰也不敢抬頭往中間多看幾眼。

康氏堅持道：「我只和離，我要跟魏陽和離。」

老夫人惱怒極了，氣得臉色鐵青。「我兒是堂堂鴻臚寺卿！」

康氏繼續道：「鴻臚寺卿也能和離。」

老夫人皺了皺眉頭，強壓著怒氣道：「妳這麼多年來做過什麼？我兒當然可以休了妳，憑什麼給妳留臉……」

「母親！」魏陽一見情勢不對，立即上前一步。「我願意和離！」

見康氏終於看向了自己，他張了張嘴，聲音低落道：「我……願意和離。」

老夫人恨鐵不成鋼，狠狠地拍打他的胳膊。

馮纓卻分明看到康氏長長吁了一口氣。

「母親……是什麼時候想和離的？」她在一旁低聲問。

魏韞低下頭。「她一直都想，只不過被規矩束縛，不敢反抗。」他頓了頓，道：「這段婚姻，早就該結束了。」

整整，遲到了三十年。

和離的事很快就落實了。

即便魏陽心底百般不樂意，可仍舊在眾人矚目之下，親手寫下了和離書。

和離書中，他未寫一字康氏的不好，反而字字句句都在描述她初為人妻時的美好。

一句「願娘子相離之後，重梳蟬鬢，美掃娥眉，巧逞窈窕之姿，選聘高官之主。」足以看出他對康氏和離後的祝願。

康氏出嫁時娘家給她備了三十抬的嫁妝，魏家不像忠義伯府，拿著新婦的嫁妝就偷摸揮霍，這麼多年以來，即便荀氏、岳氏曾動過康氏嫁妝的主意，但魏老夫人儘管不喜歡康氏，可對她的嫁妝卻是護得很，早就放過話，誰也不准盯著。

於是這次和離，除了康氏自己動用過的部分，她當年出嫁帶過來多少，就帶回去多少。

只可惜，她與自己的娘家已決裂多年，三十抬嫁妝只能送到她名下的莊子裡暫時存放著。

和離書送去了府衙，算是正正經經地過了明路，往後魏陽與康氏便從此陌路，不再是夫妻。

直到這個時候，魏老夫人對康氏的態度意外地好了起來，還特別關心她之後的去處。

「妳往後要去哪？是西山那頭的宅子，還是回康家的老宅？」

康氏咳嗽兩聲，身邊立馬有婆子上前扶住她。

「我讓含光都安排好了，哪都不去，就去城外的慈恩寺。」她捂嘴咳嗽，蒼白的臉上浮現心滿意足的笑。「我早就想去那兒了，聽說一年四季都風光秀麗，又是在城外的山裡頭，環境清幽，去那兒修行，想來極好。」

一聽說她要去慈恩寺修行，老夫人皺著眉直搖頭。

「妳這身子骨，去哪不好，非要去山裡頭修行？算了算了，妳也不是我兒媳婦了，我管不著妳往東往西的，妳自己好生照顧自己。」

慈恩寺坐落在離平京城十五里外的西山山坳，前朝時就已存在。原先是當時某大家族的家廟，家中那些所謂犯了過錯的女眷通通都被關在那裡與青燈古佛為伴。

後來前朝皇帝昏庸無能，又接連遭遇天災，百姓苦不堪言，以至於南來北往的窮人越來越多，家廟也漸漸地變了模樣，開始為那些經過的窮苦百姓布醫施藥。

再之後人走的走、留的留，家廟最終成了一座庵廟，又經過改朝換代，這座位於山坳裡的小寺廟才終於有了現在的樣子。

馮纓和魏韞送康氏去慈恩寺那日，天寒地凍的，整個慈恩寺都飄著淡淡的檀香，間或還有梅花的清香。

寺內，有比丘尼敲著木魚念誦經文的聲音，一陣一陣，倒是不顯得吵鬧。

寺裡的住持已經安排好了一切，把康氏安置在寺裡東北角的一處廊院裡。那廊院格外安靜，青瓦白牆，清幽雅致，住的大多都是些同康氏一樣捐了錢在寺裡修行的世家女眷們，見有人來都微微合掌施禮。

她們的作息和那些受過戒的比丘尼不同，自然住處也是分開的，免得互相影響。

康氏的屋子在廊院東面最角落的地方。

小屋簡單而不簡陋，矮榻、立櫃、香案一應俱全。等康氏一搬進去，她身邊的丫鬟婆子們立馬就往屋裡添置起各種東西。

很快，火盆也燒了起來，將屋內薰得暖烘烘的。

馮纓在旁搭了把手，就見站在院子裡與比丘尼交談的康氏面色紅潤，看著竟是比在魏家的時候氣色好上許多。

馮纓也是在康氏和離後才知道，這次她提出要和離，還是魏韞出的主意。

他說，母親盼著這個日子已經盼了太久，但從前沒有勇氣也沒有機會可以提，如今趁著雙方都有意願，她終於鼓起勇氣說出口，能夠擺脫魏家的束縛，她比誰都更高興這一天的到來。

其實馮纓心裡也明白，魏韞多少還是放不下康氏的。

不管從小到大有沒有以母親的身分養育過他，她畢竟是自己的生身母親，他念著這分生育恩情，自然敬她三分。

「我還以為母親和離之後會想回康家，沒想到你居然幫忙安排了慈恩寺。」看康氏心情不錯，馮纓自己在那邊嘀咕。「含光，母親和康家的關係不好嗎？」

「母親剛嫁進魏家的時候，和自己娘家那邊的關係還是極好的，外祖父、外祖母一向疼愛子女，對母親也十分疼惜，可惜我父親和他們想像中的好女婿有著很大的差別，這才讓兩邊漸漸少了聯繫。」

差別？馮纓不解。

魏韞輕嘆一口氣。「外祖父期望的女婿是個溫文爾雅的官家子弟，不用做多大的官，但起碼會疼惜妻子、照拂妻子，只不過他們很快發現，我父親不是那樣的人。」

要說魏陽對康氏沒有疼惜那是假的，可他顯然更看重自己的前程和魏家的將來。

「母親過門不足三個月，父親便開始請各種大夫給她調理身體，一心想要她早些懷上孩子，只是一直沒有消息，外祖母和舅舅們看不過去，勸說母親早些和離，也好將來少吃些苦頭。可惜母親沒有聽，甚至還同舅舅們大吵一架，以至於康家上下狠心與她決裂，但最後，還是發生了令母親最終對父親絕望心寒的事。從那以後，母親就吃齋念佛，不再與父親接觸，而且為了面子，這麼多年來無論多大的事，她都不肯與外祖父他們再見面。」

所以，康氏絲毫沒有考慮過和離之後要回去投靠娘家。

「她不是不想回家，是太好面子了，低不下這個頭，也怕那邊的家裡人對她還有埋怨，我還正想著，這件事要怎麼幫幫母親。」

馮纓若有所思，心中倒是已有了主意。

康氏在慈恩寺就這麼暫時住下來，每天魏韞的人都會上山一趟，殷勤詢問她有沒有什麼需要的東西。

魏陽也來探望過一次，但還沒進寺就被康氏的丫鬟婆子們趕下山了，畢竟此處住的多為女眷，接待男客不便，而康氏本也不怎麼想見到魏陽。

而這十來天裡，馮纓幾乎是一有時間就往康氏的娘家跑，趁這段時間打好關係。康家雖然和康氏這個已出嫁的女兒多年未有來往，甚至沒有出面參加魏韞的婚禮，但對於魏韞的事還是知曉得一清二楚，對於熱誠探訪的馮纓，更是抱持著極大的好感。

小年夜前一晚，平京城下了一場雪，天明之後，只見得滿山銀白，屋簷、地面上處處都堆著厚厚的積雪。

一直到太陽升起，慢慢從山間躍上天穹，才見得有雪水滴滴答答的落下。

西山山腳下，來了一批人。

男女皆有，前頭有中年模樣的男人騎著馬，後頭有家丁下人簇擁著幾輛馬車，沿著山路慢慢入了山坳，最後停在慈恩寺的山門前。

馬車一停，一個婆子就從後頭走上前，伸手掀開了當前的馬車簾子。

簾子一掀，從裡頭先蹦下一個人來，緊接著，馬車裡傳出聲音。

「纓娘，妳慢些。」

聲音帶著笑，不見絲毫責怪。

蹦下來的是馮纓，聞言轉身吐吐舌頭。「車裡熱得很，我想快些吹吹風舒服舒服。」

康老夫人被婆子扶下了馬車，馮纓上前攙住她的胳膊。「外祖母，母親和含光就在裡頭，咱們慢些走，含光還沒跟母親說家裡人會來看她的事。」

聽到這話，康老爺子有些不悅了。「誰是來看她的？我們是來捐香油錢的。」

「你自己去捐，我就是來看秋月的。」康老夫人瞪了丈夫一眼。「你們父女倆都是同一副臭脾氣，要面子得很，要不然也不至於這麼多年了我還沒見過外孫幾次。」

「妳還少看了外孫嗎？纓娘頭一回上門，妳一眼就認出來了，一口一個外孫媳婦的喊，像含光是被妳養大似的，親得很。含光小時候妳還偷偷去他學堂門口送糖，差點被學堂的下人當做拐子追著打！含光還只能抱著的時候，妳不是熬夜給他做了幾身小衣裳，偷偷放後門口，結果那年平京城爆發天花，魏家看後門的婆子怕有事，嚇得拿火燒了有沒有？妳還……」

康家舅舅們哭笑不得地看著爹娘翻陳年舊事，你看我一眼，我看你一眼，誰都不敢湊上去說話。

還是馮纓笑嘻嘻的把二老哄開心了，這才讓老爺子和老太太沒再繼續站在門口互相扒那點糗事。

這越往山上走，馮纓越是覺得老倆口緊張得要命，康老夫人的手都冰涼了，康老爺子大冬天的額頭直冒汗，就連康家舅舅們也都侷促緊張，走起路來時不時同手同腳，你撞了我，我碰到了你。

馮纓忍不住笑了，幸好她遠遠見到了魏韞的身影，立馬跳起來揮手喊他。

魏韞與康氏就在不遠處，馮纓的聲音一出，母子倆當下就循著聲音望了過來。

白茫茫的雪地上站著一眾男女老少，康氏遠遠望著，忍不住瞇起了眼。

「母親。」魏韞道：「是外祖父他們。」

他已經先和康氏提過了他跟纓娘的打算，儘管早有心理準備，可康氏在聽到「外祖父」三個字的時候，心底還是忍不住狂跳。

片刻的恍惚過後，康氏的眼眶濕了。

而這時候的康老夫人，腿腳登時索利了，當下幾步小跑上前，臨到近處，卻又猶豫了起來，嘴唇哆嗦好久才吐出一句。「乖妞……」

這是康氏小時候家人對她的暱稱，爹、娘、哥哥姊姊們，誰見了她都要歡歡喜喜地喊一聲「乖妞」。

這一聲「乖妞」隔了太多太多年，康老夫人話音剛落，康氏的眼淚就湧了出來。

「娘！」

她哭著喊了起來，看見老爺子和兄長們慢慢走上前，終於忍不住嚎啕出聲。

「爹！哥哥……」

康老夫人心疼得不行，母女倆抱頭大哭。

就是剛才還對著老妻嘴硬的老爺子，這會兒也眼眶紅紅，抽了幾下鼻子，罵了句「倔丫頭」。

康家人聚在一起，幾個大老爺們還好，康老夫人是說幾句話就掉幾滴眼淚，氣急地拍女兒幾下，那動作看著用力，偏是不帶響的。

馮纓在邊上看得有趣，偷偷拽了拽魏韞的腰帶。

「你小時候外祖母跑去學堂看你，在學堂門口攔著你要給你糖果點心，結果被學堂的人當做拐子追著打。這事，你記得不？」

魏韞按住她在腰上作怪的手指，低笑。「記得。」

他一直記得外祖父、外祖母，還有康家的舅舅姨母們。其實他們偷偷摸摸給他的關照遠比康氏的偶爾關心還要更多、更珍貴。

那頭康家人的話還沒說完，遠處忽然傳來急促的腳步聲，隨後馮纓的女衛珈南等人便從轉角處快步走了出來，身後還跟著從前一直跟在大舅舅身邊的信差。

馮纓神色一正，知道有要緊事，立即到一邊細聽，珈南等人朝著馮纓行了軍禮後稟報道：「幾位將軍說，姑娘吩咐要找的人已經找到了。」

「人在哪？」馮纓又驚又喜。

珈南略有猶豫，但仍老實道：「本來是安排好要護送進城的，但聽聞那人不喜盛家，幾位將軍尚待說服，但近日河西又突生戰事，解毒人因而失蹤，不過將軍們傳信請姑娘無須擔憂，再等些時日，他們必將人找回，毫髮無傷地送至平京。」

突生戰事？聽到這話，馮纓的臉色變了，手下意識地摸上腰側，空蕩蕩的，因為是上寺廟，她沒有帶往日會隨身帶著的佩劍。

她握緊拳頭，抬眼看向遠處的雲彩。「河西戰況如何？」

一旁的報信人立時上前說明。「目前戰況緊急，羌人皇帝死了，攝政王爺殺了老皇帝的幾個成年皇子，另扶持了五歲的小皇子做皇帝。按理說接下來羌人攝政王該進一步平息內亂，專心輔佐小皇帝的，但此人好大喜功，竟帶著小皇帝千里奔襲，想要一舉奪下承北諸城，以盛名望。那人野心勃勃，一上來就挑了防衛最弱的維城攻打，將軍接到軍報的時候，維城已破，那位能解毒的大夫，就是在維城失蹤的。」

說到此時，報信人的聲音小了些，跟隨在一旁的魏韞看馮纓神色凝重，正想開口安撫，卻見她猛地衝了出去。

她跑得極快，彷彿身下騎了她的戰馬，衣裙翻飛，連鬢邊珠花掉落了都無暇顧及。

魏韞愣了愣，旋即反應過來。「纓娘！」

馮纓沒有停下腳步，而是回頭揮了揮手。「我去一趟河西，你等我回來！」

話音一落，她不再多做解釋，逕自一路向著山門外跑，珈南等人見狀也急忙整隊向魏韞告別然後跟上。

康家人看得目瞪口呆，那原本普普通通的山門一時間竟像是一堵牆，瞬時分隔了你我兩個不同的世界。

「含光，孫媳婦說要去哪？做什麼去？你惹纓娘生氣了？」康老夫人著急地追問。

魏韞很快冷靜下來。

「她去河西了，幫我……找一個能救我命的人。」

「什麼能救命的人？含光，你老老實實回答，你這話是什麼意思，你媳婦到底是去做什麼了？」

康老爺子把石桌拍得「啪啪」作響，魏韞轉身，面朝康家人，忽地跪了下來。「含光有一事想要告訴諸位長輩！」

沒有什麼話本子裡寫的脈脈情話，也沒有情意綿綿的長亭送別，兩人就此分離，因為眼下他們夫妻有各自卻又是彼此的事情要去守護。

魏韞沒有再回頭，只在心裡祈願，希望老天爺能保佑纓娘平平安安，兩人很快再次相見。

從平京城到河西要走多久？

如當初馮纓從河西到平京那樣慢慢悠悠的邊走邊看，需要個把月；若像信差送信、軍隊送戰報，日夜兼程，累死幾匹快馬，只需幾個晝夜就能趕到。

趕回河西的路上，馮纓做得最多的一件事，除了不停地騎馬，就是拚命地回憶書中提到的承北戰況——盛家軍沒有敗，因為女羅剎自始至終都威名赫赫，甚至直到男主人公成為首輔的時候，盛家依舊是邊關最強大的一堵屏障。

但書裡並沒有寫到此次這一仗盛家軍傷亡如何，甚至沒有隨筆一句提到魏韞這個人。

是不是因為那個能解毒的大夫死在承北，所以魏韞也在書中消失了？

馮纓滿腦子胡思亂想，以至於終於到河西的時候，甚至沒有聽見守城兵的問話，直到有個眼尖的認出了她，這才叫出聲來。

「馮校尉！馮校尉妳回來了！」

他一喊，周圍的人都看了過來。馮纓在承北一帶本就有名，在河西更是上至八十歲的老嫗，下到剛會說話的娃娃都知道她馮纓的大名。

這一聲喊，當即把人都引了過來。

馮纓也跟著回過神，坐在馬背上，被裡三層外三層地圍了起來。

「馮校尉妳回來啦？」

「馮校尉，聽說妳當縣主了，那是什麼官？」

「應該叫將軍了！馮將軍，妳是回來幫忙打仗的嗎？」

看來河西的情況遠比她想像中的好。

馮纓呆愣愣地坐在馬背上，底下的百姓你一言我一語，她一時都不知該先回答誰，只能揀著一個問題便答一個。

好不容易從人群中脫了身，馮纓騎著馬就往盛家前進。

男人們自然都不在家中，只留下女眷和孩子顧家，就和從前一樣，男人上戰場，女人在家中鎮守後方。

回到盛家，馮纓一下馬，管事的先瞧見她，當下扯開嗓子喊了聲。「表姑娘回來了！」

「舅舅們現在情況如何？」

見過幾位舅母，馮纓張口便問幾位舅舅的情況。

她一路快馬加鞭地趕回，大舅母萬氏親自絞了面巾給她擦臉擦手。「妳大舅舅就在城外軍營，三舅舅在鄜城，維城原本是妳五舅舅先去的，後來妳六舅舅跟阿澤也帶兵過去了。」

說完，萬氏有些嫌棄地點了點馮纓的額頭。「妳這孩子，怎麼突然風塵僕僕回來了，就這麼怕找不到那位能解毒的老先生？」

「我也擔心舅舅們的。」馮纓撒嬌地抱住萬氏的胳膊。「大舅母，我可想你們了。平京城雖然熱鬧又繁華，可我還是覺得咱們河西最好了！」

「河西最好，可平京還有妳夫君在呀。」三舅母小萬氏在旁笑著伸手捏了捏她的臉頰。

「瞧咱們纓娘，臉都圓了一圈，看樣子，咱們這位外甥女婿會養人得很。」

「那是妳外甥女婿，又不是養豬的豬倌。」

「咱們纓娘都胖了，外甥女婿可不就是豬倌嗎？」

萬氏和小萬氏本就是感情極好的一對表姊妹，先後嫁進盛家成了妯娌之後，更是從未吵過架。這會兒看著一個在笑，一個在勸，實際上不過是姊妹倆一唱一和逗弄馮纓。

馮纓習慣了兩位舅母的玩笑，笑嘻嘻地往她倆身上靠。「我就在家裡坐會兒，等下就帶人去幫舅舅他們……」

她話沒說完，小萬氏突然道：「青娘有身子了。」

「真的假的？」馮纓差點跳了起來。「小舅舅要當爹了？」

萬氏摸摸她的頭。「是啊，要不是那天青娘突然暈倒，把妳小舅舅嚇壞的滿大街找大夫，我們也都不知道青娘肚子裡有孩子了。大夫說，約莫兩個月了，順利的話，等羌人被趕走，承北太平了，妳小舅舅就能安心等著孩子出生了。」

盛家對青娘一直都盼著能早點把人娶進門，奈何盛六自己拖著，青娘也不催不著急，他們只好隨這兩人去了。

眼下青娘有了孩子，就算是一時半會兒不能成親，人也終於是能順理成章接進府裡了。

「妳回來先去幫我們把青娘接回家。」萬氏道：「他們兩口子都是倔脾氣，可現在青娘肚子裡有了孩子，可不能只顧著自己，一個人住在外頭總歸不方便。」

總歸是好事一樁，馮纓爽快地應了下來。

盛晉用來安頓青娘的房子在小鎮東面，是個一進的院子，小小的，不算寬敞，但勝在亮堂乾淨。

馮纓去的時候是下午，來開門的是青娘身邊唯一跟著的小丫鬟知了。知了一見馮纓，眼睛就亮了。「馮校尉！」

馮纓被她的反應逗笑，隨手往她懷裡丟了一包路上買的果脯。「妳家姑娘呢？」

知了站在那兒，揀了塊梅乾丟進嘴裡。

「姑娘正在屋裡休息。馮校尉挑的果脯果然好吃。」她說完，笑嘻嘻道：「比六爺挑的好吃太多了！」

馮纓哈哈大笑往院子裡走，青娘這時候正好從一扇門裡出來。她穿了一身淺綠色的衣裙，腳上是一雙千層底碧荷白蓮圖案的布鞋，肚子平坦，整個人看起來和平日裡沒什麼差別，絲毫看不出她已經有兩個月身子的人了。

青娘走過來，眉眼彎彎笑道：「表姑娘，妳何時回來的？」

「才剛到一會兒，這就急著來看妳了，哇，這裡頭真的有我的小表弟或者小表妹了？」

馮纓好奇地看著她的肚子。

青娘微紅了臉，一手捂著肚子，一手把馮纓往堂屋裡面請。馮纓邊走邊問：「是兩個月對吧？那豈不是明年七、八月的時候，我的弟弟妹妹就要出生了？你們想好名字沒？弟弟叫什麼，要是妹妹又叫什麼？」

青娘走在她的身側，聞言有點不好意思的笑了笑。「這才兩個月呢，還早。」

「啊？」馮纓愣愣地抬頭看她。「快了快了，一眨眼就到出生的時候了。小舅舅成日裡吊兒郎當的，要是不早些給孩子取名字，等他想到的時候，孩子都生了。」

青娘哭笑不得。「我沒讀過什麼書，不如這個名字讓表姑娘來取？」

馮纓嚇得直擺手。「別，我也沒讀過多少書。」她身邊就一個綠苔的名字是她取的，還是先看見滿地青苔，隨口喊了出來，被頭疼的大舅母聽見，無奈改了個字才有了「綠苔」這個名字，這要是叫她去取名字，指不定就被她隨口取了什麼子萱、梓軒的。

青娘把馮纓帶到堂屋，屋裡乾乾淨淨，沒多少東西，但好些都是盛晉慣用的物件。

馮纓在堂屋裡看了看左右，瞧著那些眼熟的東西，嘴角忍不住泛起笑來。「青娘，妳什麼時候給我當小舅母呀？」

她湊過去笑嘻嘻道：「不如等小舅舅回來就馬上成親，咱們總不好等小嬰孩出來了，還住在這個小院裡吧？」

「我……」青娘動了動嘴唇。

馮纓怕她猶豫太多，忙道：「大舅舅他們一直催著小舅舅快些娶妳過門，別負了妳，可妳也知道，小舅舅那性子，對那越是喜歡的、疼惜的，越恨不能找個地方藏起來，明明大家住在一起，才能互相照應不是？」

青娘點了點頭。

馮纓歡喜道：「這樣，咱們先不管小舅舅，我呢，是大舅母專門派過來接妳回家的，等會兒把一些捨不得的、要緊的東西簡單收拾收拾，咱們回家裡住。」

青娘點頭，正要吩咐知了收拾東西，院門被人在外頭「咚咚咚」砸響，聲音很重，彷彿恨不能把院門給砸穿似的。

馮纓攔下了準備去開門的知了，跟著過來的胡笳一個箭步走到門前，透過門縫向外看，只一眼，立馬回頭。「是跟著六爺的冬瓜！」

盛晉身邊有兩個小廝，一個叫冬瓜，一個叫北瓜，兩人從小就跟著伺候他，大一些就也跟著入伍從軍，當了他的親兵。

冬瓜這時會出現在這，多半是盛晉出事了。

青娘頓時臉色一白，著急得要跑上前，馮纓扶了她一把，就見胡笳開了門，冬瓜渾身是血的撲了進來。

六舅舅受傷了。

因為維城防衛不當，城池被奪之後，盛家就派出了以盛晉和馮澤為首的軍隊前去奪回城池。

羌人攝政王雖然是個好大喜功的脾氣，但這些年來盛家眾人與他在戰場上也偶有接觸，他在關外的名聲也越來越響亮，足以看出他並不是沒有本事的人。

奪回維城的這場仗打得並不輕鬆，雖然最後還是盛家軍贏了，羌人軍隊被趕出維城，但盛家並沒有討到好，相反的，盛晉負傷不輕，緊急之下被人快馬加鞭從還需善後的維城送回河西的盛家進行妥善救治。

青娘一心掛念於他，聽到冬瓜的報信，差點暈厥過去。

好在馮纓一直守在旁邊，見她不對，立即把人抱住，喊了知了，也不管這院子裡還有什麼要帶的，直接把人抱回盛家。

等盛晉的傷勢得到控制，人也從麻沸散中清醒過來，一家子人這才放心讓青娘進房看他，陪他說說話、醒醒神。

「妳這臭丫頭是什麼時候回來的？」此時的盛晉躺在床上，一手握著青娘，一手虛弱地點了點馮纓。「青娘，這丫頭沒去煩妳跟孩子吧？」

「煩了你能怎麼著？」馮纓哼了一聲。「你還是快些養好傷，回頭能下地走路了，再來威脅我。」

盛晉傷勢不輕。

腿上中了一刀，差點砍斷骨頭，右臂是橫槍擋箭的時候震傷的脫臼，眼角還有不短的一條劃傷，所幸沒傷到眼睛，用他自己的話講，就是英俊不再，可惜了。

「反正有青娘在，你也不用娶別人了，在乎這一兩道疤幹麼？」馮纓仔細瞧著他眼上的傷，一邊說著風涼話，一邊手賤地要去戳他受傷的腿。

青娘嚇了一跳，忙伸手去攔，馮纓哪會真那麼做，當即笑嘻嘻避開。

盛晉也樂了。「那也不行，萬一真的變太醜了，青娘不肯要我怎麼辦？」

「我要的！我怎麼會不要！」

青娘真的著急了，眼睛紅紅的，看著就像是要哭的樣子。

別說盛晉了，就是馮纓自己看了也覺得心疼得厲害。

她瞪了自家小舅舅一眼，就見盛晉摸了摸鼻頭，然後涎著一張臉湊到青娘跟前。「那回頭，妳娶我好不好？」

成噸的狗糧馮纓沒興趣再吃下去。

只可惜，自家小舅舅是個什麼脾氣性子，她太清楚不過了。到河西三天，她硬生生被小舅舅拖著吃了三天的狗糧。

饒是溫柔的青娘，三天之後再碰上盛晉非要當著外甥女的面撒嬌，也學會了如何冷著臉給馮纓解圍。

當然，除了跟準媳婦撒嬌，盛晉更多的時候，是一邊養傷一邊和盛州及盛家軍眾人討論羌人那邊的情況。

馮纓跟著聽了幾回，很快摸清了敵軍的情況。

羌人攝政王此番不會因一次戰敗，就偃旗息鼓地退回他們的王都。相反的，他可能還會帶兵捲土重來，甚至一鼓作氣，往承北各地同時發起進攻。

而此刻的維城，雖然城池奪回，但整體的善後工作還需要進行，只怕一時半會兒不能完成。

「妳大哥大嫂如今都在維城，想必還要過些時候才能回來。」大舅盛州道。

知道馮纓是為了什麼回來的，盛州難免要多安慰她幾句。「放心，妳大哥大嫂一定會幫妳把那位大夫找回來。」

馮纓點點頭，主動請纓。「大舅，不如我去維城那邊幫忙吧？反正待著也是待著，不如找點事做。」

盛州看她。「不放心妳大哥？」

「不是。大舅，我這屁股坐不住，就想動動。」

知道這是她的性子，也知道她在平京城都做了些什麼事證明了她這句「屁股坐不住」，盛州擺擺手，順了她的心意。

萬氏和小萬氏不捨得她才回來，又跑到外頭去，嘴裡抱怨了幾句，但還是認真仔細幫她備上東西，送她出門。

馮纓習慣了跑東跑西，從河西到維城的路早就在過去的那些年裡爛熟於心。路上偶有難民經過，她讓胡笳過去問，多半都是先前戰禍的時候，從維城周邊的小村子裡逃出來的，現在聽說維城奪回來了，他們正陸陸續續回家去。

畢竟是紮根的地方，總是不想就這麼拋棄的。

到了維城，馮纓才發現此時大哥大嫂並不在城中，在城裡坐鎮的是大哥身邊的副將。她又往城外軍營跑，這才見到了大嫂王氏。

馮澤比馮纓年長了十一歲，他娶妻的時候已經比尋常人要晚上好幾年。

馮纓第一次見大嫂，是在她七、八歲的時候，那會兒大嫂還只是大舅副將的女兒，也是將門虎女，有一年大戰，曾經獨自一人擋住了十幾個直闖軍帳的夜襲者。

後來馮澤娶她過門，夫妻倆總是在戰場上並肩作戰，就連懷孕的那幾個月，王氏都沒有離開過軍營，直到臨盆。

突然在軍營見到馮纓，王氏顯然一時愣住，等回過神來，伸手就往她臉上捏了一把。

「妳怎麼來了？」

王氏剛摸過東西，指腹上抹了層灰，捏馮纓的一下立即把灰色指印留在了她的臉上。

馮纓不知情，還在笑嘻嘻。「過來幫忙呀，嫂子，我哥去哪了？」

「羌人那邊又派了一支小隊過來，在關外夾擊過往的胡商。妳阿兄帶人出城驅趕，大概天黑就回來。」

王氏說完，順手往她鼻子上擦了一把，瞧見馮纓鼻尖一抹黑，笑得更加開心。「做人媳婦了，越來越漂亮了。」

兩人一年多沒見，這回難得再見面，又正好軍營裡無事，索性坐下來好好聊一會兒。

過了一會兒，兩人聊得正歡，突有一小兵一臉焦急、滿頭是汗地衝進軍營，嘴邊大喊著。「不好了！馮將軍、將軍失蹤了！」

「什麼？」

# 第二十六章

那人沒有進營帳喊，而是直愣愣地站在軍營中間，一邊喊一邊喘氣。

他話音才落，原先待在各自營帳裡休息的軍士們都立即衝了出來，還有周圍尚未休息的士兵，也都聞聲聚攏過來，議論紛紛。

「到底是怎麼回事，從哪兒來的消息？」王氏幾步走出營帳，喝令報信人立即回答。

那人抹了一把汗，道：「是從前面傳來的消息，被將軍救回來的商隊留了幾個人給將軍他們帶路，但是最後只逃回來兩個，說是進了沙漠後遇上沙塵暴，將軍他們都、都不見了！」

「會不會只是走散了？」

「也可能是那兩個人跟不上隊伍，又怕自己主子責罵就撒了個謊？」

「該不會是馮將軍他們通敵叛國了吧？那個羌人攝政王很厲害的樣子，連六爺都受了重傷，將軍會不會怕了，所以……」

「這不可能！」

聽到有人散佈謠言，馮纓和王氏異口同聲地喝斥。

王氏道：「如果將軍有一點膽怯之心，一開始就不會率兵前來維城！盛家軍無論老少，一生只為守護百姓而活，不怕受傷，更不怕戰死沙場！」

馮纓拉了她一下。「嫂子，妳讓我來。」

馮纓剛才進軍營的時候，不是所有人都有看見，此刻突然認出一年多不見的人出現在眼前，大多人都驚了驚。

「你說我哥怕了那個羌人攝政王？理由是什麼？」馮纓問。

「六爺都受了重傷……」

「誰上戰場不受傷的？」馮纓笑了起來。「你，還是你？」她指了幾個面色難看的人出來，最後腳步還是停在了說話人的面前。「你不受傷？」

那人下意識地往後退了兩步。

馮纓步步緊逼。「你是哪裡來的士兵？盛家軍的，還是維城當地的？」

「我……我……」

「你當兵幾年了，一年、兩年還是三年？有沒有上過戰場，有沒有打過仗，有沒有殺過人？」

「我當然……」

「上過戰場卻覺得有人受重傷是件大事，甚至會讓一個將軍感到害怕，那只能說明一你可能沒有受過傷，不知道受傷對戰士來說，是極其稀鬆平常的事；二就是你本領極強，能讓自己次次在戰場上毫髮無傷，你是哪一種？」

馮纓不停止地追問，當下圍攏過來的人，幾十雙眼睛全都落在了那個說話人的身上。

那人挨不住，只好道：「我、我只是覺得羌人這次來勢洶洶，看起來不會善罷甘休，連六爺都受了重傷，如果這次是調虎離山之計，那我們誰都守不住維城，而且將軍的突然失蹤實在有些離奇……」

「沙漠行軍，風沙迷眼，一不留神就會丟了隊伍，你何來的證據說他是怕了羌人，所以投敵叛國？」王氏一向護夫，哪兒還能按捺住性子。

「我就是……就是隨口說了句話，沒、沒別的意思……」

「沒有別的意思？」

面對一連串的逼問，那人眼神閃爍，時不時往聚攏過來的人群看上兩眼，那模樣看著就是心懷鬼胎，要是能鎮定一些，指不定還沒那麼容易被人看出問題來。

隨著那人的眼色示意，人群中果真有人跟著呼應他，發出了質疑。

那些質疑聽起來是單純猜測、疑問，可一字一句都在把人往「馮澤應該是投敵叛國」的方向引。

王氏想要喝斥那些不當言論，馮纓的劍卻顯然比她反應更快。

只見寒光一閃，那人已經人頭落地，身體砰的一聲砸在了地上，空落落的脖頸處，鮮血「咕咕」地往外流。

所有人的目光從陡然間落地的人頭上，瞬時都集中向馮纓。

一年多不見的女羅剎，絲毫不改從前乾脆俐落的姿態，從容不迫地收起了還沾著血的劍。

「擾亂軍心者，殺！」馮纓的嘴緊緊抿了起來。「還有誰要說話的都站出來！盛家軍，不歡迎無理由質疑上峰，散佈擾亂軍心言論的傢伙，發現一律視為叛徒！」

沒人敢在這時候站出來，誰都知道她的手段有多強硬。

馮纓深呼吸。「那好，既然沒人想說話，我再問一句。」

她看著眾人，鄭重道：「你們之中有誰願意同我一起出關尋找馮將軍一行人？」

畢竟是自小長大的地方，畢竟是盛家手底下的兵馬，馮纓一開口，一呼百應。

那些勇敢的士兵們，擠過人群，高舉著手臂，紛紛表示要一起出關。

馮纓心下鬆了一口氣，但仔細一瞧，見原先神色可疑的幾人此時已不在人群之中，又忍不住吊起心來。

王氏並不同意她帶人出關去找馮澤。

「關外又不是只有草原，妳也聽到了，妳阿兄他們是在沙漠裡不見的，難不成妳也想不見？」

王氏雖然擔心丈夫，但也擔心丈夫回來的時候，發現最寶貝的妹妹為了救自己在沙漠裡出了意外。

「而且，難道妳不相信他們可以平平安安的回來？妳方才如此冷靜，都已經發現了剛才那個人是別有居心故意擾亂軍心的，現下怎麼還這麼衝動？」

知道她是擔心自己出事，馮纓伸手抱了抱王氏，如同過去那些年闖禍後的種種撒嬌。

「嫂子，阿兄他……是為了幫我找人才出關的對不對？」

王氏噎住。

「羌人才退兵多久，小舅舅都剛剛送回河西養傷，沒道理阿兄會在維城還不算安穩的時候，讓嫂子代管兵權，自己帶人出關，一定有什麼他非去不可的理由。這個理由，是為了我對不對？」

王氏一愣，很想說一句不是，可話到嘴邊，卻怎麼也吐不出謊話來。

「能幫妳夫君解毒的老大夫是個執拗的人，當初找到他時，妳阿兄他們就想把他接到河西。但他怎麼也不肯，說盛家上下手上沾滿了血，他絕不會為了屠夫做事，我們還在想辦法勸呢，結果就遇上了維城……被破。

「後來奪城的時候，羌人為了能夠安全退兵，抓走了幾十個人質，這其中就有那位老大夫。為了全城百姓，我們不得不看著他們被帶走，但我們的斥候一直跟在後面。妳放心，只要人活著，我們就一定能把人質救回來。」

馮纓看到她的反應，忍不住笑了笑。「妳看，阿兄他是為了我而陷入危險，我這個做妹妹的，怎麼能安生地待在這裡等著他？」

「那我跟妳……」

王氏的話被馮纓堵住。

「嫂子留在這裡。」她回頭看著營帳外。「我雖殺了一個擾亂軍心的，不代表這樣的人如今就沒了。嫂子，妳不能走，阿兄姓馮，但他更姓盛。我們是盛家女兒的孩子，是盛家認可的子孫，更是盛家軍的活軍令，妳在這就代表盛家，那些人不敢輕舉妄動，但如果我們一起走了，那些蛇蟲鼠蟻一定會鑽出來遊蕩，維城就糟了。」

王氏哪裡會不明白這道理？終於被說服，同意馮纓的計劃。

馮纓原本的女衛舊屬早已分散在各個兵營裡，如今她一聲令下，留在維城的幾個女衛當即出列，與隨她奔襲回河西的胡笳等人匯合。

隨後，馮纓帶著整裝待發的一行人輕騎出擊。

王氏說得沒錯。

關外的世界有草原也有沙漠，甚至馮纓還看見過奇異的出現在關外草原裡的沼澤。

這也是為什麼關外的游牧民族稍有野心的，都會選擇試著侵略大啟。

因為對他們而言，大啟是個適宜族人生活的地方。平原廣袤，沒有沙漠，不用逐草而居，甚至不用擔心什麼時候突然遇上沼澤。

馮纓看著馱馬上的糧食和水囊，心裡盤算著時間。

這些糧食和水夠她們一行人吃上十五天，但十五天指的是從離開維城到返回維城的這些日子。

「將軍，我們接下來要怎麼做？」胡笳看著馮纓一直蹙眉，突然出聲詢問。知道馮纓現在是遊騎將軍，所有人都改了口，不再喊她馮校尉了。

馮纓指了指在小隊旁騎著駱駝直喘氣的兩個人道：「他們會引路，就是不知道進沙漠後能不能找到方向了。」

她後來找到了從商隊逃回來的那幾個人，將他們給帶了出來當引路人。

胡笳點點頭，天冷得很，每呼出一口氣，都能吐出大團的白煙來。

「今年冬天真冷啊，難怪羌人攝政王坐不住了。」

馮纓不說話。

習慣了平京城的溫暖和走哪哪都有炭盆的魏家，承北這裡越發顯得冷了，也不知如果將來她把魏含光帶過來，他那身子受不受得住。

馮纓一行人疾行了三天，才剛剛從一片草原邁入沙漠。馮澤等人失蹤的沙漠，對他們而言其實並不陌生。

既便如此，所有生活在承北的人，自小就會被告知，不要輕易進入沙漠。

對於不是從小就在沙漠裡摸爬滾打長大的人來說，沙漠是個魔窟。

它有突如其來的狂風，有黃霧起時不見天日的白天，還有夜裡能凍死人的低溫，更有神出鬼沒令人防不勝防的野獸。

進入沙漠的第一天，迎接馮纓等人的就是撲面而來的風沙。

吃了一嘴沙子的眾人不捨得打開水囊洗上一把臉，只能隨手抹了抹，開始了他們的搜尋工作。

這一搜尋，就又是兩天過去了。

帶路的兩個人已經有些撐不住了，從駱駝上滾下來，躺在地上不想再動。

「找不到的……沙漠裡失蹤的人……哪還找得到……」

「可能死了也說不定……死了的人風吹一個時辰就被沙子埋住了……要想找到，可能……可能要挖地三尺，或者等哪天風大點吹開沙子，哎喲——」

喪氣的話說到一半，胡笳已經撲上去掄起拳頭朝他肚子狠狠給了兩下。

那人哎喲直叫，邊上有個士兵啐了一口。

「將軍他們也算是救了你們，就不知道盼著點好的。」

這邊的動靜馮纓絲毫沒有放在心上，她更關心遠處地平線上突然出現的黑色影子。

那不是什麼古怪的東西，而是黑壓壓的人馬，帶著烏沈沈的黃霧朝著這邊跑過來。

馮纓派出去的斥候刺探完情況飛馬跑回。「是一支馬隊！好像、好像是我們的人！」

馬隊？

我們的人？

「沙漠裡怎麼會有我們……」胡笳呆愣愣地壓著挨揍的人，猛地回過神來。「是將軍他們對不對？是將軍他們對不對？」

馮纓沒有說話。

她絲毫不敢鬆懈。這片沙漠裡，誰知道能遇到什麼人，她當然希望是馮澤他們，可如果不是呢？

更何況，背後追逐馬隊而來的，還有暗沈沈的黃霧。

「快往旁邊跑，他們後面跟著黃霧！」

「來不及就躲到駱駝的背後！」

「不許散開！」

馮纓站定不動，不停地指揮眾人躲避即將席捲而來的黃霧，一面指揮，她還一面關注著那頭的馬隊。

馬隊的距離越來越近，馬蹄的震動聲終於開始響了起來。

人近了，又近了……然後終於能看清馬背上的人——

是馮澤！

「阿兄！」

馮纓一眼看見為首的馮澤，當下叫出聲來。

馮澤顯然也看見了他們，馬隊開始減速，而後馮纓就看著阿兄翻身下馬，一把抱住她在地上打了個滾。

「都下馬，躲到背風的地方！」

這是在沙漠遇到黃霧時避險的方法——要麼避開迎風面逃跑，要麼找個背風能夠遮掩的地方躲避，躲過風沙的同時，也躲過被風沙捲起的石塊擊中的危險。

這種在後世被稱為「沙塵暴」的災害性天氣現象，在大啟被稱之為「黃霧」，每次出現都是漫天黃沙，宛如霧氣瀰漫，嚴重的時候，甚至會危害到承北等地的民生。

等黃霧過去，馮纓這才被馮澤鬆開，周圍眾人從沙土堆裡冒出頭來，又是甩頭髮，又是撣衣裳，一個個都灰頭土臉的，狼狽至極，其中有士兵，也有尋常百姓。

「妳怎麼跑這來了？」

馮澤先站起來，然後伸手拉起馮纓。妹妹大了，不能直接動手，他只好撣了撣她肩頭的沙，問道：「是平京出事了，還是家裡出事了？」

「哪都沒出事。」馮纓擺手，一說話，就覺得嘴裡全是土，扭頭「呸」了好幾下。「我見過嫂子了，有人回去傳消息，說你們在沙漠裡失蹤，軍營裡有釘子故意引導猜測，說你們是怕了羌人攝政王，於是投敵叛國了。所以我出來找你們，免得那些人再鬧出什麼亂子來。」

「行了，給妳介紹個人。」馮澤在她腦門上彈了個腦瓜崩兒。「賴大夫！」

他回身喊，一個小老頭被兩個士兵從沙裡挖出來，白鬍子都打結了，一看就知道在被羌人擄走的路上吃了不少苦頭。

「纓娘，這位就是賴大夫，最擅長解毒。他久居深山，如果不是湊巧遊歷到承北想要收一些難得的胡人藥材，我們也找不到他。」

之前聽說老先生不喜歡盛家，馮纓滿心以為會見到一位脾氣古怪的倔強老頭，結果那位賴大夫被人扶著走到跟前，竟是滿臉的恭恭敬敬。

「這位姑、女將軍，說句實話，老朽也不是無所不能，具體是什麼毒、能不能解、怎麼解，都還需要等老朽見過病人之後才能得知。」

「當然，這個我知道。」馮纓有些激動。「我回頭就帶老先生去平京，不管能不能解，總歸是個希望不是？」

馮纓又進一步詢問老大夫是否有家人要一道帶去平京，得知他無妻無妾、無兒無女，馮纓立馬拍胸脯表示以後會為他養老送終。

馮澤哭笑不得地瞪她一眼，當下接過指揮權，帶著眾人踏上返程的路。

路上，馮纓才知道，馮澤之所以出關，除了為救回被羌人帶走的賴大夫等人外，也的確是存了驅逐伏擊羌人的意思。

那是羌人留在後面掃尾的一支隊伍，跟主力失去了聯絡後，同時失去了補給，只能伏擊在胡商往來的路上，藉機搶奪財物和糧食。

馮澤追進沙漠，終是把這批殘餘部隊全部剿滅，同時追上了正嫌賴大夫等人是累贅準備將其殺害的另一支羌人部隊，把人救了回來。

兄妹倆這一路，你問我答，我問你答，比起寫信，還是覺得這樣更能簡單直白地了解對方這一年多的生活。

知道馮纓嫁了魏韞後日子過得還算不錯，也知道他們那個不負責任的爹如有報應地死在了害死他們親娘的惡婦手中，馮澤難免感嘆幾句。

然而還不等兄妹倆感嘆完，回到維城的這天，城中竟意外地熱鬧，宛如過年。

「怎麼，」馮纓拉過笑盈盈的守城兵。「都發財了不成？怎麼一個個都這麼開心？」

「從京裡來了位大官，說是替陛下來看望我們！」他說得激動，手舞足蹈。「陛下記掛著咱們維城的百姓，給咱們免了十年稅呢！」

大官？

馮纓一臉疑惑。

還是有人解釋了。「不是大官，是王爺！長得很好看的一位王爺！」

王爺？

馮纓哭笑不得。

這讓人更疑惑了好不好！平京城裡王爺可不少，陛下的手足兄弟，還有封王的皇子，真要數起來，只怕兩隻手都不夠用。

所以，會是誰呢？

比起守城的兵卒，維城內部消息靈通多了，總有人有門路打聽到那位剛來的王爺究竟是什麼大人物，所以還沒等馮纓真正回到軍營，那王爺的身分已如狂風巨浪、雷霆閃電一般席捲了維城，炸得維城上上下下暈頭轉向。

——那位王爺就是盛家軍的馮纓將軍嫁的夫君！

當初慶元帝從皇城中發出詔書，召馮纓回京擇婿出嫁，承北上下多少人心中失落，當地人誰不知道，這女羅剎的威名鎮住了多少外敵，保護了多少老弱婦孺，這一回京對承北可是大損失，且還不知要便宜了哪家公子哥兒。

萬一嫁過去受委屈了怎麼辦？

萬一皇帝給她挑了個書香門第，看不起舞刀弄槍的女將軍，把好好的神鷹折了翅膀困在囚籠裡，又該如何是好？

好在後來盛將軍們收到了從平京城傳來的家書，知道她在那裡吃不了虧，又知道她嫁了個身子骨雖然不大好，但是為人和善，又十分為她著想，會站在她身邊為她撐腰的男人，大夥兒這才稍稍放下心來。

甚至有喜歡她又不敢表現的男兒們私下裡偷偷說，要是她那位夫君身子不好，哪日害她守了寡，就立即去盛家提親，說什麼都要把人娶回家照顧。

現在……

真相擺在眼前，人家夫君不光身子骨看著不錯，身分也顯赫得很，竟然……竟然是皇帝的兒子，還封了親王！

比起滿心失落的追求者們，馮纓才是最震驚的那個。

從得知王爺是魏韞，到真的見到了本人，她滿腦子都是問號。

一個、兩個、三個……無數個，塞得滿滿當當，連她說話的功能都給擠沒了。

她張了幾次嘴，偏偏跟個啞巴似的說不出話來，索性當著眾人的面一把拉過魏韞的手，在他掌心匆匆忙忙寫下兩個字——解釋。

馮纓的反應在他意料之中，魏韞低笑，絲毫不顧忌周圍還有看著的人，伸手摸了摸她的臉。

「好，妳聽我慢慢跟妳說。」

時間要倒回到十二月，也就是馮纓轉身離開慈恩寺的那天。

「含光有一事想要告訴諸位長輩！」

魏韞將家人領至方便說話之處，聲音格外鄭重，好像有什麼秘密沈甸甸的壓在他心頭很久很久。

康氏還沒能反應過來，入世多年的康老爺子已經察覺到了問題。

「你想說什麼？」

「外祖父，我身子之所以長年虛弱，其實不是病……是中了毒。」

「什麼？」康氏先叫了起來。

康老夫人忙將女兒扶住，吃驚地問：「怎麼、怎麼是毒？不是說是你母親當初懷孕時沒養好的關係，所以你底子弱，後來大病一場就徹底留了病根嗎？」

儘管氣女兒太固執，可老倆口從沒忘了外孫，自然也知道魏韞這些年身上大病小病不斷，連討個媳婦都還是沖喜的。

可任誰都沒想到，壓根就不是病，而是毒，是有人下了毒！

「含光，說清楚究竟是怎麼回事？」康老爺子拉起魏韞。

魏韞沈吟片刻，道：「此事說來話長，下毒之人就在魏家，總之我已經查出是誰有這能耐在我身邊長年下毒，只是想要把人抓出來還需要人贓俱獲，所以孫兒這回想請外祖父幫我一個忙。」

「說吧，你想做什麼？」

「我想使一招請君入甕。」

魏韞當天是從慈恩寺獨自回家的，然而魏家上下對於馮纓的突然離開，意外地無人過問，唯獨魏捷過來關心。

「嫂子怎麼突然不回來了？我看院子裡空落落的，是不是還帶走了女衛？」他東張西望，鬼鬼祟祟湊到魏韞跟前。「哥，你老實說，是不是跟嫂子吵架了？」

魏韞斜睨他。

魏捷咳嗽兩聲。「你該不會是身體剛好，就在外頭藏了女人吧？」

回應他的，是魏韞兩記乾脆俐落的腦瓜崩兒。

「滿腦子都是什麼亂七八糟的東西，書都讀進狗肚子裡去了？」

魏捷捂著腦門抗議，魏韞趕他走，他倒也走得痛快，只是臨出門，指了指方才帶來的食盒道：「祖母廚房裡剛做的點心。嫂子雖然出門了，哥你可別虧待了自己的……肚子！」

他說完拔腿就跑，門外的長星為了躲他撞上了渡雲，渡雲則撞上了廊下的柱子。

魏韞哭笑不得，目光落在精緻的食盒上，沈默一瞬，到底還是伸手揭開。

當晚，棲行院燈火通明，整個平京城裡的大夫家都被人敲響了門板，所有大夫都被急匆匆地請到了魏家。

被吵醒的人們很快就都知道，是魏家的長公子又突然發病了。

可也不知這回是怎麼回事，那麼多的大夫竟然一個個都派不上用場，眼見情況越發不對，棲行院的人決定立馬進宮去請宮裡的太醫過來。

這時候，魏家人卻突然有了反應。

魏老夫人據說是不滿魏韞又丟人現眼，生個病大驚小怪地驚動全城，現在索性派人攔在門口，說什麼都不許棲行院的人再出去，最後還是魏韞的人摁住了幾個老婆子，這才讓渡雲闖了出去。

韓太醫很快被請了過來，一番看診，眉頭緊得能夾斷筷子。他也不同其他人多廢話，開了藥方，親自蹲在廚房裡盯著煎藥，然後親手送到魏韞面前，看著他把藥喝下去。

這一整個過程，沒有其他任何人沾手的機會。

魏老夫人知道此事還是驚動了宮裡，氣結地狠狠瞪了長子一眼，聽說回院子就發了好大一通脾氣，砸了不少東西。

魏韞喝了藥之後就陷入了沈睡的狀態，一直到隔日都沒有醒來。

這天不用上早朝，魏陽守了兒子一夜，看兒子這副模樣心裡實在擔憂，突然就聽門房來報，說是宮裡派了人來，想要看看魏韞的情況。

魏陽雖有意婉拒外人打擾，可來人是慶元帝跟前的張公公，不是什麼小太監，只能硬著頭皮把人請進門來，領著到棲行院看望魏韞。

「長公子這情況看著可不大好。」

張公公臨走之前丟下一句話，雖然不輕不重，可把魏陽嚇得不輕，難道兒子真的不行了？

人前冷靜自持的鴻臚寺卿，此刻臉色發白，手腳冰冷，愣著說不出話來。

魏老夫人那頭發了脾氣喊著要見他，他卻推開傳話的婆子，把自己關在屋子裡，任誰叫門都不肯開。

誰都不知道他在屋裡做什麼，直到半個時辰後，宮裡又來了人——

不只是張公公和他手底下的幾個小太監，還有浩浩蕩蕩的一隊士兵，領頭的正是張公公。

「魏大人，陛下要見你。」

「你們要對我兒做什麼？」魏老夫人說什麼都不肯放魏陽進宮，她緊緊抓著兒子的手，眼睛通紅。「難道陛下想要問罪嗎？我兒、我兒犯了什麼錯，要讓陛下這麼大張旗鼓地……」

「老夫人！」

張公公高聲打斷她的話。

「陛下要見魏大人，老夫人這是要抗旨不成？那到時候就不是這番大張旗鼓，而是要讓這些兵士們把魏大人親自抬出去了。」

魏老夫人氣得發抖。「我兒……我兒……」

「娘，讓我進宮吧。」

魏陽出聲，他看著老母親，搖了搖頭。

「陛下只是要見兒，不是什麼要緊的事。」

「你……」

魏老夫人顯然想要阻攔，張公公哪會給她這個機會，眼神一動，身後立馬有人上前恭恭敬敬地把人攔在了一邊。

魏家聞訊趕來的眾人站在院子裡，看著跟張公公等人離開的魏陽，一個個心驚肉跳，生怕要沾惹上什麼麻煩。

岳氏嚇白了臉。「母親，大伯他不會是……不會是犯了什麼錯，陛下要問罪吧？」

「閉嘴！」

魏老夫人窩了一肚子的火，當即衝著岳氏都撒了出來。

「一個閹狗，要不是仗著背後有皇帝，也敢在世家面前擺出那副可惡的嘴臉來！」她罵完張公公又罵魏韞。「藥罐子！要人命的藥罐子！怎麼就不死，怎麼就拖拖拉拉的不去死！」

她又叫又罵，就像是瘋了一樣，逼得兩個庶子只能趕忙上前想盡辦法把人往她院子裡送。

岳氏和荀氏面面相覷，心裡這時候各自都打起了算盤。

而另頭的魏陽，面對的卻是來自慶元帝的勃然大怒。

沒人知道他們君臣二人關在殿內都說了什麼，守在殿外的張公公冷著一張臉，將那些後宮派出來尋摸消息的宮女太監全都趕了回去，唯獨皇后來時，方才側過身開了門。

之後，約莫過了一個時辰。

魏陽出來了，腳步沈重地走下臺階，然後重重跪倒在殿前。

十二月的平京城，有雪，有寒風。

往日裡就是定點巡邏站崗的侍衛也得每隔幾個時辰就要換一次人，不然這天寒地凍的，非凍出毛病來不可。

魏陽一介文臣，出入以馬車代步，車內炭盆不斷，衙署內也是有熱湯暖炭，往日即便站在外頭，好歹手裡還揣著個手爐。

可今日，他什麼都沒有，就這麼跪在殿外，冷風一陣一陣地吹，誰都看得出他冷得發抖。

又過了半個時辰，慶元帝當著來往宮女太監的面，命人杖責魏陽二十大板，然後讓張公公帶人把他送回魏家。

魏老夫人在家裡等了幾個時辰，到底是把這個讓她又氣又惱的長子盼了回來，可她怎麼也沒想到，魏陽竟然是被人抬著回府的——

去時還只是精神不振，可話能說，眼能睜，更是能邁開步子一路走出門。

回來的時候，卻是眼閉著，嘴咬著，僵硬地趴在板子上，要不是還能聽到呼吸聲，魏家上下險些以為他死了。

於是魏家又是一陣兵荒馬亂，那些好不容易回去喘口氣睡了一小會兒的大夫們，又被慌裡慌張地請回去。

等人到了魏家，一併到的還有城中人人皆傳魏陽被陛下杖責的消息。

據說是魏陽政務上和慶元帝意見相左，惹惱了皇帝，於是被重重杖責，之後親自指使太監把人抬回家休養。往日裡發生這種事，宮裡還會意思意思，送上大包小包的藥材，怎麼也能用上小半年。可今次，明顯是什麼都沒有，只准抬人回去，分明就是他在宮裡犯了大錯。

幾個兄弟各有職務走不開，匆匆探望過魏陽後，就各自去忙各自的事，只叮囑妻女在家中要好好照顧大哥。

荀氏、岳氏是弟媳，自然不好親自照顧大伯，又怕惹上麻煩，連帶著幾個孩子也不許他們靠近長房一步。

魏老夫人嫌惡他們的小心翼翼，惱怒地把二房三房派過來伺候的幾個丫鬟狠狠打了出去。

偏巧這時候，張公公去而復返，身邊還帶了幾個女人。

「陛下已經知曉魏大人與妻子康氏和離一事，憐憫大人身邊無人，特意將宮裡幾位姑姑賜予魏大人，既是賜了，自然是來照顧大人的，還請老夫人不要……怠慢了幾位姑姑。」

宮裡的宮女到了一定年紀，除非當了女官得人稱一聲「大人」，餘下的，多是喊姑姑。所以，能被叫姑姑的宮女，就沒有年紀小的，再年輕也都二十三、四，放宮外頭早就是為人母的年紀了。

皇帝賞賜的宮女，饒是魏老夫人再不喜歡，也得感恩戴德地留下。再加上張公公走之前丟下的話，她更是不能虧待了她們。

這哪是伺候人的宮女，分明就是送上門的祖宗！

魏老夫人越想越不高興，把人丟給兩個兒媳婦，自己去了魏陽的屋裡。

魏陽過去那些年一直沒和康氏住在一起，以至於他的院子裡外擺設一概都是最尋常不過的東西，用別人的話說，這就是院子裡沒女人打理的關係。

老夫人把伺候的下人都從房裡趕了出去，自己關上門，親自照料兒子。

只是畢竟年紀大了，力不從心，沒多久，就有人聽見從門內傳出東西摔碎的聲音。

又過一會兒，聽動靜，好像又摔了什麼？

等聲音一陣接著一陣，這才有人覺得不對，上前敲門喊人，卻怎麼也得不到回應。

這時候，一個兩個的，都想起了如今還躺在病榻上的長公子。這府裡真正能派上用場的主子只有那一位了，偏偏卻還病著……

「狗皇帝！他憑什麼打你，憑什麼把你打成這副模樣！居然敢這麼對你，你可是鴻臚寺卿，九卿之一，他這樣待你，難道就不怕傳出去被世人指指點點，罵他是昏君、暴虐之君嗎？」

又傳出幾聲砸東西的聲音後，老夫人的怒罵聲緊接著響了起來，聲音之大，絲毫沒有遮掩。

「你這沒用的東西！要不是你當初胡鬧，怎麼會被人抓到把柄！那個狗皇帝，就是仗著知道你犯的錯，所以才一而再再而三地拿捏你，欺辱你！魏家……魏家的臉都被你丟乾淨了！」

「我早就跟你說過，那個女人不能留！你非要留著她，非說她會原諒你……我的兒啊，你怎麼這麼糊塗！」

老夫人就好像瘋魔了一樣，在屋子裡不斷地說出各種難聽、甚至可以誅九族的冒犯話，外頭幾個婆子嚇得不行，腿軟地快要坐到地上，有膽子稍大一些的敲著門求她別再說了，小心隔牆有耳。

可老夫人哪會聽他們的，依舊自顧自罵著。

「我真應該把那孽種毒死，你跟康秋月生不了孩子，難道跟其他女人也生不了嗎？我讓你休妻，讓你納妾，讓你給丫鬟開臉，你就是不答應！偏要親自搞出這樣一個孽種，知不知道你害得魏家差點就被滿門抄斬！不就是兒子嗎？康秋月不能給你生，就讓別的女人生啊，你怎麼非要孩子從她肚子裡出來不可？

「看看你想盡辦法，冒死都要留下的兒子！孽種就是孽種，我下了那麼多年的毒，他拖拖拉拉的就是死不了！昨夜你要是不攔著我多好，他差點就能死了！他差點就能死了！」

老夫人瘋了！

婆子們真的嚇壞了，更令她們驚恐不已的，是突然帶著人出現在院子裡的長公子，和長公子站在一起的，還有方才的張公公，及張公公帶來的幾位姑姑。

他們那麼多人來得悄無聲息，也不知屋子裡的那些大不敬的話，他們都聽見了多少？

「把門打開！」

張公公手一揮，自有人衝上前，攔婆子的攔婆子，撞門的撞門。

房門從裡頭上了栓，可既便如此，仍是被幾個壯漢狠狠撞開。

當門板碰一聲砸在地上，老夫人尖叫一聲，轉頭見魏韞和張公公帶著人闖進屋內，張口就要斥罵，話到嘴邊，卻突然被人止住。

她回頭，愣愣地看著從床上坐起來、拽住她胳膊的魏陽。

身後，是魏韞疏離的一聲「父親」……

馮纓去漱洗換衣，隔著屏風聽魏韞一字一句地將她離開後發生的事，如同講故事一般說完。

她換了身窄袖胡服出來，坐到魏韞身邊。

魏韞抬起手，讓她挨著自己，摸摸她的臉，眉目含笑。

馮纓看著他，一連聲問：「所以，父親其實並沒有受杖刑？不然怎麼會這麼湊巧那時候醒來？你也沒有中毒，是你們故意設了這個局？」

她說完，又覺得有些不對。

「可祖母是父親的親娘，他怎麼會同意你設局？」

魏韞一笑，唇邊揚起不屑。「他當然不願意。但是妳表舅看著，他不敢不從。而且，杖刑也是真的，只是沒有看起來那麼嚴重，張公公和那幾位宮裡的姑姑，本就是為了祖母來的。」

馮纓抿了抿嘴角。

「毒是祖母下的，你……也真的不是魏家的孩子，而是表舅……的骨肉？」

虎毒尚且不食子，魏老夫人明知道長子對兒媳和兒子看得極重，卻還是幾番下毒想毒死親孫，分明是早知道這裡頭的不對勁。

魏韞點頭。

他的出生，從某種意義上來說，是魏陽設的一個局。這個局，害了慶元帝，害了康氏，害了魏家，也害了很多別的人。

但對於魏陽來說，卻讓他在最初時高興了很久。

「父親和母親並非沒有感情，相反的，他們的感情很好，好到曾經一度叫祖母心底生厭。直到父親發現自己不能生育，事情才有了變化。」

不能讓女人懷孕，這種事對任何一個男人來說，都是噩耗。魏陽並不想放棄，他試過很多種方法，看過很多大夫，但都沒有成效。

他甚至想過在外頭養一個女人，嘗試能不能讓她懷上孩子，但每次回到家中，看著溫柔美麗的妻子，他又捨不得讓她難受。

如此思來想去，他突然生出了一個驚人的想法——借種。

而且，借的，還是慶元帝的種。

皇家的種怎麼會那麼好借，就算當時的魏陽和慶元帝因自小伴讀的關係，關係十分親近，但這樣的主意太過大膽，他也知道慶元帝不會同意。

但魏陽那時候就好像中邪了一樣，請慶元帝到康氏的一處山莊做客，說是夫妻倆邀他賞花喝酒。

慶元帝欣然應允，雖帶了不少人一道出行，但百密一疏，最終還是倒在了被加料的酒裡。

一間屋子，一盞添了花樓香料的小香爐，一張床榻，和兩個吃了有問題的酒、無法抑制的男女。

那樣混亂的夜晚過去了，魏陽就守在房門外。屋子裡那些曖昧的聲音，叫他心情複雜地過了一整晚，可想到如果真的能懷上孩子，那一定會是頂聰明、模樣也絕對很好的孩子，他又覺得這樣的苦，忍一忍也無妨。

只要到時候他騙過康氏，就說是自己喝多了，拉著她胡鬧了一番，那就可以了。

可魏陽萬萬沒想到的是，慶元帝清醒後會記得一切。

天子震怒，差點就殺了魏陽，湊巧在那個時候，從屋裡傳來了康氏輕聲呼喚夫君的聲音——她天真的以為，昨夜糊裡糊塗間成就的一場好事，是和她深愛的丈夫。

「表舅他……放過了魏大人？」馮纓小心翼翼地改口。

不想嚇到妻子，魏韞只輕描淡寫地說了個大概，他知道了很多細節，但有些事不必細說。「陛下憐憫母親嫁給了這樣的男人，心知自己大意有錯，因此命父親瞞過此事，並且一定要給母親餵避子湯，但父親沒有照做。」

馮纓倒吸了口氣。「那表舅是什麼時候知道母親還是有了身子？是最近，還是早就？」

魏韞笑了笑。「大概是運氣好，我母親直到三個月後才發現有了身子，而那時候陛下的心思都在邊關，等他聽說我母親懷了身孕，已經是六個多月的時候。六個多月，即便明知道這個孩子身世有異，算是皇室血脈外流，陛下也不得不顧惜人命，忍了下來。」

只是那時候，慶元帝也是真真切切地惱了魏陽，一度將其貶官，令魏家在平京城裡受了不少譏諷。

馮纓呆了呆，出了會兒神。「難怪表舅那麼疼你……那你……是什麼時候知道自己身世的？」

她不傻，絲毫不相信魏韞現在才知道自己的身世。

十有八九，這人知道實情也好些年了，只是一直藏著，沒有告訴任何人。

「十三歲那年。」馮纓的反應顯然逗笑了魏韞，他不光摸臉，順便還低頭在她唇上親了兩口。「從我開始頻繁生病，我就發現祖母不再疼愛我了。十三歲那年，我無意間聽見父母的爭吵，才知道我的身世原來藏著這麼大的一個秘密。」

馮纓嘖嘖幾聲，伸手去捏他的臉。「那你豈不是成了我表哥？」

魏韞笑。「所以，喊聲表哥來聽聽？」

馮纓瞪眼，旋即重重地碰了碰他的嘴唇，然後在他耳邊呢喃。「好——哥哥。」

玩鬧歸玩鬧，正經事總還是要做的。

馮纓才不在乎魏韞的身世究竟是什麼，官家子弟還是皇室宗親，於她眼裡，還真就沒有太大區別。她更關心的，還是魏老夫人下毒的事情。

書中翻到後面，她並沒有留意到什麼突然出現的王爺，也沒有關於魏家的多少筆墨。

或者可以直接這麼說，書中並沒有這場變故，而且是實打實的沒有，並不是她忘記了。

但其實她也能理解。

畢竟原書更多的是在講述男女主人公的愛情故事，哪還會花那麼多的篇幅去寫別人家的故事。

# 第二十七章

魏韞知道她更關心魏老夫人下毒的事，也沒有藏著，繼續道：「祖母在我三歲的時候發現了不對勁，我的模樣越長越不像父親，要說像極了母親，卻也並非如此。」

老夫人雖上了年紀，可畢竟是魏府曾經的當家主母，又見多識廣，怎麼會被自己的兒子瞞上一輩子？

「她看出問題後，質問了父親，父親瞞不過，只能承認。祖母恨極了他的糊塗，從那之後就不再像過去那樣疼愛我，連帶著對母親，也多有刁難。

「母親一直忍讓，以為是自己做錯了事惹來不快，直到後來母親無意間遇見同我說話的陛下，這才產生了懷疑。之後幾番爭執，因為祖母的脫口而出，她才知道了這件事的真相。」

馮纓冷笑。「祖母倒是捨不得生自己兒子的氣，但你們母子倆又何其無辜，難道當初的事情，還是你們母子倆做的不成？」

魏韞道：「不過是遷怒罷了。」

「遷怒？」馮纓氣極反笑。「我現在也想遷怒他們，是不是拿刀過去把人砍了也沒事？」

犯錯的明明是魏陽，背鍋的卻成了康氏和魏韞。

這要不是魏陽用了那些下三濫的手段，何至於讓妻子心寒，讓魏韞成了現在的身子骨？

魏韞站了起來，翻出一罐潤膚香膏，挖了一指頭就往馮纓臉上搽。

「妳生這分氣做什麼？左右人已經進去了，謀害親王的罪名是怎麼也逃不掉了。」

魏老夫人被關進了天牢。

有張公公和幾位姑姑在，她哪怕是再想把自己情急之下說的那些話嚥回去，也沒有機會了。

更何況，魏陽怎麼也沒想到，自己在慶元帝的杖責之下承諾找出下毒的真凶，竟會找到自己親生母親的頭上！

事情到了這個地步，饒是他怎麼向慶元帝求情，甚至給魏韞跪下磕頭，求他原諒祖母、饒過祖母，都沒有得到任何一個人的點頭。

至此真相大白，所有人都知道了實情，魏韞的身體之所以如此虛弱，根本不是生病，而是中了毒，而他身上的毒竟是老夫人從他五歲起就開始下的。

用魏老夫人的話說，她是見不得兒子糊塗，明知道養的不是親生骨肉，卻還視如己出如此疼愛著。為了不讓他一錯再錯，最後把整個家都送出去給別人，她索性從娘家那兒找來了一帖祖傳的毒藥方子，計劃著暗中把禍端給解決了。

這慢性的毒藥好就好在中毒者不易察覺，要靠日積月累毒素侵入體內才會漸起效用，不會一下子弄出人命引起懷疑，也不用費事混在食物裡頭，以致留下證據被大夫查出問題。老夫人不是不想直接毒死魏韞了事，但她知道，宮裡那位是知道這個兒子的存在的。所以她更不能一下子就把魏韞毒死，索性就隔三差五放一點、再放一點。

她一點點的下，有時放在洗澡水裡，有時放在洗臉的水裡，慢慢的讓魏韞中毒，毒素一點點侵入身體，漸漸的，年幼時的潑猴成了病秧子、藥罐子，哪還有從前的精神頭。

「祖母祖上出過前朝太醫，那方子據說在前朝宮廷裡曾被用來毒害皇嗣，所以尋常大夫就算察覺有異，也很難發現這裡頭的問題。於是這一年年的積攢下來，即便一時半會兒我死不了，壽數也注定會比其他人短很多。」

給馮纓搽好臉，魏韞又勾過她的手，一點點往她手上均勻地搽上香膏。

「自從前朝亡了之後，前朝太醫院的許多方子都被火燒了，祖母祖上救出了一些，但也僅是一些，關於這道方子的解藥，祖母說她並不知道在哪裡，可能是早就燒了。」

「沒關係，既然有方子，那就能解。」馮纓有些著急，又怕自己情緒影響到魏韞，忙笑道：「阿兄他們找到的那位能解毒的老先生，眼下應該安頓好了，我們到時候帶他回平京，說不定照著方子就能配出解藥來。」

魏韞笑笑。「我知道。」

他勾住馮纓的手指，低頭吻了吻她的指尖。「我現在拚了命地想要活下來，只要能陪妳看日升日落就行。」

「呸呸呸！」馮纓氣得撓了他一下。「你得健健康康的活著，我可不陪你玩柏拉圖！」

魏韞哭笑不得。「那是什麼？」

「一個只談精神戀愛的學者。」

「什麼亂七八糟的東西？」魏韞低笑。

馮纓哼哼兩聲，推了他一把。「你還沒說後面的事呢！你怎麼成王爺了？你……這算是認祖歸宗了？」

魏韞笑笑，慢慢講起後面的發展。

魏家這件離奇的事很快就傳得人人皆知，平京城中沸沸揚揚，無論是百姓還是官家，茶餘飯後都在談論。

畢竟，人人皆知的魏長公子陡然間成了皇子，這一下子誰都會覺得驚奇。

再之後，慶元帝索性直接命太子親自調查魏家謀害皇嗣一事，魏家上下被封查——

魏家老夫人先被抓，緊接著是二房夫人荀氏，底下還有不少下人，從水房的婆子，到普通的灑掃丫鬟，但凡查出了有所牽連的，都通通被「請」進了天牢裡。

魏韞並未插手，他樂得把這些事都推到太子的身上，自己則每日上山，將魏家的近況告訴康氏。

到這個地步，魏家人哪還顧得上救人，二房和三房只差沒跪在太子面前，懇求分家了。

甚至平日裡處處針對棲行院的岳氏，也恨不能把自己知道的事全都倒出去，好將三房與老夫人他們分割開去。

得知魏老夫人從魏韞五歲起就狠心下毒，甚至魏家還有荀氏試圖為惡，慶元帝勃然大怒。

「當年之事本就是你設的局，朕早已說過，若不願撫養含光，便將其送回宮，交由皇后撫養。你既是不肯，卻又放任家人欺凌含光，若非含光自己發覺，你是不是打算一輩子睜一隻眼閉一隻眼？」

面對盛怒的慶元帝，魏陽不敢說話。

「你明知道含光是朕的骨血，是皇子，卻又默認家人的所作所為，你就不怕朕得知後，將你魏家滿門抄斬！」

魏陽紅了眼圈。「陛下……」

此時的慶元帝無論如何也不會原諒他了。

當年因一時心軟，饒過了設局的魏陽，卻害得無辜的康氏懷上一個本不該有的孩子。如果後面得知康氏懷孕時，他能再狠一狠心，說不定也不會讓魏韞在這世上吃那麼多的苦頭了。

可轉念想想，如果當年真的那麼做了，如今又怎麼會有魏含光這個人？

魏家出了這等事，慶元帝當真是起了殺心，可思及當年若非自己心軟，哪來如今的事，再者魏陽未嘗沒有對魏韞盡過父親之責，他多少還是手下留了情。

慶元帝聽魏陽一聲聲喊著「陛下」，在他說出求情的話之前，轉身把人丟下。

太子雷厲風行，很快就將魏家幾人的罪名定下。

魏老夫人毒害皇嗣的罪名是怎麼也洗不脫了，等審問清楚後，立即判了個斬立決。

荀氏雖未能真正毒害到魏韞，卻因動機、證據一一被查實，最後判了個秋後斬首。

至於那些幫著主子作惡的下人，自然是抓的抓、殺的殺，無一例外。

甚至是魏老夫人的娘家，也因祖上藥方一事被查，果真翻出了不少前朝的方子，大多是後宮陰私秘方，有的甚至被家中子孫偷偷拿出去換了點銀錢。

經此一變故，二房魏謙急匆匆休妻，三房魏懷帶著妻兒匆忙搬出去分家另住，魏家已出嫁的幾個女兒，紛紛被夫家趕了回來。更不必說從前那些沾親帶故的人，一下子恨不能和魏家徹底脫離關係。

魏陽連著幾日在殿外跪求慶元帝開恩都不得召見，這一日回家想讓魏韞幫著說情，偏偏連面都見不上。

因為這個時候的魏韞就在宮中，被慶元帝當著皇后、太子等人的面，再次問起認祖歸宗的事來。

「為什麼不願意？」慶元帝十分吃驚。「魏家這些年如此待你，你難道還把他們當做家人？」

他說著，面露怒意。「朕實在太過心慈手軟，早就該在你出生的時候就把你帶回宮，否則何至於讓他們害你至此！」

魏韞不說話，還是皇后搖了搖頭，安撫地拍拍皇帝的手背。

「陛下若那時候抱回含光，那康家妹妹該何去何從？說不定陛下前腳帶走含光，後腳魏老夫人百般責罵，反而害得康家妹妹心生怨懟，甚至悔恨至極，尋了短見。」

慶元帝張了張嘴，想說那可以納了康氏，可轉念一想，那樣未必是個好主意，說不定反而令母子倆在宮裡宮外處境尷尬。

皇后又去看魏韞。「含光，如今真相大白，世人皆知當年的事是魏大人一人所為，與你母親無關，你……還是不願意認祖歸宗？」

男人總歸是男人，慶元帝忽略的地方，卻被皇后清楚地看在眼裡。

「你忍耐多年，小心查證自己的身世，培植手下能用的人才，說到底為的都是想在真相曝光的那天能保護好康氏。哪怕她那些年來，因為過不去心中的坎，對你少了關心，你仍舊想要保護她。」

皇后溫柔地彎了彎眉眼。「你是個孝順的孩子，你做得很對，也做得很好。你母親……有你這個兒子，是她這些年來最大的福氣。」

慶元帝到這時候才恍然明白，拍了拍桌子，朗聲道：「你怕你娘受委屈，你儘管告訴太子，或者告訴朕。朕是你父皇，太子是你兄長，有父兄在，誰敢欺辱你們母子！」

他說完，聲音又有些虛了下來。

「含光，你真不打算認祖歸宗？」

誰不想要個有出息的兒子？從前慶元帝以為他不知情的時候，還滿心遺憾不能認這個兒子，好叫兄弟二人一道長大，將來一人為君，一人為臣，將天下治理得穩穩當當。

現在一切坦白，慶元帝更是恨不能立即昭告天下。

魏韞笑了笑，還是搖頭。「陛下，臣還是更願意當個普通人。」

「你居然拒絕了？」

馮纓差點從床上跳了起來，喊完她才突然回過神，伸手掐了一把魏韞。

「不對，你要是拒絕了，這會兒躺在我邊上的是表舅家的哪位哥哥？」

魏韞搖搖頭，嘴角輕揚，笑道：「我是拒絕了，可陛下沒同意。」

馮纓知道他說的肯定是真話，他一定是真的拒絕認祖歸宗了，但表舅身為皇帝，好不容易有機會認回兒子，怎麼都不可能輕易放棄。

她跪坐在床上，瞪圓眼睛。「說事的時候能不能不要斷斷續續的，你還想留著懸念明天再講不成？」

魏韞哭笑不得，聞言掐了把她的臉頰。「不是妳一直激動地打斷我的話嗎？」

馮纓噎住，「哎呀」一聲撲過去。「你快講，快講！」

魏韞摸摸她的臉，繼續講了下去。

他手底下養的那些人大概怎麼也想不到，有一天做的那些事、盯的那些梢，最後都會成為自家公子嘴裡的「故事」。

當然，宮裡的梢，魏韞從不讓人盯。相反的，宮裡的許多事，自有太子和慶元帝身邊的張公公會主動說起。

魏韞拒絕慶元帝後，並未惹惱皇帝，畢竟對慶元帝而言，這個從小在眼皮子底下長大的兒子，即便真的不願認祖歸宗，也改變不了身上流著皇室血脈的事實。

甚至他一度有過安排，如果魏陽選擇一輩子隱瞞秘密，那他就安排魏韞在身體能承受的情況下，慢慢地跟著太子一起進入朝堂的中心，將來成為太子最堅實的左膀右臂，只不過仔細想想，多少還是有些遺憾。

還是皇后作為直接。

畢竟夫妻這些年，慶元帝是什麼脾氣性子，她最為了解。雖吃驚於當年的秘密，但也心疼康氏受的委屈和魏韞這些年的隱忍，當下拍醒還在滿心遺憾的陛下，直接提議去探望康氏。

慶元帝當下反應過來，忙讓張公公去做安排，那頭也讓太子同魏韞說了要去慈恩寺的事，於是一家人輕裝便行，就這麼到了慈恩寺山門前。

魏韞從太子處得了消息，此刻已經候在山門前等待。

見慶元帝等人下了馬車，躬身把人往寺裡請。他們進去的時候，康氏已經在寺中等候，神色平平，兩手揣在手籠裡，看起來尚算鎮定。

可再仔細看，就能見她額角沁著冷汗，分明還是有些驚慌。

饒是再粗放的慶元帝，此刻也不敢再往前走近幾步，只能求助地望向皇后。

皇后瞪他，丟下父子倆，踩著積雪走近康氏，也不知她們說了些什麼，不多會兒，兩人便轉身進了禪院。

慶元帝摸摸鼻尖，拉上太子也進了禪院在裡頭插起了蠟燭，一同陪站的，還有體弱多病穿著大氅捧著手爐、神情鎮定的魏長公子魏韞。

誰都不可能這時候派個人過去偷聽皇后和康氏都聊了什麼，等到兩人終於從屋裡出來，所有人都看到了她倆泛紅的眼眶——這是聊著聊著都哭了？

慶元帝滿頭霧水，一時間也不知是該心疼皇后好，還是擔心自己當年的一時心軟害得康氏鬱結難消，呆愣愣地站在原地動也不動。

太子輕輕咳嗽，一旁的魏韞跟著低笑一聲，慶元帝這才回過神來，忙上前扶過皇后，又對著康氏鄭重地行了一禮。

「當年之事，是朕的錯，康、康夫人若是覺得有什麼需要的，儘管提，朕和皇后一定會竭盡全力補償夫人。」

康氏嚇了一跳，還是皇后搖頭安撫住她，這才沒叫她嚇得躲起來。

她看了看帝后，又看看與太子站在一處，隱約能看出幾分相似的兒子，手裡的佛珠轉了幾圈，低頭道：「含光……畢竟是陛下的骨血，這次的事對外人而言是場鬧劇，對含光更是『大義滅親』，少不了背後有人指指點點，議論紛紛，陛下願意讓含光認祖歸宗，自是一件好事。」

也許真的是因為寺廟香火薰陶的原因，康氏自與魏陽和離搬進慈恩寺後，整個人真的平和了太多。

過去那些時而出現的偏執、瘋癲，如今已經全然不見。她就像是換了一個人，溫柔又平和，沈浸在佛經之中。

但這些，對魏鰮來說，卻是曾經存在於年幼記憶裡的那個真正的母親形象。

等帝后走後，魏鰮跟著康氏進屋。

蒲團放在地上，前頭設有香案，供著當季的新鮮瓜果，還放了一座康老爺子親自淘回來的紫銅蓮花香爐。香爐後頭，擺著一尊白玉觀音像，是康老夫人從前從外面請回來的，如今送給了女兒。

康氏走到香案前拈了三支香，靠著燭火慢慢點上，然後往後退了幾步，兩手執香，舉過頭頂拜了拜，這才給插上。

「含光，娘過去待你不好，如今只盼著你能好，魏家那些人……他們不會再拿你當家人，甚至可能在將來，還要處處拿著我們母子倆的事要脅你，你不如認祖……」

「好。」魏鰮微微垂眸，聲音低低。「如母親所願。」

康氏沒想到兒子會這麼快答應，一時間有些愣怔。「含光，你如果不喜歡，可以不……」

魏韞卻笑了笑。「我沒有不喜歡。」

他也照著康氏剛才的樣子，點香拜過。

香煙裊裊，細細地凝成幾條線，慢慢騰向高處，然後散開來。

「我很感激幼年的時候母親對我的照顧和疼愛，也很感激母親知道真相後，仍能偶爾給予我一絲一毫的關照。」

康氏眼眶微紅，魏韞行禮。「一切都會如母親所願。」

魏韞的聲音落下的時候，馮纓坐在床上沈默了很久。

良久之後，她眨了眨眼，好半天才調整過來，抿抿唇，才道：「你……就這樣答應了認祖歸宗？魏含光，我想不明白。」

「難道還要再拒絕幾次？」

魏韞知道她是在替自己委屈，但她這種反應看著實在有些可愛，他忍不住笑了出來。

「我拒絕，是因為想和妳當普普通通的夫妻。我接受，也是為了能夠給妳更好的生活，而且，也不會讓母親太為難。」

康氏在慈恩寺的生活並不難過，但魏老夫人死後，魏家的人總還是會摸著機會上山，想方設法想要把人勸回去。

這勸回去，分明就是衝著魏韞的身分去的。

魏韞索性就派了人專門守在山下，把那些絲毫不肯氣餒的魏家人幾次趕走，尤其是魏陽，更是不願讓他再和康氏接觸。

「我認祖歸宗，就等於是正名了自己的身分，魏家就不敢輕易再去騷擾母親，即便是平京城裡頭那些嘴碎的，也要掂量掂量要不要繼續指指點點。這樣不光是康家，還有盛家，我都能護住。」

魏韞答應認祖歸宗後，慶元帝大喜，果斷地叫來宗正寺和皇室宗親，認認真真地把他的名字記上了玉牒。

按理皇子的齒序也要為此動一動，卻不知帝后是如何商量的，還沒能喊魏韞一聲某皇子，慶元帝直接封他做了王爺。

「封號是榮。」魏韞在馮纓手掌上寫下一個「榮」字。「太子說，陛下為了給我挑選封號，在書房裡寫了許多，挑挑揀揀，最後只留下這個字。說是看著熱鬧，有生機，說不定能讓我身子骨硬朗起來。」

馮纓嘴裡念了幾遍，握起拳頭。「表舅他……是真的疼你，想要好好補償你。」

魏韞笑笑。「嗯。」

從把魏老夫人帶出魏家起，他就搬去了馮纓城外的莊子。封王後，還是太子的手筆，幫他在城中挑了從前收回來的一處宅子，帶著工部的人一番敲打，準備給他改建出一座榮王府來。

這個時候，從承北來的消息一路向北，不斷送到慶元帝的案頭。滿朝文武，乃至整個平京城上上下下所有人的注意力，都落在了如雪花般飛進城的軍報上——承北局勢越發緊張，大啟與羌人隨時可能爆發出更嚴峻慘烈的戰事。

其中更有一道軍報，提及了羌人攝政王重傷盛六的事，才高興了沒兩日的慶元帝再度暴怒。

這時，魏韞主動向慶元帝提出了率兵增援河西，並提議為此番遭受戰禍的維城降稅一事，慶元帝應允。

於是，就有了白天百姓們興奮說朝廷派王爺來看望維城百姓，並免十年稅的好事。

馮纓目瞪口呆。「你就這麼帶著兵馬從平京出來，那些朝臣居然不攔你？」

想他們盛家這些年每次招兵都會惹來朝中大臣們的不滿，光是她在平京城的那一年，她知道的說盛家招兵買馬有謀反意圖的奏章，就兩隻手數不過來，那些她不知道的就更不好說了。

一個剛剛認回來的王爺，就這麼拿到了兵馬，這……

「身分特權也太明顯了……」馮纓嘟囔。

魏韞搖搖頭，手掌悶住她的臉，把人往床上帶。「行了，早點歇下。妳才從關外回來，妳不累，我還累著呢。」

他一喊累，馮纓當即不說話了。

她倒也不是真的累，可躺下了，眼睛也閉上，身邊又有著熟悉的氣味，奔波了數日積累的睡意很快席捲而來。

而當馮纓呼吸漸緩，終於睡過去後，魏韞的眼睛卻睜開了。

他側過身，看著在身邊睡著的妻子，長長呼出一口氣。

他說了很多，但也瞞了不少事情。

認祖歸宗並不真是一件那麼容易的事，朝臣可想而知的反對，和那些帶著惡意的揣測，都讓他在夜深人靜的時候不得不感嘆幸好纓娘不在身邊。

也幸好，那座冷冰冰的宮裡頭，帝后還有太子願意全心全意相信他。

從沙漠回來，馮纓足足睡了一天。

第二天醒來的時候，已經是黃昏，她坐在床沿上發呆，肚子饑腸轆轆，不時發出點聲音，提醒她睡久了餓得慌。

她太久沒這麼睡了，要不是肚子實在餓得厲害，她大概真的能睡到天荒地老。

她醒來的時候，身邊一個人也沒有，別說魏韞了，就是跟著過來的胡笳等人也不見蹤影。

她先是躺著發了會兒呆，大抵是幾日晝夜奔波的關係，躺久了覺得腰痠背痛，索性坐起來發呆。

馮纓在想昨天夜裡魏韞說的那些事。

當然，這種聽起來似乎只有小說才會寫到才會發生的事，的的確確就存在於一本小說裡，不過猛一下聽到身邊人這麼提起，對她來說，還真的不是一時半會兒能消化的事。

她的丈夫一夜之間成了皇帝表舅的兒子，而且還是她名義上的公公膽大包天，三十年前設計了皇帝和自己的妻子才得來的這麼一個兒子。

完了這些年她那皇帝表舅竟還是知道這件事，卻在多方考慮後忍了下來，並且還繼續提拔魏家的人。

馮纓知道自家表舅是個好性子的皇帝，但是……

大概這就是小說吧。

說不定擱在別的作者手裡，這個劇情就要成為認祖歸宗的男主角和太子對峙，誰都想要爭奪帝位，然後事件層層遞進，最後太子落敗，主角成功登記……

不過不好意思，這本書的男主角姓季，在她不在平京城的這段日子，說不定已經平步青雲，位極人臣了。

她若有所思，肚子不爭氣地在這時候又唱了一曲兒，再次提醒她該吃東西了。

魏韞進門的時候，就瞧見她呆愣愣地坐在床沿，一邊揉著肚子，一邊若有所思。

他盯著她看了一會兒，伸手敲了敲牆。

馮纓慢吞吞轉過頭來，夫妻倆四目相對了一會兒，她突然踩著地，蹬蹬小跑過來。

「你這臉是怎麼回事？」她伸手去摸。「昨天晚上不還好好的嗎，怎麼今天就青了一塊？還有這衣裳，怎麼破了？」

衣裳也就算了，說句要挨打的話，就他們夫妻倆的俸祿，足夠買上幾身好料子做衣裳，倒是不在乎破不破的。

可這臉……這臉！

她當初可是衝著這張臉瞧上他魏含光的！

魏韞哭笑不得看著馮纓，他一看到馮纓黑幽幽的眼睛瞪得滾圓，忍不住就想笑出聲來，可又怕惹毛了她，只好咳嗽兩聲，伸出手。「沒事，就是蹭破點皮。」

馮纓凝神。「破相了。」

魏韞面無表情。「醜了？」

馮纓踮腳在他唇上親了口。「養好了就還是美人兒！」

魏韞。「……」

他無奈，揉揉馮纓的頭。「餓不餓？」

當然！

馮纓一把摟住魏韞的脖子，哼哼唧唧，只差兩條腿纏上去，讓人抱著走。「餓死了，我都沒力氣了！」

魏韞笑著把她抱起來。「妳睡了都快一天了，能不餓嗎？」

他低頭，在她耳邊輕輕道：「阿兄他們以為是我昨晚欺負妳了，害妳起不來。所以妳看，我為了這事破了相，妳該怎麼補償我？」

馮纓身子往後仰，哼了一聲。「你昨晚說的事，可是把我嚇著了，我作夢都還在消化呢。」

「我怎麼記得昨天半夜，有人作夢在吃花鏡閣的烤乳鴿、青歸樓的蝴蝶酥？」

魏韞拿手指戳了戳馮纓的額頭。

「早上起來的時候，口水都流到床上了。」

馮纓下意識要擦嘴角，見魏韞笑，當下反應過來。「你騙人！」

她伸手去掐他的臉。「說，你臉上的傷怎麼來的？說是阿兄他們打的，該不會也是你在騙我吧？」

「這個沒騙妳。」

魏韞對馮澤沒有什麼印象。

馮澤的年紀要比他大上好幾歲，離京投奔舅家的時候，魏韞還只是個小兒。等稍稍大了一些，就聽說忠義伯府的大公子從承北回來沒幾日，又把亡母留下的妹妹給帶去了承北。

小時候因為同在平京城，又都在慶元帝面前露過臉，要說沒見過面，那是騙人的。但有來有往，卻還是在這次來維城之後。

今早馮纓還在睡，他出門的時候就遇上了馮澤，還有同樣在維城的盛五爺。

大概是盛家對外甥女婿有自己的審核標準，盛五爺搭著外甥的胳膊，直接說要看看他的拳腳功夫。

魏韞會拳腳功夫嗎？

當然會。

厲害嗎？

防身可以，一般的蟊賊沒問題，但是行伍如盛家幾位爺，他自然是打不過的。

那能躲嗎？

不能。

於是就有了他臉上的瘀青，和身上被劃開的衣裳。

當然，一開始並沒有瘀青。魏韞挨了幾下之後，馮澤還好意送來了跌打藥酒。他塗過跌打酒，又出門辦了趟差事，絲毫沒留意到臉上的傷最後竟然會顯出瘀青來。

不然，他倒是真想瞞著馮纓，不叫她知道他們男人之間私下裡行過了「見面禮」。

只是馮纓是個眼睛毒的，怎麼可能看不出他是挨了拳腳？

他如果說是別人打的，只怕她會立刻衝出去幫忙打回來，要說是摔傷，估計她眼睛能瞪得比銅鈴大，問他是不是拿她當傻子耍？

所以，老實說真話還是挺好的。

「你不知道喊疼嗎？」馮纓氣笑了。「五舅舅跟阿兄要練你，你就乖乖陪著練？你的拳腳跟他們的怎麼比？」

魏韞見她生氣，認真解釋。「雖然比不了，但總不能輕易認慫，不然他們會不放心把妳交給我。」

「他們敢！」馮纓哼了一聲。「我嫁了你，那是我自己心甘情願的。他們還能把你打趴下，要我改嫁不成？」

「所以他們沒下死手。」魏韞耐心道。

馮纓翻了個大大白眼。

她五舅舅和阿兄當然不會下死手。這要是下了狠心，拳腳上多用幾分力道，哪還會有活命的機會。

畢竟她五舅舅年輕的時候，可也是個能徒手殺狼王的猛人。

魏韞道：「我知道他們是讓著我。」

說完自己先笑了。「他們要是不讓著，真把我打死了，他們捧在手心寶貝的姑娘就要成寡婦了，他們怎麼會捨得？」

馮纓沒好氣的道：「那你也不能由著他們打。」

她越看魏韞臉上的瘀青越心疼，只差捂著心口哼哼唧唧了。

「多好的一張臉啊，這邊青了一塊，實在是太煞風景了！」

魏韞學著她的模樣翻了翻白眼，手裡卻還是把人牢牢抱著，生怕摔了去。

馮纓到底是餓壞了，這睡得昏天暗地，不知幾時幾刻的，醒過來餓得前胸貼後背，這會兒纏著鬧騰的工夫，肚子已經不知道叫過了幾回。

等底下伺候的人端了飯食進屋，她是再顧不上說話，連儀態也不要了，狼吞虎嚥開始進食。

魏韞就在邊上陪著，一盞茶，夠他陪著馮纓從頭到尾吃完一頓飯了。

「我今天去了外面。維城受了不小的磨難，但是看得出來百姓們還是對生活充滿了希望。」

馮纓很想說你是在念什麼新聞稿嗎？一本正經打官腔，正抬頭打算說話，一眼看見他的表情，當下玩笑話都嚥了回去。

「生活在承北的百姓，要是不對生活有希望、有信心，壓根就沒法在這裡活下去。」

馮纓放下筷子，掰著手指一樣一樣跟他算。

「你看，每年大大小小的戰事沒有一百，也有五十，很多零星的根本不能稱之為戰事，就是單純的有部族帶著人過來侵擾邊境幾座城池，今天搶幾頭牛，明天奪幾車糧食，後天放火燒個小村子。

「這些事除了會在奏章上提一提，大多都由承北的州府官老爺和舅舅們自行解決了。但多多少少，這裡的百姓還是會受到影響。而且，外人看我盛家軍戰無不勝、攻無不克，好像厲害得都能威脅皇帝表舅的位置。可他們不知道，每年盛家軍要死多少兄弟、會有多少人受傷不能再繼續留在軍營裡。還有還有，有時候白天才互相打過招呼的鄰居，黃昏的時候就成了一具被抬回來的屍體。昨天夜裡還睡在一張榻上的夫妻，天亮了一如往常男耕女織，卻突然陰陽相隔。」

她放下手，認真道：「在承北生活就是這樣，意外太多了，什麼時候出現誰也不知道。你要是不帶著點希望活著，日子怎麼能過得下去？」

盛家軍畢竟都是活生生的人，不是神。

他們不是無所不能的，所以承北的百姓們雖然喜歡他們的庇護，可也明白生活得靠自己的道理。

「其實現在不是時候，不然的話，我真想帶你上街去轉轉。這邊的風俗和平京的不一樣，除夕、元宵、端午、中秋等等，都跟平京的截然不同。」

馮纓說得頭頭是道，甚至手舞足蹈地筆劃，看起來開心極了。

魏韞笑笑沒說話。

房門外，胡笳探進頭來。

馮纓一眼瞧見她，立馬坐好，咳嗽一聲，問：「怎麼了？」

胡笳抿唇。「是那位會解毒的老先生。老先生有些等不住了，催著我來問問什麼時候能讓他見見咱們姑爺。」

她說完看看天，又看看馮纓，吐槽道：「縣主，將軍，咱們的好姑娘，妳都睡了一天了，這會兒要是再不過去，老先生估計晚上會睡不好，明天得腫著眼皮給姑爺診脈了。」

馮纓尷尬的咳嗽，見魏韞看著自己笑，忙道：「我吃飽了！」

老先生姓賴，賴皮的賴。

但人品醫術倒是不賴，只是性子太過古怪了些。往日裡向來是看不起那些殺人的武將，對盛家軍的大名也從來都是嗤之以鼻。

可他也是個有趣的傢伙，得了馮澤的救命之恩後，立馬唯盛家軍馬首是瞻，一聽說馮澤找他的來意，當下回了維城，就住進盛家給安排的地方不挪了。

偏生馮纓睡得昏天暗地，從早睡到晚，硬生生讓這位賴大夫等了大半天。

他等得心焦，一是想報恩，二來也是對他要解的毒有點好奇。

聽說連宮裡的太醫都沒發現是毒，他倒是好奇得很，想知道究竟是怎樣厲害的毒至今還無解。

一聽說盛家那位女將軍帶著中毒的王爺來了，他連鞋子都顧不上穿好，慌裡慌張地從屋子裡跑了出來。

「讓我瞧瞧，快讓我瞧瞧！」

馮纓原本和魏韞進門的時候，還勸他說要愛護老人家，要是老先生有什麼惹他不高興的地方多忍讓一些，哪裡想到腳步還沒停，先見著了一個光著腳、火急火燎跑出來的小老頭。

老頭別的不說，藥箱子揹得牢牢的，看起來比性命都重要。

賴大夫的目光在院子裡的幾個人身上掃過，最後落在了魏韞身上，看一眼，再看一眼，有些不過癮，他又抱著藥箱繞著魏韞走了兩圈，最後站定。「我瞧你這臉色、唇色，還有身子骨，中毒的人是你吧？」

魏韞望著他，眼底浮現淡淡笑意，恭敬行禮。「正是在下。」

賴大夫摸著山羊鬍子，喉嚨裡發出咕嚕的笑聲，說：「你一個王爺，也別給我行什麼禮了，我怕折了這個壽。」

他性子果真有些古怪，說著往前湊了兩步。

「不過你身上的毒，我真是好奇得很，你快些過來讓我仔細看看！要是能解，我肯定幫你解，要是不能，你也別叫你媳婦揍我！」

他說完還往馮纓臉上看上幾眼，見馮纓笑咪咪看著自己，忙道：「老朽、老朽也不是什麼神仙，總要診過脈才知道好壞。」

馮纓忙不迭點頭，跟著人進了屋。

藥箱子一開，賴大夫當下忙活了起來。

這人瞧著古怪，可真上手了，做事卻是一套一套的，極有章法。一套望聞問切的流程下來，他不慌不忙拿出一套銀針，揀出一根，在火上過了過，然後拿出藥酒抹了一下，對準魏韞的穴位乾脆俐落地扎了進去。

他動作太迅猛，看得馮纓下意識縮了縮脖子。

等針取出來，賴大夫瞇了瞇眼。「能解。」

馮纓的眼睛一瞬間亮了起來。

自開始為魏韞找能解毒的大夫起，她就自己做了無數種設想，比如如果找不到大夫怎麼辦？又比如如果找到了大夫，但是被告知不能解毒又該怎麼辦？

這一顆心吊了那麼久，突然聽到明確的答覆，當下激動得不行。

「賴大夫，您說需要什麼東西，只要不是龍肝鳳膽，但凡這世上有的，我都能幫你弄來！」

賴大夫斜睨了她一眼。「哪需要什麼龍肝鳳膽？」

他收拾收拾，把針都收了起來。

「王爺身上的毒不難解，不過就是藥材方面用得古怪一些，外頭那些鋪子裡買不著罷了，而且要研製解藥頗費工夫，別的倒是沒什麼難的了。」

馮纓眉頭緊鎖，聽得認真，只差手裡再拿上個小本子，一邊聽一邊做下筆記了。

魏韞臉上的表情倒是淡淡的，不見歡喜。「都需要哪些古怪的藥材？如果藥材齊全，大概要多久才能解毒？」

「王爺身上這毒是前朝宮廷裡留下來的方子，所以那些解毒的藥材也基本只有宮裡有。藥材齊全的話，七天可煉出一副，吃上三副就差不多了。不過就是需要吃過藥後好好休養一段時間，不能勞累。」

「那就等回了平京後再開始。」馮纓趕忙應話。

賴大夫點點頭。「那當然是回京城更方便。我先開幾副調理身體的，每天喝一副就夠了，不用多，等回京城，把藥材找齊了，我再好好煉藥。」

他說著又從藥箱裡翻出常用的筆來，刷刷寫下藥方。

馮纓匆匆掃了一眼，大多都是溫補的藥材，和太醫們開的方子看起來沒有多大差別。

「賴大夫如何得知這毒要怎麼解？」魏韞認真問。

「祖傳醫術。」賴大夫捋了捋鬍子。「我家祖上在前朝宮裡當了幾十年的太醫，什麼陰私沒見過？王爺這毒當年的解藥，還真就是我家祖上親自研製出來的，老祖宗辭官還鄉前，偷偷把宮裡那些醫典藥方都謄抄了一遍帶出宮，然後就靠著那些東西走南闖北，養活一大家子人。」

他瞅瞅魏韞。「你這毒宮裡的太醫瞧不出來，那一定是沒找著前朝的方子，若有方子，再配合一段日子的反覆嘗試，估摸著過幾年也能看出個所以然來。不過你的命嘛，到時候估計就沒得救了。」

性子古怪的老大夫說得含蓄，倒也沒把宮裡的太醫們貶得一文不值。馮纓對他心生好感，十分感激地喊了聲「有勞」。

之後的幾天，魏韞白日裡忙著奔波處理離京前慶元帝交代的諸多事宜，也不忘固定去到賴大夫處由他扎針調養身體。

馮纓也並不輕鬆。她既然回了承北，盛家就不會當她是客，給過一天的閒散日子後，每日天未亮她就得起床，操練兵馬、巡邏、修繕軍營和城牆等等，要做的事多到她壓根分不出精力去同魏韞撒嬌。

到最後，幾乎都是一人睡下一人才回，一人醒來一人已經不見了蹤影，明明同床共枕，卻有好多天沒能互相說兩句話。

這天，馮纓留在軍營裡沒回城。

五舅舅得大舅舅的令，返回河西有要事要商量，留她在這邊暫時和阿兄守著維城。好不容易能回帳篷裡閉會兒眼歇歇，還沒等睡過去，就聽見了兵馬之聲。

她幾乎是從榻上彈了起來的，緊接著就見胡笳從外頭衝了進來，揚聲道：「將軍！敵襲！」

大地微微顫動，對於一個經驗豐富的戰士而言，已足以說明此番來的敵人人數眾多，來勢洶洶。

馮纓一手撈過戰甲，幾下穿上身。「斥候呢？可去探過情況了？」

胡笳腳步匆匆。「已經派出去了，目前看來，可能還是羌人的兵馬。」

坐騎已經被人牽了過來，馮纓翻身上馬，目光往維城方向看去，城牆上的烽火臺已經點了起來，看來城內的阿兄已經得到消息了。

「帶著人先入城！」

「是！」

馮纓高喊一聲，立即有人敲響大鼓，將軍營裡那些幫廚的婦人等平頭百姓先行送進城。所幸他們發現得早，大批兵馬還沒到跟前，軍營已經人去樓空，只留下一隊人馬等在城門外。

城中此刻正由王氏領著，不斷從另一側的城門往外轉移百姓。羌人這一次來勢洶洶，顯然不是那麼輕易能對付的。

「阿兄，你先和嫂子一起護送百姓出城。」說完，馮纓便提著劍要回去守城。

馮澤叫住她，道：「我留下，妳領著人先護送榮王出城。」

「他身邊有人，用不上我。」馮纓只遲疑了一瞬，當即堅定起來。「我看羌人這次情況不對，只怕單我們這些兵馬還殺不退他們。」

「殺不退也得殺。妳男人如今是王爺，就算我們敗了，也不能讓他被羌人帶走，不然丟的就是大啟的顏面，甚至可能因此要脅陛下割讓城池。」

聽馮澤如此說，馮纓當下明白過來他讓自己去保護魏韞的原因。

她抿了抿唇，問：「阿兄能擋多久？」

月色中，馮澤笑開，朗聲道：「到我死！」

說話間，遠處的兵馬已經逼近，馮纓再不敢停留，調轉馬頭去找魏韞。

而馮澤，已然大步奔上城樓，一聲高呼。「搭箭！」

# 第二十八章

早在城牆上點亮烽火臺開始，各家各戶就都習以為常地往外避難，魏韞的人也跟著準備護送他出城，他卻不肯離開半步。

馮纓到時，混在城中的羌人探子正打算趁亂對魏韞出手，馮纓身形靈巧，當下甩出手中長劍，將一名探子牢牢釘在了牆角，鮮血頓時噴了出來。

有個跟著過來的小太監沒忍住，「哇」的吐了。

「簡單收拾一下，害怕就自己捂著眼睛別看。」馮纓交代了句，趕緊去看魏韞。「阿兄交代了，必須先護送你出城，羌人這次來得突然，只怕是想拚死一戰，如果你在，很有可能會被他們擄走用來逼迫皇帝表舅。」

魏韞點頭。他翻身上馬，跟著馮纓出城，不忘分析眼下的戰況。

「維城不久前才遭到過羌人的猛攻，即便是因為城池被你們重新奪回所以懷恨在心，按理也該防備著你們在此留下的兵馬，不會在這麼短的時間內再度攻打維城。纓娘，妳不覺得不對勁嗎？」

「當然不對勁。」馮纓冷哼。「維城不過是承北諸多小城中不起眼的一座，遠沒有河西等地來得重要，羌人瘋了才一門心思針對維城。」

書到用時方恨少，她咬了咬牙。「可我總覺得不對勁，不管是聲東擊西，還是另有所圖，我就是看不明白他們到底是玩的哪一齣。」

「妳忘了剛才那個出手的探子。」

馮纓愣住。

魏韞的聲音略顯清冷。「維城裡，可能不光有探子，還有內鬼。」

「還真的是衝你來的？」

「十有八九。」

「那行啊。」說話間，一行人已經出了城，馮纓回過頭看著還在不斷往外送人的城門，抬手摸了摸馬頭。「羌人要動你，估摸著就是想拿你要脅皇帝表舅，他們的攝政王不是還帶著小皇帝出來嗎，那我也去要脅要脅他唄。」

「羌人恐怕對小皇帝並沒有多少忠心可言。」

「誰說我要抓小皇帝了？」馮纓笑。「擒賊擒王，當然要抓他們的攝政王了。」她揉了揉手腕。「我一個人不行就加上阿兄，我們倆總能把人抓到。我們抓不到，還有舅舅他們。只要這個人抓住了，就不怕退不了整個承北的羌人！」

馮纓讓人帶著百姓暫時先往後撤，她和魏韞帶著手下的人一起上了附近的一座山，從山上看維城，居高臨下，能清清楚楚地看到城外濃煙滾滾，城牆上的人在不停的射擊、投石，不慌不亂地應對著城門外的羌人。

這種陣仗，並不比以往她所經歷過的戰事小上多少。

「我盛家那麼多的舅舅，已經過世的四舅舅最擅長守城，五舅舅就是他親自教導出來的。而我阿兄，善攻不善守。」馮纓平淡出聲。「不過沒關係，阿兄他雖然不是最擅長守城，但也不會輕易就讓羌人打進來。」

馮纓皺了皺眉，她仍舊覺得有些奇怪。

如果說羌人這回是衝著魏韞來的，那羌人應該也知道他不過是才認的王爺，說話做事在朝中還沒有那麼大的分量。

更何況，派這麼多人來，只是為了一個王爺，怎麼都說不過去吧？

羌人到底是衝著什麼來的？

馮纓懷著自己的心思，沈默地望著遠處的濃煙。

似乎是過了很久，羌人有了暫時退兵的反應。

馮澤的人來報，羌人的確暫時退兵了。

馮纓稍稍鬆了口氣，隨便找了一棵樹席地而坐，靠著樹幹開始小憩。魏韞替她找了條毯子蓋，不顧身邊人的反對，坐到她身邊，輕著動作裹住她微涼的手掌。

兩人睡了不到半個時辰，維城又傳來了號角之聲。

是羌人第二次攻城了！

馮纓從地上一躍而起，跳上邊上一塊巨石就向維城張望。

馮澤顯然早有準備，連帶著守城的士兵們都有條不紊地聽從指揮，應對羌人的攻城。

一波箭雨過後，馮纓看到城牆拐角處，有羌人爬了上來。

「有點不對勁。」魏韞和她站在一處，同樣看到了那幾個爬上城牆的羌人。「這一波攻城，人數明顯比之前少了。」

他話音才落，就有人狂奔而來，口中喊「報」。

「什麼事？」

「河西、鄖城、渠安等地都遭到了羌人的進攻！」

「將軍們何在？」

「大將軍、六將軍守著河西，三將軍在鄖城，劉宋幾位將軍已前往渠安支援！」

馮纓抿了抿唇。

魏韞與身旁人低聲交談一二，回頭道：「羌人之前內鬥損失了不少人，如果要同時攻打承北諸城，沒有幾十萬兵馬很難辦到，羌人那位攝政王是和人合作了？」

「應該是的。」馮纓道：「他越是這麼做，我越想去會會他！」

她說著轉身清點人手，嘴裡道：「現在趕去支援舅舅們怕是來不及了，所以，還是去幫阿兄的好。」

她點了幾個人出來。「這山裡有個山洞，是我和六舅舅從前闖禍了躲大舅舅他們用的地方，能容納不少人。含光，你們先去那兒躲著，等打退了這波羌人，我再派人來接你們。」

馮纓脾氣倔起來，壓根沒打算再去聽魏韞的想法，她留了人護著，當下騎馬先衝下山。

魏韞也不攔她，只看著她留下的幾個女兵，笑了笑。「敢問幾位姑娘，附近哪兒能買到牛？」

重新回到戰場上，馮纓就好像回到了最熟悉的地方。

最初幾年，她自己都很難相信，出生在和平年代的自己，有一天會習慣這種刀山火海的生活。也是因為盛家，她才能夠真正理解，為什麼新聞上總會有人願意為了別人的平安生活，犧牲自己的時間和努力。

她衝進城，很快與下了城牆與攻進城的羌人對抗的馮澤等人會合。

沒有了高牆為屏障，沒有了居高臨下的優勢，她聽著哥哥號令將士，行兵列陣，很快與人刀對刀、槍對槍的拼殺起來。

羌人如潮水般湧進城，他們殺了一批又一批，廝殺得快要忘記了時辰，那些羌人的慘叫聲不絕於耳，但更多的是城牆上的戰鼓聲。

人死的死，傷的傷，但凡有一口氣，就絕不輕易下場。

馮纓殺得有些麻木了，身邊的女衛已經傷了不少，胡笳、珈南更是手臂中箭，不得不送走包紮。

盾兵、槍兵、弓箭手，人人都在自己的位置上。

馮纓一刀劈中一個試圖偷襲自己的兵士，將人直接砍倒在地，而後又是一個反手，砍中一個試圖近身的羌兵。

她稍稍抬頭望了馮澤一眼。

身為主將，他拼殺在最前面，臉上已經沾滿了血，說不清是他自己的還是別人的。

馮纓只是看了這麼一眼，然後迅速回到了戰場上。

生死在前，誰也顧不上家人。

這是盛家的規矩。

哪怕是至親死在眼前，都不准眨眼落淚，更不准號哭退敗。

這分狠心看著太過殘忍。

但更多的，是能救人性命。戰場分神，比什麼都致命。

羌人明顯是想強攻打完這一仗，但人死了一個又一個，漸漸的，馮纓發現了不對——

羌人的兵力明顯不足了。

他們從夜裡打到天明，又從天明打到黃昏，日落西山，兵力的不足在這個時候再也掩飾不住。

這個時候，羌人突然退兵，顯然是打算拖延時間，等待援軍的到來。

「阿兄！」馮纓叫了一聲。

馮澤揚手，鼓聲陣陣，當即命人結陣。

「別讓他們退兵！」馮澤號令道。

兵士們當即快速變動方陣，兩翼作勢要將試圖撤退的羌人籠了起來。

然而羌人奔逃速度極快，如潮水一般，狂奔而出，馮纓等人立即追趕過去。

羌人很快退出維城，然後就在這個時候，稍遠處傳來震天聲響，緊接著，所有人的目光都望了過去，有黑煙、火光和一時數不清的奔牛從那朝著羌人逃散的方向奔來。

而就在奔牛的身後，是由遠及近而來的魏韞等人。

牛角縛兵刃，牛尾綁著成把的草葉，上頭似乎是沾了油，用火點燃。火燒草葉，竄起的火苗燙到牛尾，使得受驚的牛群齊力向前猛衝。

正好就是羌人逃散的方向。

「是火牛陣！」有副將當即認了出來。「將軍，是火牛陣！」

馮纓一時愣怔，旋即回過神來，號令眾人停下。

「將軍！」

有殺到眼紅者，不滿她的指揮。

馮纓揚聲。「火牛並不能分清敵我，這時候我們趁亂追上去，到時候死的極有可能是我們自己的兄弟！」

她這一聲喊後，果真沒人再往前走。

只見火牛從遠處奔過，奔跑聲連大地都能震動，火、煙塵，滾成一片。那些毫無章法，胡亂逃竄的羌人，有一個是一個，但凡阻礙了火牛奔跑的方向，就會被牛角狠狠頂開。

牛角上帶的都是兵刃，一頂，就是一刀、一劍，輕輕鬆鬆地捅進人的身體裡，連趴在地上的也不一定能躲過一劫。

馮纓清清楚楚地看到有好幾個趴在地上抱頭發抖的羌人被牛蹄踏過背脊，有人慘叫哀號，有人來不及發出聲音，已經被踩死在地上。

一直到火牛奔遠，馮纓這才帶人往前走。

活的羌人俘虜，死的抬到邊上堆成一堆，依照盛家的規矩，屍體都會就近焚燒掩埋，免得有什麼不好的疾病會透過屍體傳播開來。

「你怎麼會想到用火牛陣？」見魏韞走近，馮纓詢問道。

魏韞摸了摸衣袖，遺憾地發現忘了帶帕子，索性扯過袖子直接在馮纓的臉上擦了擦。

「從前與太子一道讀過幾本兵書，雖不精通，但多少知道一點兵法。不過要是沒有妳的人幫忙，我也沒法用這個火牛陣。」

馮纓才下山的時候，他就讓留下的幾個女兵幫忙去找了牛。

其實他心裡很沒有底。

維城這個地方，耕地不多，極有可能連數量足夠的耕牛都沒有。如果沒有足夠的牛，他也不知道最後會怎樣。

所幸，女兵知道維城附近哪裡有養耕牛，甚至還有專門養殖用來食用的肉牛。

「有了牛，才能用這個火牛陣，不過也只能碰碰運氣。」魏轀絲毫不在意袖子上擦到的那些血。「我比較擔心這些牛不受控制，東奔西衝，傷到你們。」

火牛陣一出，攻打維城的羌人部隊死傷無數。但同樣的，盛家軍及維城的守軍、民兵也死傷不少。

「亡故的名冊就由我們來登記吧。」魏轀主動擔過工作。「戰死的兵士無論老幼，無論軍銜，他們的家人都會由朝廷贍養。」

馮澤看著他，伸手拍了拍這個妹夫的肩膀。「這樣最好。他們是為了大啟才戰死的，不能叫他們的家人寒了心。」

有了魏轀的承諾，馮澤絲毫不擔心這一次，慶元帝撥下的那些銀錢會再被朝廷那幫傢伙層層剝削。

他全然放心地去整頓軍營，馮纓不敢停歇，扯過魏轀光明正大地在他臉上親了一口，立即轉身跟上馮澤。

魏轀站在原地，摸了摸臉，哭笑不得。

因著這次的勝仗，之後幾天，儘管仍舊時不時有羌人來襲，羌人卻好像是再沒了之前的那股士氣。

而維城上下將士們，無論是馮澤、馮纓兄妹倆，還是底下普普通通的兵士，都氣勢洶洶，在身後戰鼓聲的激勵下，一次一次，將前來的羌人打退。

兄妹倆更是一人生擒主將，一人射殺副將，徹底將攻打維城的這一支羌人部隊殲滅在維城外。

除此之外，最振奮人心的，是兄妹倆意外從逃竄的羌人兵士中，抓出了偽裝成普通兵士逃命的羌人攝政王。

對於這一點，馮纓多少還有點遺憾。

這個在自己的國土上耀武揚威，曾經多次和盛家有過接觸的男人，她以為要耗費多少的力氣才能將人打敗，卻沒想到最後竟然會和普通兵士交換衣服，試圖逃跑。

更令人驚訝的是，他緊盯維城不放的理由，竟然是羌人小皇帝爬上胡商的馬車，跑進了維城。

他一方面想要找回小皇帝，另一方面也的確是在打榮王的主意。

可惜，兩個計劃全都落空了，連他自己也成了手下敗將。

馮澤撥出一隊精兵將攝政王送往河西，以此震懾其他諸地的羌人。

兩天後，好消息不斷地從四面八方傳回來。

鄙城太平了，渠安太平了。

而河西城外的羌人，親眼看到被盛大將軍砍下頭顱的攝政王後，紛紛主動投降，連半分抵抗的勇氣都沒有了。

至此，承北大捷。

承北大捷。

馮纓與魏韞一道先行回了河西，迎接她的是舅母們偷偷的擺手，跟大舅舅的冷臉。

和從前一樣，她回回跟著小舅舅闖禍，舅母們總會偷偷通風報信讓他倆快些跑，免得被發現了挨罵，但往往大舅舅還是能輕輕鬆鬆找到他倆，然後拎著他倆一頓訓斥。

好久沒挨大舅舅的訓了，馮纓意外有些想念。

「那麼大個人了，是不知道事，還是信不過舅舅們了？非要自個兒千里迢迢跑過來冒這個險？妳膽子大，妳不怕死嗎？也不想想妳現在嫁了人，還有榮王在擔心妳……站直了！」

馮纓正要撓頭，一聽這話，立馬乖乖站直。「是，是末將錯了！」

盛州仍是一身戎裝，手搭在腰間佩劍上，橫眉怒目，看著有幾分嚇人。偏馮纓只正經了一小會兒，立馬眉開眼笑地湊上前撒嬌。

「好舅舅不生氣，我哪敢信不過舅舅們，我是怕舅舅們受傷！大舅舅老當益壯，怎麼會輸給羌人！」

面對著把她從小帶到大的舅舅們，馮纓的嘴總是最甜的。

「舅舅不生氣，纓娘給舅舅捶捶肩！」

「行了，妳那貓撓似的力氣，回去捶妳男人！」

盛州嘴上這麼說，實際卻轉了個身坐了下來，有模有樣地由著馮纓在他肩膀上敲了起來。

盛家幾個兄弟，唯他力氣最大。馮纓不巧，正好像了他，自小沒女兒家的驕矜，有些東西隨隨便便就能抬起來，絲毫不用旁人幫忙。

也是因為這，別人捶背捶肩對盛州來說，就是隔靴搔癢，唯獨寶貝外甥女，那是真能捶到肉上。

馮纓笑嘻嘻獻殷勤，抬眼瞧見自家男人揶揄的笑，當下咳嗽兩聲。

盛州自然也瞧見了小夫妻倆的眉眼官司，屈指敲敲桌子。「羌人俘虜我們可以暫時收押，但是他們的皇帝我們管不了。你們倆早些回去，我會讓妳六舅舅和阿澤一起押送羌人皇帝回京，到時候由陛下決定如何處置。」

這是在說正事了。

馮纓收了嬉皮笑臉，正正經經回了句「是」。

馮纓是在後來百姓返回維城的時候見到的小皇帝。

瘦瘦小小的，又因為受了點難，小臉髒兮兮的，誰都想像不到會是羌人的皇帝。

五歲的小皇帝被個好心的老乞丐牽著送到盛府門前，老乞丐也不知道他是什麼人，是哪家的孩子，又聽不懂他說的話，只當是哪個胡商家的小孩跟著經商的爹到維城，倒楣得遇上了打仗。

盛家沒告訴老乞丐小皇帝的身分，給了他一些銀錢感激他的好心後，就把小皇帝接走暫時照看起來。

不過才五歲大的小孩，會哭會鬧，但對政務是真正的一頭霧水。盛家並不打算苛待他，反而找了人好好看著，一切等慶元帝見了小皇帝再說。

在進行了短暫的調整後，馮纓一行人很快踏上了回平京的路程。

因為隊伍裡跟著被押解的羌人主要是將領和小皇帝，他們不敢放慢速度，晝夜趕路，很快就到了平京城外。

一路上，承北大捷的消息早已經傳遍，而隨著他們的經過，百姓們的反應更是熱烈。

每年承北大大小小的戰事、摩擦其實有許多並不為人知曉。

這次不一樣。

這次是重挫了羌人的國力，甚至還「請」來了羌人的小皇帝。在百姓的心中，這就是最厲害的表現。

他們回城這天，城中萬人空巷，幾乎是所有的百姓都擠到了城門附近以及前往皇宮的大道兩邊。

也不知是誰透露的消息，臨街的茶樓酒肆無論價錢高低，都已經座無虛席。還有站在街邊的人，一個個都探出腦袋，生怕錯過了凱旋而歸的英雄們。

馮纓坐在馬背上，驚愕地看著沿街百姓熱烈的反應，前頭還有專門維持秩序的官差，手裡拿著棍棒，虛張聲勢地要看熱鬧的人們往邊上靠一靠，再靠一靠。

「好多人。」

馮纓咕噥了句。

平京到底和河西不一樣。從前他們打完勝仗回河西，哪會有這麼多人圍攏過來？更多的還是路邊簡簡單單一句問好，然後各自奔忙在謀生的路上。

這次回京，考慮到承北還有許多事要繼續安排，加上不好全部將領都進京，大舅舅他們留在河西，並未一道進京。

如果能一起回來就好了，大舅舅已經差不多有二十六年沒回過平京城了。

馮纓還在出神，就聽見街道上忽然山呼海嘯般的歡呼起來。「盛家軍，盛家軍！」

「盛將軍威武！」

「盛將軍好樣的！」

馮纓扭頭看了看她家小舅舅，後者在馬背上挺了挺身，朝著不斷歡呼的百姓擺了擺手。

還有膽大的姑娘向他投擲鮮花、香囊。

有了第一個吃螃蟹的人，之後那些花啊香囊啊甚至手帕等物便從四面八方紛紛丟了過來。

姑娘們忘卻矜持，連婦人也顧不上自己已為人妻，紛紛送上自己的心意。

馮纓忍著鼻尖不斷擦過的芳香，一直到走近皇宮，她這才忍不住重重地打了幾個噴嚏。

身後魏韞笑著給她遞了一塊帕子。「舒服點沒？」

嚏。

那些花香、脂粉香的確很重，重到連坐在馬車裡的羌人小皇帝都沒忍住打了好幾個噴嚏。

馮纓捂了捂鼻子，迎上小舅舅笑嘻嘻的眼，恨恨地瞪了一眼。「你還笑，坐在馬背上還招蜂引蝶的！」

盛晉抬腳走了兩步，回頭笑咪咪道：「妳可別胡說，花開在那裡，那些蜂啊蝶啊的不都是自己摸過去的嗎？」

「臭美！」

舅甥倆拌著嘴進了宮，魏韞哭笑不得地走在邊上，時不時拉一把馮纓，生怕兩人吵得太熱切了，然後一不留神踩著地上的石子摔一跤。

邊上的太監宮女可不敢訓誡他們，又見榮王小心翼翼護著榮王妃，忍不住都彎了彎唇角笑了起來。

慶元帝比城中百姓更早得到他們回京的消息，例行早朝的時候，他還在念叨他們的事情。

等散了朝，慶元帝恨不能親自出城迎候，實在是御史臺和起居注一雙雙眼睛都盯著，他身為帝王不好跑出去迎接，只能耐著性子在宮裡等。

左等右等，終於是把人給等來了。

「妳這丫頭，還沒進門的就聽見妳那嗓門了。」看著站在眼前的馮纓，慶元帝招了招手。「妳這丫頭，膽子忒大。就這麼突然跑回河西，朕還以為妳不要朕這個兒子了呢。」

皇后與太子自然也在旁作陪，聞言忍不住笑出聲來。「陛下又亂開玩笑，小心纓娘當真了。」

太子笑道：「怕是當不了真。」

他眨眨眼。「纓娘從前不是還說過嗎，要找模樣生得好的當自己的夫君？含光的模樣在平京城裡可是數一數二的好。」

馮纓哪裡知道太子還記得自己之前的玩笑話，尷尬地「哎呀」一聲，撓了撓頭。

見她這個反應，慶元帝也不同她開玩笑了，拍了拍盛晉的胳膊，關切問起盛家軍的情況來。

盛晉一五一十答了，有需要補充的，便由馮澤再接著繼續。

慶元帝看著跟前的舅甥倆，滿意地點了點頭。

「盛家永遠都是大啟最堅定的矛和盾，朕及天下的百姓，都是盛家的靠山支柱。」他看了眼跑去和皇后咬耳朵的馮纓，道：「纓娘之前把承北那邊的情況都告訴朕了。那些被層層剝削的軍餉軍資，朕已經讓人全都收繳回來，到時候由你們親自帶回承北！」

查找被貪污的軍餉軍資向來都不是容易的事。

馮纓提起過軍餉軍資被層層剝削，到手後寥寥無幾，甚至不能正常供應盛家軍的事後，慶元帝就把這件事放在了心上。

他也不胡亂交代下面人去查，而是經過一番考量後，把事情交給了太子，又由太子帶著東宮一干人等和他自己從三省六部中調出的官員一道，花費了很多心血，終於把那些經手的官員全部拿下。

證據確鑿，無一人抵賴。

盛晉大喜，當即抱拳，作勢要行大禮。

慶元帝忙托住他的手肘，笑道：「盛家與我李家本就是一家親戚，更何況盛家保的是李家的江山社稷，是大啟的子民，朕還未就從前令盛家軍委屈的事道歉，你何必行這個禮？」

他拍拍盛晉的臂膀。「再說了，你們養大的纓娘，現如今成了朕的兒媳婦，親上加親！」

盛晉笑笑，回頭看了眼馮澤，沒好意思說他們舅甥幾個在河西聯手又「指點」了外甥女婿一番。

慶元帝一喜，便拉著盛晉和馮澤絮叨了很久，什麼纓娘剛到河西是什麼模樣，什麼對含光這個外甥女婿滿不滿意，說這說那，半點皇帝架子都沒有，還是皇后出聲打斷，這才免了兩個只知道上戰場把敵人打得屁滾尿流，不知道怎麼和人聊天的男人艱難陪聊。

「陛下，盛將軍們才回平京，還有許多事要安排，你再絮叨下去，天都要黑了。」

皇后看太子一眼，太子頷首，道：「父皇，不是還有羌人的那個小皇帝要安排嗎？雖年紀小，如今又成了俘虜，到底是一國之君，不好怠慢。」

慶元帝連連點頭。「是朕疏忽了。」

他看看盛晉，又不捨地拍拍魏韞的肩膀，道：「朕已經吩咐下去，明日就在宮裡設宴，為你們接風洗塵。另外，含光，你那榮王府已經修整出來了，你想什麼時候搬就什麼時候搬進去。」

魏韞低聲道謝。

慶元帝張了張嘴，想說點什麼，可話到嘴邊又有些吐不出口，只好扭頭看了看皇后。

見皇后搖頭，他嚥下話，沒再吭聲。

魏韞這時候卻笑了，他從進宮之後便沒有說過幾句話，更多的時候都是在陪馮纓。

「父皇。」他低聲笑道：「我們找到能解毒的大夫了，放心吧，兒臣很快就能康復了。」

宮中這一次因著是給河西來的將領們接風洗塵，宴席分了男女，男子去大正殿，女眷則都安排在皇后開席的承元殿。

慶元帝的意思是讓馮纓一道去前頭，畢竟她也是盛家軍的將軍，這一點和性別無關。

馮纓卻偏偏要往承元殿跑。

問起緣由，她嘿嘿一笑。「顯擺。」

顯擺啥？

自然是顯擺她從一個不得家人寵，給人沖喜的「嫁不出去的女羅剎」，搖身一變成了榮王妃。

馮纓到時，受邀的女眷們正在宮女女官的引領下，站在承元殿一側的盆栽邊上說話。

這些盆栽都是皇后親自挑選，又有專門的宮女太監精心伺弄的，模樣造型皆好，擺在承元殿內帶了十足的好寓意。不少女眷都在邊上看著盆栽，時不時誇讚幾句，提起皇后和太子妃，又說上幾句羨慕的話。

饒是如此，馮纓一進門，還是吸引了不少人的注意。

因為年紀被不少人譏諷，因為行事作派被不少人看不起，因為種種原因叫人覺得不能與之來往，甚至覺得是她把忠義伯府和魏家搞得一團亂……

這是在場不少女眷們的想法，但就算這麼想，看到馮纓出現，憑她做過的事，憑她的容貌身段，還是會讓人在心中嘆息——她能有這樣那樣的經歷，能在嫁給一個病秧子後意外成為王妃，大概真的是老天爺的偏心。

女眷們在看著馮纓的同時，馮纓自己也在看著這些把承元殿塞得滿滿的女人。

都說女人是花，牡丹、玫瑰、月季、薔薇……這一大殿的女人，大概都能組成百花國了。

這些世家、官家女眷大多她都有過一面之緣，有些投緣的平日裡也曾經說過幾句話，可她就少出門參加什麼茶會、花會幾趟，就發現這一次宮宴裡多了好些陌生的面孔。

想來也是，光聽太子表哥的意思，就知道因為貪污軍餉軍資的事，拔了朝中不少大臣的官帽，走了一批人，自然要來一批人，這些人她全然沒見過面，也就更不可能見過他們的女眷了。

「喏，那位就是妳們想見的榮王妃了。」

「都說她長得青面獠牙、凶神惡煞，我瞧著分明是個極漂亮的女子。」

「這外頭以訛傳訛的話多了去了，哪裡會少她這一樁？再說了，她生母和靜郡主當年是京城裡難得一見的美人，她又怎麼會生得醜陋無比。」

角落裡幾個年輕的聲音壓得低低的，卻怎麼也逃不過馮纓的耳朵。

她往那頭去看，是幾個面生的姑娘，看模樣不過才十五、六歲，生得青春美麗，想來是剛隨父從外地調回平京。

馮纓才看了沒兩眼，邊上就又冒出了個發酸的聲音。

「妳們說，這女人的運氣怎麼就這麼好？偏她八字合上了，嫁進魏家沖喜，如今平白無故就落了頂『榮王妃』的帽子在她頭上，真是氣死人了！」

「都怪魏家那位老夫人，要不是她下毒害榮王，怎麼會出沖喜的事！如果人好好的，哪輪得到咱們這位清平縣主當榮王妃嗎？」

「就是，就是！論家世、才學、容貌，誰還能被她壓過？」

馮纓餘光看去，喲，都是過去那些跟胡家女眷有點小來往的世家小姐們。

這酸味，如她所料，不用面對面都直衝鼻頭。

不過這酸話歸酸話，到了開宴的時候，不少夫人太太的態度已然和從前有了天壤之別，尤其是看到馮纓與太子妃坐在一處，還時不時得皇后和幾位后妃關照，饒是從前再怎麼在背後嘀嘀咕咕，說些看不上的話，這會兒也都走動著敬起酒來了。

馮纓認得其中幾位夫人太太，她們的丈夫身處六部，從前沒少罵盛家位高權重、權傾朝野，就是她們自己，因著丈夫的關係，也鮮少會在人前給她臉面。

大多時候，都是高傲如鶴，仰著脖子就從她跟前走了過去。

這還是頭一回，低下頭，笑盈盈地過來敬酒，而且不光如此，還一口一個「榮王妃」，更有甚者，還主動提起想讓魏韞提拔提拔自家丈夫的事。

馮纓沒想過要為難誰，只一一回敬，卻也沒幫魏韞答應下什麼提拔人的事。

至於那幾位說著酸話的世家小姐，只要不自己往她跟前送，她都裝作沒聽見，只時不時轉轉手腕上的鐲子、胳膊上的臂釧、頭上的金簪玉簪，把腦門上「榮王妃」三個字擦得晶光瓦亮。

也有壯著膽子過來想要灌她酒的，馮纓也不推拒，只妳一杯我一杯，過沒多久，就有十幾杯酒水下了肚。

承元殿這邊用的酒水是皇后欽點的桂花釀，比前頭男人們喝的要稍微清甜一點，後勁不是很大，但十幾杯下去，平日裡規規矩矩的姑娘們哪還撐得住？一雙雙眼睛媚得都要滴出水來了，一張張鵝蛋臉透著醉酒的酡紅，不光是嘴歪了，腿也打不直了。

反觀被敬酒的馮纓，背脊挺拔，雙眼清澈，哪裡有半分的醉意？還是皇后怕把那些小姑娘們都喝醉了，勒令不准再給馮纓敬酒，承元殿裡的這場宮宴這才正常繼續下去。

宮宴結束的時候，女眷們會由太監送出宮去，偏這時候，前頭出門的夫人們卻停下了腳步，後頭一時有些奇怪，正好詢問，便聽見前頭的夫人們齊聲道了聲「榮王」。

馮纓走在最後，自然不知前面都發生了什麼？魏韞走進承元殿的時候，她還趴在皇后的腿上打哈欠，一旁的太子妃掩唇低笑，她們這會兒正在聽她講回京的路上帶羌人小皇帝玩的事。

等見到魏韞，婆媳二人才恍然回神。

「瞧瞧，這是誰來接媳婦了？」皇后眉眼彎彎，打趣道。

馮纓懶洋洋地回頭。「這不是我家夫君大人嗎？」

她說著屁股坐著不動，上身倒是扭了過來，伸出手臂要人抱。

魏韞同皇后、太子妃見禮完，握住馮纓的手，把人順勢拉進懷裡，一手扶腰，一手給了她一個響亮的腦瓜崩兒。

「不害臊了？母后和嫂子都看著妳呢。」

馮纓懶得沒了骨頭，趴在他的肩頭往後看。「都是自家人。」

皇后笑著點了點她。「她今晚喝了不少酒，雖說後勁不大，不過總歸是喝得有點多。含光，早些帶她回去，讓她好好睡一覺。」

皇后輕聲細語地叮囑完，太子妃也跟著叮囑了幾句。

魏韞代馮纓一一謝過，這才半抱著把人帶出宮去。

馬車早就在宮外候著，前頭先出宮的各家女眷都已坐上了自家馬車，有的和丈夫碰了面已經先回家了，有的還在馬車上等著丈夫出宮。

這還沒走的幾家，自然便瞧見了新晉的榮王是如何實力嬌寵王妃的。

看看榮王身子雖然不好，卻處處把王妃捧在手心裡，照顧得妥妥當當，再看看自家丈夫院子裡一堆鶯鶯燕燕，這滿心眼裡怎麼就覺得又酸又澀的呢？

這頭的酸澀絲毫影響不了那邊夫妻倆的溫情脈脈。

上了馬車，馮纓伸了個懶腰，也不招呼一聲，徑直往魏韞腿上趴去。

魏韞哭笑不得，抬手捏了捏她的耳朵。「醉了？」

馮纓閉眼道：「沒醉。就是陪著那些夫人太太們說話，又陪愛慕你的小姑娘們吃酒，有些累了。」

她悶著聲說話，順便張嘴往他腿上咬了一口。

魏韞看了眼褲腿上淺淺的牙印，往她耳朵裡吹了口氣。「愛慕妳的那些公子倒是比我還不能喝。」

「胡說。舅舅他們帶來的兄弟，個個都是軍營裡的喝酒好手。」

她話音落，耳朵又被捏住。

身後頭，魏轀的聲音清清冷冷的。「這麼聽起來，我的情敵還挺多的。」

「哎呀，可人家最喜歡你啦。」

求生欲促使馮纓從腿上爬起來，大有當場獻身也無妨的架勢坐到他腿上，摟著男人的脖頸撒嬌道。

「今天喝完最後一副調理的藥，明天就得開始解毒了。」

她嘟起嘴，作勢要親魏韞。

魏韞斂目看她，低頭碰了碰她的唇瓣。「狡猾。」

馮纓嘻嘻笑開。

魏韞問：「要不要先去王府看看？」

馮纓愣住。「現在？」

「嗯。」魏韞眉眼含笑。「我今日宮宴找了欽天監，等明日算出日子，我們就搬進榮王府。不過在那之前，我想先帶妳去看看我們的家。」

榮王府在平京城中最好的地段，有太子當這個監工，自然是面面俱到。

馮纓才下馬車，就被榮王府大門給驚到了。門匾上「榮王府」三個字，不必說，顯然是慶元帝親筆所提。

王府裡已經有了管事太監，見她看著門匾發愣，忙笑著介紹道：「這是陛下手書，太子殿下找了上好的酸枝木，過了幾遍燙金，這才掛上去。」

光是門匾，已經能看出榮王府是宮裡那對父子花了不少心思的。

再往裡走，前庭後院更是叫人說不出一句錯來。

馮纓這一路走，只能瞪圓了眼睛，張大了嘴，分外覺得自己沒出息得厲害。

劉姥姥逛大觀園，大概就是這種感覺。

「府裡還沒備上轎子，不然也能叫王妃省點力氣。」管事太監在前頭笑著引路。

馮纓擺擺手。「沒事，沒事，我走走就行。」

她有些看不過來，頭一扭，拽住魏韞的衣袖就問：「沒有逾矩吧？這真的只是王府？」

魏韞和她一道轉過遊廊，輕笑。「嗯。王妃，去正房看看？」

馮纓哼笑。「不去了。」

她身子一轉，笑盈盈道：「總要留點想像。」

她走上前，環住魏韞的腰，臉龐貼上他的胸膛。

「等你的毒解了，日子也挑好了，我們再仔細地看，看廳堂，看花園，看書房，看……臥房。」

搬進榮王府的日子很快就定了下來，正正好，是在盛晉和馮澤一行人返回承北的前一天。

喬遷新居的喜宴是要擺的，只不過請的人不多，一個兩個都是平日裡最親近的人。

等這場熱鬧過去之後，就到了魏韞解毒的時候。

藥浴、針灸、拔罐、湯藥。

魏韞什麼也不管，就由著賴大夫在自己身上用各種藥。

至於賴大夫說的那些珍貴的藥材，便如流水一般，從宮裡往榮王府送。由此，整個平京城的百姓都猜測，榮王殿下興許恢復健康了。

於是這麼一來，那些至今都眼紅著馮纓的女人，更是懊悔不已。

馮纓才顧不上那些後悔的想法，她現在恨不能天天跟著魏韞，生怕解毒的過程中，他會有一絲一毫的不適。

賴大夫和她熟悉之後，對她這種反應嗤之以鼻。

「妳就黏他身上得了。」賴大夫甩甩手，哼了一聲。「這才多大點事，一個大老爺們，這點痛要是都忍不了，我看盛將軍他們非把妳拽走了不可。」

馮纓哼哼，不作回答。

賴大夫擦乾淨手，道：「解毒不是啥難事，藥浴每三天泡一次，針灸每七天一次，拔罐看情況，就是湯藥，一日兩副，不能停，一直喝到我說可以了為止。」

馮纓忙不迭應聲，見魏韞額上布滿冷汗，忙拿了帕子給他擦擦。

「看你們這模樣，倒是有句話得提醒你們。」

魏韞按住馮纓的手。「您說。」

賴大夫看看魏韞，又看看馮纓，突然笑了笑。「也沒啥，就是看你們小夫妻倆感情不錯，覺得該提醒提醒你們，這解毒的時候啊——」

他拖著聲音說話，見馮纓眉頭挑起，這才把後頭的話給補上。「得禁慾。」

賴大夫說完就跑，腿腳索利地就不像個上了年紀的小老頭。

馮纓瞪圓了眼睛，正要追出去，就聽見魏韞笑出了聲。

「魏含光！」

「對不住……沒事，沒事……」他笑得不行，見馮纓還在瞪自己，伸手把人拉到跟前，碰了碰她的唇瓣。「我們，忍忍。」

他說「忍」的時候，馮纓分明聽見了他嘴邊的笑聲，羞惱地抓住他的耳朵用力拽了拽。

「你自己去書房睡！」

「只是禁慾，不用分床……」

「那我去找碧光她們！」

「……書房其實也挺好的。」

這毒解得實在熱鬧。其間太子曾經帶太子妃來榮王府看望過魏韞，見他們夫妻倆雖始終只在王府內走動，但過得悠閒自得，也不得不佩服兩人。

夫妻倆一個不能勞累，於是一本書，一壺茶，就能在院子裡坐一天，一個起早耍個劍，別人看書的時候，她在邊上蓮花池裡釣個魚，一坐照樣能坐一下午。

這麼悠閒的日子，雖然伴著各種混雜的草藥味，但頗有趣味。

不過總有人喜歡在人痛快的時候不痛快。

馮家人突然到榮王府門前，說是要求見榮王。

自從馮奚言去世、處理完馮家混亂的事後，馮纓就再沒見過馮家人，別說長輩，就是馮家的幾個小輩，她都沒見過。

一方面是她住在魏家，有魏韞的人在，即便魏家想讓馮家人進門，棲行院的人總有辦法把人送出去，不讓自家主子受干擾。

另一方面，馮澈那邊也對著馮家人放了話，如果不作妖不再胡鬧，那他依舊還能想辦法照顧鄉下本家。

馮澈如今十分得太子重用，前途無量，馮家人考量再三，覺得是這個理，於是安靜了下來。

只是論起身分來，馮澈再怎樣也只是個臣子，即便將來能往內閣爬一爬，也不知要過多少年，又能為族人們謀多少福。

可魏韞不同。

那是王爺，是坐在龍椅上那位的親兒子，說不定將來還能……還能……

得知馮家人要見榮王，馮纓手上的動作頓了一下，抬起眼簾，看了管事太監一眼。

那太監躬了躬身。「王妃放心，沒有王爺王妃的允許，誰都不敢把他們放進門來。」

馮纓收回視線。「嗯。」

「他們有說要做什麼？」魏韞問，雖然這個問題他心知肚明。

管事太監道：「問了，只是猶猶豫豫不肯作答，一個勁兒地說是家中長輩過來，要見王妃。」

既然說是長輩，那十有八九就是馮老太太了。

正常來說，有客登門拜訪，那榮王府一定是提前收到過拜帖的。但馮家人哪會管這些禮數，大喇喇地直接到了門口，大有長輩的架勢。

「把人請進來吧。」馮纓想了想道。

管事太監看了魏韞一眼，見王爺微微頷首，當下便應聲而去。

# 第二十九章

馮老太太得意地進了門，可還沒到榮王府正廳，就先被幾個丫鬟攔了下來。

「我家王爺身體有恙，不便見客，請老太太先在廳內吃茶等候，王妃這就過來。」

「怎麼是那個賤……怎麼是王妃過來？」馮老太太有些著急，一聽丫鬟的話，臉色當即變得難看起來。

那丫鬟說是丫鬟，實則還是馮纓的女衛。從前上陣殺敵從不手軟，下了戰場也是個眉眼靈活的人，當下就道：「老太太不是說是來見孫女的嗎？」

馮老太太神情一僵，尷尬道：「我這不是想、想順便見見榮王嗎？」

女衛笑。「王爺身體有恙，全城的人都知道，最近王爺正在治療，陛下吩咐了不能讓外人隨意叨擾。王妃這幾日一直待在府裡，哪也不去，為的就是看護王爺。」

她說著頓了頓。「這不是因為是您來了麼，總歸要給長輩一個面子，不然方才就讓門口送客了呢。」

馮老太太臉色微沈，可也不好隨意發怒，只能等馮纓進了正廳，這才衝著她發了脾氣。

「妳都成王妃了，怎麼府裡的下人還是這麼沒規矩！還有，榮王真不能出來見我？」

馮纓就知道老太太突然從鄉下過來，不是衝自己來的。

「祖母不妨說說，這次來榮王府，是想我幫祖母什麼忙？」馮纓平靜問。

馮老太太像是突然想起自己的目的，語氣頓時溫和起來，伸手就要拍馮纓的手背。

馮纓有些不舒服地收回手。

「祖母就知道妳是個聰明姑娘。妳娘剛把妳生下來的時候，祖母就看出來了。妳跟妳大哥都是馮家的頂梁柱，比那個惡女人後頭生的那幾個要頂用多了。」

馮老太太深深看馮纓一眼，意味深長道：「纓娘啊，妳男人都成榮王了，咱們馮家也是跟著沾光，所以妳看看，要不幫妳那些叔叔伯伯，還有堂兄弟們問問王爺，能不能幫忙在朝廷裡找個官當當？

「妳想啊，妳都成榮王妃了，誰還不念妳兩句好？可外頭那些惦記妳男人的人家這麼多，妳要是沒個娘家人撐著，多受人欺負，也不好給榮王搭把手不是，纓娘，這個忙……妳一定會幫的吧？」

馮老太太篤定地看著眼前的孫女。

她好像已經忘記了兒子死的時候，她跟馮家人都對孫子孫女們做過什麼，又挨了怎樣的一頓訓。

天大地大，宗族最大，可能就是馮家人一貫的想法。

一旁的碧光、綠苔眼睛都瞪大了。

姑爺成了榮王後，盛家都沒出來說一句話，而且馮家連個像樣讀書人都沒有，竟然還敢提出想要在朝中當官的話。

馮纓背脊挺得筆直，淡淡笑道：「當然不會。」她雖然不贊同古人說的什麼「萬般皆下品，唯有讀書高」，但入朝為官，怎麼也該是正經讀過書，或者在戰場上立過功的人。

再不然，在某些事情上，有過傑出貢獻、極好表現的也成。

但馮家顯然一樣都沒能沾上邊。

馮纓這樣乾脆俐落的拒絕，讓馮老太太頓時有一種噎住的感覺，緊接著怒而站起。「馮纓！妳這是什麼意思？」

「字面上的意思。」

「妳！馮家是妳娘家！」

「沒有哪個娘家人會在兒子死後做的第一件事，就是想辦法把家產搶走，連孫子孫女都不顧！」

馮纓說話也不客氣了。

「含光成了榮王，你們又惦念起我來了？馮奚言雖然人不怎樣，可好歹還讀過書，馮家其他人又是做過什麼，有什麼資格能夠入朝為官？碧光，送客！」

馮老太太跳著腳要罵，正廳外，榮王府的護衛比碧光動作更快，已經直接上前將老太太架起送了出去。

馮纓只愣了愣，旋即發現了出現在門外的魏韞。

「你都聽見了？」

魏韞頷首。「聽見了。馮家如果只是想要多幾畝田地，我倒是能幫這個忙，想要一官半職，那就不能了。」

馮纓哼笑。「能也不給他們。」

誰知道什麼時候馮家就惹出麻煩，到時候沾惹上一身腥臭的，只有榮王府。

夫妻倆正說著話，前頭的管事太監擦著冷汗回來了。

「馮家那位老太太正堵在王府門口破口大罵。王爺、王妃，要不要把人直接送走？」

管事太監是慶元帝親自從宮裡挑出來的，自小就入宮做了太監，做事謹慎，又忠心耿耿，這才入了榮王府領這個管事的差。

馮老太太那架勢他哪裡見過，只想著趕緊把人送走，免得壞了榮王府的名聲。

「我跟你一道去。」馮纓上前一步，見魏韞作勢要跟，忙把人攔住。「你還在靜養，就別跟著我去前面吹風了，誰知道我那位好祖母又會說些什麼惱人的話。」

她丟下話就去大門口，馮老太太正站在門外叉著腰，破口大罵。

馮奚言有出息前，老太太在鄉下吃了不少苦頭，性子上自然有些潑辣，罵起人來也從不示弱。

榮王府門前來往的人雖不多，可她鬧出的動靜實在厲害，不一會兒就有人或遠或近的看起熱鬧來。

當長輩的求到面前來，換誰似乎都會退讓一步，再難辦也把事情應下。

可馮纓是誰？她是半點面子不給馮老太太，也不給馮家，就這麼站在門口抱臂聽著，直到老太太明顯說得口乾舌燥了，這才打了個響指。

清脆的一聲響，以胡笳為首的女衛頓時湧了出來，毫不客氣地架起老太太，一輛馬車也在這時候被拉了過來。

於是往車裡塞人的塞人，趕車的趕車，就這麼堂而皇之、毫不遮遮掩掩地把馮老太太送離了榮王府。

「王妃高明！」

管事太監適時地在邊上拍馬屁。

馮纓下巴一抬，頗有幾分得意。

偏這一抬下巴，叫她遠遠的瞧見了路過的一雙男女。

人還是那兩人，季景和、祝雲岫。

只是走路的姿態有些不一樣了，一個走得極慢，一個攙著手，小心翼翼的，時不時還會低頭說上兩句話，瞧模樣，竟好像是有了身孕？

季景和的確是和祝雲岫成親了。

馮纓讓珈南去打聽了消息，興許是因為季景和如今在朝中已經不再只是個小官吏，他的許多事已不如從前好打聽。珈南花費了好些日子，才從外頭將馮纓想知道的事打探了回來。

原來祝雲岫在祝素婉出事後就被接回了祝家，但受到祝素婉的影響，祝家在那之後遭人指指點點，加上從前因為馮奚言還頂著忠義伯爵位的關係，在鄉下多有耀武揚威的事發生，於是一朝出事，即便他們再怎麼想撇清關係，還是無法避免別人的懷恨報復。

往日做得還算順利的一些小買賣，就這麼眨眼間的工夫，都黃了。不僅黃了，那些從前礙於情面、礙於忠義伯是祝家女婿，所以沒人敢來討要的欠債，債主這時候也紛紛找上門來。

祝家人苦苦支撐了五、六日，最終也沒能迎來轉機，等到祝家徹底破產，也不過才過了半個多月的工夫。

祝家的店鋪田產全都抵了，還有一些金銀首飾、古董字畫，就連紅木、檀木、梨花木的家具，也是能典的都典了，甚至連從前得用的那些丫鬟小廝，也都遣散了七七八八，只留了幾個貼身伺候的。

儘管如此，祝家仍舊欠了許多債，其中還有祝家子孫在外頭賭博欠下的錢。

祝家當家的變得十分頹廢，女眷們又哭又鬧，甚至還有通房小妾偷偷跟著家丁逃跑的。

祝雲岫的娘親也動起了女兒的主意，有意把她嫁去債主家配對方家裡癡傻的小兒子，又或者嫁給巨富之家的老爺或者少爺做妾，憑她的姿色，又是宮裡選過秀的，一定能把男人給籠絡住，到時祝家就能少一個麻煩。

祝雲岫怎麼肯認命，自然是一番反抗，機緣巧合之下，她和季景和遇上了。

也許是原著之光，也許是因為人在低谷的時候遇上一根救命稻草帶來的希望，祝雲岫很快對伸出援助之手的季景和有了好感。

即便在那之前，馮纓還親耳聽見祝雲岫說過，季景和這樣的人雖然好，但不是她的良人之選一類的話。

可能還真的是因為原著光環的關係，此事之後，季景和也有幾次遇上季母惹麻煩，甚至還挑了什麼「門當戶對」的官家小姐說讓他看看，覺得合適就幫他上門提親去。

季小妹這時早已是對親娘避之不及，季景和也被煩得徹底生出了不喜，於是，在季母再一次背著人收了好處，打算幫兒子說媒的時候，季景和索性把祝雲岫帶到了她的面前。

「於是就這麼成親了？」

馮纓愣怔，手裡的點心一時間有些吃不下去了。

雖然說事情按照原著的方向進行下去了，但是這個過程總覺得有些不得勁。

季景和成親的時候喜歡祝雲岫嗎？

外人永遠不會知道。

以後呢？

也許吧，畢竟那兩人都是目標很明確、很有自己想法的性格，說不定做了夫妻相處一段時間後，真正看對了眼，倒也是能成為一對志同道合、互相扶持的夫妻。

「去庫房找些滋養的補品出來，」馮纓放下點心。「再上廚房備點小點心。妳回頭讓綠苔送過去。」

「送去哪兒？」珈南問。

「季大人府上，就說是我送的，他們夫妻倆應當會收下。」

馮纓說完，又想起從河西回來的時候還帶了些小玩意，一大半都送進了東宮，剩下的那些留著也只能積灰，索性一起送給季小妹玩去。

珈南應聲退下，馮纓這才又有了心思繼續吃點心。

門外頭這時候傳來腳步聲，她慌忙抓過桌上的點心盤子，左右四顧，咬咬牙，賭了一把，直接打開衣櫥櫃子，把盤子連帶沒吃完的幾塊點心都藏在了衣服底下。

「嘎吱」一聲，櫃門關上，腳步聲也正好停了下來。

「在做什麼？」

魏韞的聲音帶著淡淡笑意。

馮纓回頭，捋了捋頭髮，道：「哦，就是聽說最近外頭又興盛起一種新的料子、新的衣樣，想看看要不要也去做上幾身。」

沒等馮纓反應過來，魏韞俯身，整個人壓了下來。

他剛沐浴過，身上還帶著水氣，濃黑的頭髮還未擦乾，大約是外頭有風的關係，頭髮一緄緄貼在臉上。

馮纓眨了眨眼睛，下意識背靠上衣櫃，把門堵得嚴嚴實實。

魏韞自然注意到了她的閃躲，頭一低。「妳藏了東西？」

不等馮纓回答，又在她唇上親了一口。「甜的，妳又偷吃了？」

「沒有！」馮纓保證道：「今天晚膳已經吃了許多了，我才不會偷吃點心！」

魏韞看著她，馮纓再三保證。「我真的沒偷吃。」

「今天早膳吃的是盧嬸做的餛飩，妳一吃吃了三碗。吃午膳前，妳說練劍有些費體力，又吃了一盤果子，還讓綠苔去街上買了董家鋪子的梅菜燒餅。午膳有妳喜歡的燒雞，妳又多吃了一碗飯。」

馮纓想解釋，被他捂住嘴。

「午睡前，妳讓碧光給妳煮了山楂水，妳喝完之後又突然嘴饞山楂果子，這個時候沒有，就讓綠苔去買了果脯。睡醒之後，妳又喊餓，吃了一碗乳酪，晚膳妳也沒少吃，我怕妳撐著了不消化，就讓碧光、綠苔都去忙，不准在妳身邊伺候，免得又被妳差著出去買吃的。所以妳剛才吃的東西，是誰偷偷帶給妳的？」

馮纓眼神游離。

魏韞彎了彎唇角，當下將人直接抱了起來。

他如今身體已經大好，比從前更顯得強壯一些，馮纓一時間掙扎不開，等被丟到床上，魏韞已經幾大步走到了衣櫃前。

「沒，我……」

櫃門打開，看著微微隆起的衣服，魏韞哭笑不得，伸手從裡頭翻出了一盤點心。「妳就這麼饞？」

馮纓想了想，找不著理由解釋，哎呀一聲，正面撲倒在床上。

好吧，她就是嘴饞。

魏韞放下點心，跟著坐在床榻邊，手指捏了捏她的臉，讓她把頭側過來。

「去漱口，別等過段時間牙疼了。」

馮纓嘿嘿一笑，知道他不惱自己，趕忙跳下床跑出去。

沒多久刷過牙回來，見魏韞正坐在桌邊給自己擦著頭髮，或許是因為動作太大了，領口敞開，露出他覆著一層薄薄肌肉的胸膛。

她沒忍住，垂涎了下自家夫君的男色。

那點嚥口水的聲音，被魏韞聽得一清二楚。

他停下動作，抬頭看著馮纓。「又餓了？」

馮纓快步走到邊上，坐下道：「沒有，我就是嘴饞了點，不餓。」

「不餓」兩個字咬字非常清晰，恨不能明明白白寫出來，然後貼在腦門上。

魏韞笑，捏了捏她的鼻尖。「如果不是知道情況，我還以為妳是有了。」

「有什麼？」

「孩子。」

他話音落，馮纓脹紅了臉。「你還在吃藥，我從哪裡來的小孩？」

魏韞雙唇輕抿，似乎想了下，道：「我今天問過賴大夫了，我的情況比想像中好。」

「所以呢？」馮纓不解問。

魏韞沈默了一會兒，凝望著她的眼睛。「我會繼續服藥，但是我可以不用……禁慾了。」

最後幾個字出來的瞬間，馮纓整個人都呆住了。

她當然也想和喜歡的人有最親密的接觸，尤其是看到季景和跟祝雲岫，更會想像自己和魏韞的將來，但是……

「要不，咱們再等等，等你徹底好了？我不著急，真的不著……」

她擺了擺手，想要拒絕，但話還沒說完，手被扣住了，人也直接落進了他的懷裡，下一刻，天旋地轉，人已經被摁在了床上。

她張嘴想要說話，魏韞絲毫沒給她機會。

他壓下來，微濕的髮梢掃過她的臉頰，然後直接堵住了她的唇。

馮纓愣了愣，很快順應了下來，並且回應了這分熱烈。

到了嘴邊的肉，還是垂涎了那麼久的肉，沒道理不吃。

好半天，唇分。

馮纓氣喘吁吁，有些不解地看著上方的男人。

魏韞唇邊勾著笑，低頭親親她的眼睛。馮纓看著他，被他眼底藏不住的洶湧慾望嚇了一跳。

隨即，她的眼睛被人遮住，唇上又落下一個吻。

「慢慢來，我們有得是時間。」

都說春宵一刻值千金。

到了真槍實彈的地步，一刻是多少？馮纓半點腦子都分不出來去想，就覺得成親這麼久終於圓房的這一晚，大概能值個萬金……

第二天醒來，馮纓渾渾噩噩地縮在被窩裡，還是被魏韞撈出來，才不甘願地回憶起前一晚的意亂情迷。

在這之後，馮纓親自去找了賴大夫，確認魏韞的身子的確是好得差不多了，不必禁慾，也不用擔心這時候懷上孩子會帶了毒，夫妻倆便有些放開了。

這其間，因為恰逢雨季，黃河大水沖垮了沿岸的村莊、農田，百姓受苦受難，當地官員也是苦不堪言，慶元帝也得到消息，親自命太子奉旨救災。

原先還擔心榮王妃是盛家養大，榮王會因此生出野心奪取東宮之位的大臣們，見慶元帝仍舊十分看重太子，連救災這樣能立名立威的事都讓太子親去，頓時都放心了不少。

可偏偏在這時，太子卻出事了。

傳回來的消息稱，太子率兵救災的時候，黃河突發大水，河道決堤沖走了無數人，太子……生死不明。

馮纓聽說的時候，魏韞剛出宮回府。

看著魏韞的神情，馮纓當下明白過來。

「要去找太子？」

「嗯。」

「什麼時候走？」

「越快越好。」

看著魏韞轉身收拾起自己的東西，馮纓深呼吸。「太子那邊的情況有沒有了解清楚？出發前得了解好情況，先不要急著走。」

魏韞應了聲知道，又轉身進了書房收拾。

馮纓難得沒有跟著，在屋子裡沈默地站了一會兒，很快轉身帶上碧光一塊幫他收拾起行囊。

第二天，一夜沒睡的魏韞沒有回屋，直接在書房那簡單的漱洗了下，帶著人準備出發。

馮纓一直讓綠苔守著，聽到消息，忙親自把行囊送到前院。

「我知道你不想我跟著你一塊去，所以我會乖乖待在平京，不過你把珈南她們帶走，她們興許能幫上忙。」

馮纓把行囊遞給長星，又道：「賴大夫交代了，雖然不用再藥浴，那副藥也停了，但是最後鞏固調理的藥不能斷。這裡裝了幾瓶藥，每日三次，每次一顆，不管什麼情況都必須盯著你們王爺吃下去。」

長星忙應了一聲是。

看著馮纓一一叮囑，魏韞在心裡嘆了口氣。他其實很想帶她一塊去，但是黃河大水，沿岸的百姓人家死傷無數，處理不當的地方，甚至可能發生瘟疫，他不想讓她跟著自己去冒這個險。

「妳這幾日多進宮陪陪陛下和皇后，太子失蹤，想必他們心裡並不好受。」

馮纓忙不迭點頭。「我知道。」

聽她這麼應，魏韞點頭，帶上人當即從榮王府離開。

馮纓知道，他不是一個人去找太子。皇帝表舅不會希望兩個兒子在同一個地方出了意外，所以無論是太子還是魏韞，出行的時候身邊都帶足了人手。

他現在出門，那些隨行的人十有八九已經在城外等候。

然而饒是如此，要說不擔心，那真的就是假話了。

怕自己東想西想的，反而不能讓魏韞放心，馮纓索性大大方方地去了趟宮裡。

慶元帝的狀態不算差，畢竟是一國之主，無論發生了多大的事情，都必須保持冷靜。但皇后的樣子看起來就憔悴了許多，只是為了太子妃和皇孫，皇后顯然也在撐著。
她陪著在宮裡坐了一會兒，聽皇后說起太子小時候的淘氣事，又說如今漸漸大了的皇孫和太子小時候一模一樣，那乍聽起來有些絮絮叨叨的話裡，滿滿都是一個母親對於孩子的疼愛。
馮纓覺得，自己還是挺羨慕的。如此這般，她進出皇宮的次數就比以往更多了。
魏韞離開時已經是四月，正是黃河以南地區雨水格外充沛的時候。他走後半月多，傳回了太子被找到的消息。
因為落水後受傷，太子被找回後一直留在當地養傷，魏韞暫時代替他接手救災的工作，直到太子傷好，兄弟倆才一齊上陣，輾轉多地，一時半會兒還不能回京。
至此，馮纓心裡的這塊石頭總算是落了地，也終於生出了去找小羊玩的心思。

「妳要成親了？」
一口酒剛喝進嘴裡，馮纓差點噴了出來。
她呆愣愣地看著阿索娜。原本坐在她邊上的小羊，頂著濕漉漉、飄著酒香的小腦袋，從凳子上爬下來，嘤嘤喊著「姨姨」跑去找宋嬌娘了。
阿索娜瞪了馮纓一眼。「有什麼好驚訝的？老娘花容月貌，難道當了寡婦就得一輩子給個死人守著？你們大啟又不興立什麼貞節牌坊，我還不能再嫁了？」

馮纓擺手。「說什麼啊，寡婦再嫁多正常的事，鰥夫還能再娶呢，憑什麼寡婦不行？可妳之前不還說這輩子錢最重要，不打算再嫁了嗎？」

她頓了頓，擱下酒盞，湊過去。「妳是不是，瞧上誰了？」

她意有所指，阿索娜也毫不隱瞞，抬了抬下巴。「對，就那個蠻牛似的鐵匠。」

阿索娜和宋嬌娘從來不喊鐵匠的名字，鐵匠也好像原本就沒有名字，酒壚周圍幾條街的人但凡見了他，只要喊一聲「鐵匠」，他就會應答。

久而久之，鐵匠成了他的名字。

「他打算什麼時候娶妳？」

馮纓早就看出來阿索娜對鐵匠有意思了。

酒壚常來常往的客人裡頭，想娶阿索娜的有、想占點便宜的更多，也就鐵匠會一聲不吭地進來吃酒，順便幫她拎走幾個不長眼的混混。

於是阿索娜從一開始多給他一壺酒，到後面直接帶著小羊上門給他洗衣服，再到連晚飯也一塊煮了吃，眼見著是一步一步往夫妻方向走了，可仍是誰也沒捅破窗戶紙。

聽阿索娜這麼一說，馮纓還以為這兩人終於要成事了，可阿索娜下一句話，愣是叫她……沒聽懂。

「什麼叫……他不肯娶？」

阿索娜不說話了。

馮纓差點叫了起來，好在還記得前頭是酒壚，忙壓低聲音，追問道：「妳說妳要成親了，要嫁給鐵匠，可妳又說鐵匠不肯娶？不是，你倆到底是怎麼一回事，到底是誰娶誰不娶？」

阿索娜撇嘴。「他嘍。」

「那妳還嫁？」馮纓氣笑了。「他什麼寶貝啊，都不肯娶妳了，妳還巴巴地要嫁？而且，他要是不肯娶妳，之前幹麼把日子過得跟一家人一樣？

「我記得西街一個開酒樓的老闆，妻子過世十年，好不容易拉拔大兒子，還看中妳了，想娶妳過門兩人好好過日子，那人妳自己也說了是個本分人，可妳也沒答應，就看上那鐵匠，結果、結果鐵匠不肯娶妳？他憑什麼？」

馮纓一生氣，話就一句接一句，嘟嘟嘟地噴了出來。

阿索娜體貼地給她倒了杯酒，她直接仰頭灌下潤喉。「我跟妳說，妳要是真想嫁人了，有的是男人排隊等著妳挑，要是覺得不好，我再從盛家軍裡給妳挑好的，就是含光手底下的人裡頭，也有不少還未成家的，誰說妳就非得嫁給鐵匠不行？」

「那如果給妳十個男人，要妳從他們中間挑一個，挑誰都可以，就是不准妳挑榮王，妳怎麼辦？」

馮纓噎住。

阿索娜扭了身子，坐到她面前。「妳看，妳也只想選榮王，那我呢，我就只想嫁給鐵匠，雖然他長得也不算俊俏，看起來沒什麼文化，平日裡話少得可憐，可這個人讓我覺得舒服。除了鐵匠，我誰都不想嫁。」

看著阿索娜，馮纓一時間說不出話來。

阿索娜的長相在胡女裡頭，算不上是最漂亮的，但勝在風情萬種。舉手抬足，饒是女人，都覺得她好看得緊。

但這個人不求什麼名利，就想著開酒壚賺錢，後來多了宋嬌娘和小羊，她更是盼著把酒壚繼續開下去，一直開到送小羊出嫁，給小羊籌備豐厚的嫁妝。

馮纓知道，阿索娜一直是個沒有太多慾望的人，這還是頭一回，頭一回見她這麼堅持地想要為自己做一件事。

「妳問過他原因沒？」馮纓倒了兩杯酒，一人一杯，順便問起鐵匠的意思。

「我沒問。」

「……」

馮纓真的是要被氣死了。「不是，妳都不問清楚，就說他不肯娶……你倆真是天生一對。」

阿索娜毫不客氣地翻了個白眼。「多大點事，回頭我去問問就行了。」她手腕一轉，又給馮纓添了一杯。「趁妳家榮王如今還沒回來，王妃，妳快陪我多喝兩杯。」

她們私底下稱呼親密，偶爾一兩句「王妃」，也都是口頭上的逗趣。

兩人本來就很能說到一處，酒自然就跟著喝得多了。

「妳家的酒是不是壞了，我怎麼覺得有些不舒服？」喝到後面，馮纓已經趴在了石桌上，酒盞也不握了，捂著肚子，臉色微微發白。

阿索娜瞇了瞇眼。「胡扯！我家的酒怎麼會壞！」

說歸說，她還是留意到了馮纓的情況，那點本來就不多的醉意，頓時嚇飛了。「怎麼回事？妳哪裡不舒服？」

她也管不著別的了，轉身就喊：「嬌妹子！嬌妹子！」

因為怕前頭人手不夠，馮纓讓胡笳和綠苔也在前頭幫忙，阿索娜這一喊，三個人都跑了過來。

「怎麼了？」

「快去找大夫！纓娘不對勁！」

「我去找！」

胡笳反應最快，一個激靈扭頭就跑。

綠苔慌裡慌張地跑到旁邊，抬手就在馮纓背上拍了幾下，馮纓沒忍住，把人往邊上一扒拉，直接往地上哇哇吐了好幾口。

院子裡頓時一陣的手忙腳亂，好不容易等馮纓吐夠了，胡笳拉著賴大夫回來了。

「這人是誰？」阿索娜皺著眉頭。

馮纓擺擺手。「給含光看病的大夫。」她喘了幾口氣，主動伸出手。「賴大夫，麻煩你了，我若真要是有什麼問題，這條命可交託給你了。」

「呸呸呸！你們夫妻倆還真是天生一對，晦氣話說得都一模一樣！」

馮纓笑笑，靠著綠苔的胳膊，還是有些不舒服地哼哼了兩聲。

阿索娜和宋嬌娘都急得不行，偏賴大夫診個脈慢條斯理的，胡笳差點想要扒拉他，手剛伸出，就見他鬆開了自家王妃的手腕。

「怎麼樣怎麼樣？」這是阿索娜。

「王妃身體如何？」這是宋嬌娘。

「我家姑娘怎麼吐了？」這是胡笳和綠苔。

賴大夫掃了她們一眼，最後看向滿臉寫著「弱小無助我很難受」的馮纓，重重地哼了一聲。

「這麼大的人了，連自己有沒有身子都不清楚嗎？記不記得自己月信多久沒來了，最近是不是特別貪睡？」

馮纓愣住。

賴大夫指著她，恨鐵不成鋼地訓斥道：「妳這肚子裡都有孩子了，還到處亂跑，還喝酒！回頭叫王爺知道了，還不狠狠教訓妳！」

馮纓徹底愣住了。

綠苔呆愣愣地張了張嘴，還是胡笳拿胳膊肘撞了她幾下，才叫人回過神來。

「我家姑娘有孩子了？我家姑娘要當娘了？」見賴大夫點頭，綠苔伸手就要把馮纓抱起來。「我、我抱姑娘回榮王府！姑爺交代過奴婢，一定要奴婢照顧好姑娘的！」

如果不是胡笳把人勸住，綠苔還真就想這麼抱起馮纓往榮王府走。

跟著過來的小羊也聽明白了，拉著宋嬌娘的手一個勁兒地問：「姨姨，是不是就要有小妹妹了？是不是，是不是嘛？」

懷孕的人總是盼著能生個兒子，又說小孩的眼睛最準，能看出肚子裡的是男孩女孩，小羊話音一落，宋嬌娘忙要去捂她的嘴。

馮纓這會兒卻回了神，笑盈盈地摸了摸平坦如常的肚子。「妹妹還是弟弟，有什麼關係？總歸是我跟含光的孩子。」

她竟突然有孕，算算日子，是在太子出事消息傳來前的那幾次懷上的。

可惜含光不在身邊，不然真想立即把這個消息告訴他。

從此，她在這個世界上，有舅舅，有表哥，有弟弟妹妹，有朋友，有丈夫，還會有一個十月懷胎生下來的孩子。

她的根，也許就這麼紮了下來。

如果哪一天她突然回到原來的世界，那起碼在原著的某個角落裡，這個孩子會陪著魏含光一直生活下去。

見馮纓回了神，面色也好看了許多，賴大夫這才沒再繼續數落，只叮囑了幾句，就催著她趕緊回王府躺會兒。

馮纓應聲。

榮王府的馬車就在前面街口等著，阿索娜一直把人送上車，這才突然叫了一聲。「纓娘。」

車簾掀開，馮纓好奇地望向她。

阿索娜展顏笑道：「看到妳有身孕，我也想給鐵匠生個孩子了。」

「他不是不肯娶妳嗎？」

「可我沒說不能睡他呀。」

看見阿索娜眨眨眼，馮纓噗哧一下，笑倒在綠苔肩頭。

黃河沿岸的災情已經比四月的時候好了許多，雖然河裡偶爾還是會撈起幾具浮屍，但比起最嚴重的時候，各個河道上屍體堆疊要好上太多太多。

就說太子和魏韞，如今也終於有了能夠安穩落腳的地方，吃的東西也總算是熱乎的，不用半夜胃疼得厲害了。

這天兄弟倆照例從外面回來，一番簡單的沐浴過後，難得有空閒能坐下來一道吃個飯。

如今，饒是自小錦衣玉食、前呼後擁慣了的太子，也已經能夠面不改色地吃下這邊廚娘隨便做的一手不合口味的菜了，從前那些佈菜的丫鬟，他沒帶出門，身邊伺候的幾個小太監，也全都被趕出去幫忙照料為救災受傷的官兵。

另一邊的魏韞比太子更早適應了這邊的生活，兄弟倆一頓飯吃得十分隨意。

此時渡雲來通報，說榮王府來了下人，特地傳王妃的口信。魏韞放下筷子，作勢要起身，渡雲又道那下人說了，如果王爺在用膳，就等王爺吃飽了再說不遲。

「你這模樣看起來，是在擔心纓娘？」太子搖頭嘖嘖。「她那脾氣性子，加上一身的本事，你覺得有幾個人能讓她受什麼委屈？」

他從不覺得自家這個表妹兼弟妹會是個容易受委屈的人，別打得別人嗷嗷叫已然是給足面子了。

「我瞧那人的臉色，應當不是什麼壞事。」渡雲低笑。「說不定是王妃想王爺了，特意派個人過來傳個口信。」

魏韞笑了笑。「她倒還不至於為了這事特意派個人來。」

這段時間因為他頻頻更換地方，飛鴿傳信並不好用，她讓女衛來過一次，不過因他擔憂受災地有什麼不好的東西沾到女衛身上，然後被帶回王府時再讓她遇上，所以回絕了。

這次突然又派了人來，也不知究竟是為了什麼？

「說不定是有什麼喜事。」前幾日才收到太子妃家書的太子如是道。

如他，家書裡就是太子妃說皇孫剛剛能流利地背下了一篇文章。雖是小事，可夫妻間分享這些突然發生的小事，未嘗不開懷欣喜。

吃過飯，太子顯然不打算挪窩，想跟著聽聽榮王府的下人帶來什麼口信。

魏韞也不趕他，招了人進來問話。

「姜五見過太子，見過王爺。」

下人面善，魏韞仔細看了看，這才想起這人原本是盛家大爺身邊的親衛，因為羌人一戰瞎了一隻眼睛，傷了一條腿，大爺就把人送到馮纓身邊，跟著進了榮王府做事。

魏韞擺手。「不用客氣。王妃讓你帶了什麼口信？」

姜五笑笑，抱拳道：「是個好消息，等王爺這邊收了這口信，姜五就繼續往承北趕，幫王妃把這好消息送到將軍們跟前。」

他這麼說，魏韞心裡突了一下，隱約有了猜測。

姜五含笑道：「恭喜王爺，王妃有孕了！」

「真的？」

比起魏韞，太子的反應更大一些，又驚又喜，滿臉是笑。

「榮王妃真的有孕了？」

「是。是賴大夫親自診的脈，陛下和皇后娘娘聽說後，又讓太醫來看了看，的確是有了身孕。」

太子哈哈一笑，轉身拍了拍魏韞的肩膀。「含光，你就要有孩子了！」

魏韞這時候才終於有了反應，臉上浮現笑，一雙眼微微泛著水光。「是啊，有孩子了，只是委屈她了，讓她一個人撐著。」他又問姜五。「你出門時王妃身體如何？」

姜五回道：「王爺放心，王妃一切都好。如今有賴大夫和宮裡來的嬤嬤一併看著，王妃雖然饞酒，如今倒也是為了王孫，一滴都沒敢沾。」

魏韞哭笑不得。「都這個時候了，她倒是還饞酒。」

不必說，他都能想像到她會怎麼苦著一張臉眼巴巴地看著身邊的人，盼著有誰心軟了給她偷嚐一口，但是想到孩子，又只好皺著眉頭忍下來，說不定一轉身找了個什麼本子記上幾筆，等孩子生下來，要喝東家的酒，吃西家的酒釀點心。

姜五沒有停留很久，簡單用過飯食後，就拖著傷腿騎著馬往承北報信去了。

魏韞坐在廳內，從衣領內翻出一枚狼牙，他摩挲著，一聲不吭，廳內安靜得一時只有燈花偶爾輕爆的聲音，就連太子離開的時候都腳步輕輕，不願驚擾了他。

這枚狼牙是他們夫妻倆圓房那晚，馮纓偷偷塞進他枕頭底下的。

被他發現後，這才老實交代說是從前殺的頭狼的狼牙，在關外有一說是狼牙可以作為護身符庇佑它的主人。

她向來是個不記事的，時而記得，時而忘記，還是他在解毒的那段時間，她閒得無聊收拾自己的東西，才無意間翻出了這枚狼牙，這才記起要送給他。

至此，他一直戴著，片刻不離，彷彿是她一直陪在身邊一般。

他想，該快些完成這邊的事才行，早點回去陪她，總不能讓她一個人經歷懷孕時的種種，她那樣一個待不住的性子，該怎麼熬過艱難的孕期。

魏韞想像中馮纓孕期的各種艱難不適，以後不知道會不會有，只是眼下，榮王府上下誰都看得出來，他們王妃的身體狀況好得很。

酒是不能吃了，但除了酒，能吃的東西還有不少。

馮纓捧著阿索娜剛送來的新鮮果子，一口一個，吃得津津有味。

「這果子酸得很，平日裡就聽說是專門賣給那些有了身子的婦人吃。我讓鐵匠買了一些，特意給妳送過來。」

阿索娜跟著往嘴裡丟了一個，立馬酸得整張臉都皺了起來。

「這麼酸，妳究竟是怎麼吃下去的？」

「我覺得還好。這果子要是釀酒，估計也挺好喝的。」

馮纓巴巴地捧著果籃，阿索娜直接翻了個白眼。「不行，這酒釀出來給誰喝？有身子的不能喝，沒身子的喝不了，更別提男人了，估計一口下去，非砸了我的酒壚不可。」

聽她這麼說，馮纓只能遺憾地嘆了口氣。

半籃果子下肚，碧光都開始攔了，馮纓正要撒嬌，就聽見阿索娜突然來了句。「我要走了。」

「這麼早？」馮纓詫異。「妳不陪我多坐會兒？」
阿索娜笑。「我是說，我要去別的地方了。」
馮纓愣了一瞬。「去哪？」
距離上次她說要睡鐵匠，也不過才過去一個月的工夫，這一個月的時間裡，鐵匠終於點頭同意了他倆的婚事。
兩人在平京也沒什麼親戚，簡簡單單地拜了天地，就這麼做了夫妻。
「他一直想去參軍。」阿索娜托著下巴，笑盈盈道：「先前不肯娶我，就是怕等他去參軍了，沒法照顧到我。」
「那現在呢？他不打算去了？」
「怎麼會？」阿索娜瞇著眼笑。「他那脾氣，不會那麼輕易就放棄認定的事。」
馮纓驚了。「所以妳要跟著他走？要去哪？酒壚怎麼辦？小羊呢？」
除了盛家，她還沒聽說過有哪家願意收女兵的。
阿索娜大大方方道：「所以我來代他向妳求一封推薦信。」
這是要去盛家軍的意思了？
馮纓也不瞞著，直接道：「盛家軍不好進。我舅舅他們對手下的兵一貫要求嚴苛，能進盛家軍的，都是頂尖的人，相比而言，承北有自己的兵力，招兵也沒有那麼嚴，當然參軍從來不是簡單的事，之後的訓練同樣的嚴苛……」

「這個自然，我們沒打算進盛家軍，只想有一封推薦信，也好順順利利地參軍。」

馮纓當然不介意給這個推薦信，當下就讓碧光拿了紙筆過來。

阿索娜拿了信，臉上的笑就沒有停過。

「以後酒壚要怎麼辦？」馮纓好奇問。

「我把酒壚留給嬌妹子了。」

阿索娜彎了彎唇角。「這是我前頭男人留下的。他是個沒啥大能耐的，活了一輩子也就只會釀酒，我把酒壚交給嬌妹子，也算是幫他把酒壚繼續保了下來。」

「那小羊呢？」

「我和鐵匠商量了，我們會帶小羊一起走。到時候他去軍營，我帶著小羊在附近過日子，他得空回家看看，沒空我們母女倆就在家裡守著等他回來。」

這是承北很多婦人的生活。

馮纓太熟悉這種日子了，畢竟她的舅母們就是這麼過了十幾二十年，守著一個家，守著男人們身後的世界。

「雖然羌人暫時安穩了下來，但是說不準什麼時候又會有別的部族挑事，或者因為各種衝突，引發兩國交戰。參了軍，受傷、戰死都是常事，妳確定不攔著他，還要帶著小羊一起過去？」送阿索娜出王府的時候，馮纓沒忍住，最後問了阿索娜一個問題。

阿索娜沒有回答。

或者說，她用一個灑脫的微笑，給了馮纓一個屬於她自己的篤定答覆。
之後，鐵匠夫妻倆很快去了承北。

# 第三十章

馮纓怕宋嬌娘一個人一時半會兒沒法接手酒壚，阿索娜走後，她連著帶人去酒壚幫忙了好幾天。

宋嬌娘看著纖細弱質，但被阿索娜收留的日子裡，早已經能夠獨當一面，一陣子下來，酒壚的生意幾乎沒有什麼變化，在宋嬌娘的經營下，和阿索娜走前幾乎沒有什麼兩樣。

馮纓待了幾天，實在是每天都被酒香饞得不行，又只能看不能喝，這一天喪氣地跟嬌娘說了回頭見，慢吞吞往停在街口的馬車走去。

馮纓回到榮王府的時候，發現王府意外來了客人，管事太監正帶著笑在陪客人說話，一見她回來，忙迎上前道：「王妃，是馮三公子來了。」

馮澈？

馮纓只愣了下，旋即反應過來，面上不顯，腳步卻比平日快了一些。

「三兒怎麼來了？」她一邊說，一邊叮囑碧光讓廚房趕緊備些飯菜，邀馮澈一道用些。

馮澈張了張嘴，想要拒絕，卻見她把手一擺，道：「我懷著孩子呢，少吃多餐，這會兒吃點，過一個時辰還會再吃，廚房做一樣不成，做多了，我又吃不完，正好你來，等下陪我一塊兒吃點！」

她都這麼說了，馮澈只能把拒絕的話吞回肚子裡。

廚房很快就上了菜。

榮王府的廚子是從宮裡出來的，自是做得一手好菜，慶元帝就是知道這點，特意把人送到王府照應小夫妻倆的飲食。

乳酪、糟豬蹄、雪片白玉羹、粉蒸排骨……看起來是葷的，實則都是素齋。

她自己雖然沒有守孝，可馮澈的身上還帶著兩個人的孝期——祝氏最後判的是斬首。

他雖怨恨馮奚言和祝氏，但依舊打算為他們守孝三年，自然是吃不了葷腥的。

看著眼前滿桌的菜，馮澈疑惑地看向馮纓。

說好的一個人用，結果上來的菜分明是三、四人的量。

馮纓低頭，眼睫低垂，似乎有些不大好意思。「我不是說了，我懷著……孕呢。」

菜雖然多，但實際上馮纓還真沒吃多少。

沒幾口，她就放下了碗筷，專心致志看著低頭吃飯的馮澈。

他們姊弟倆其實已經有段時間沒有見過面，最近一次見面，約莫是阿兄回京後，她陪著去了趟馮家，那之後，就一直沒有碰過面。

「二姊。」馮澈手裡捏著筷子，一時不知道該放下還是繼續動。「妳這樣……我吃不下。」

吃飯的時候如果有個人就坐在跟前，一雙眼睛巴巴地盯著你看，你吃得下去嗎？

別人不清楚，馮澈知道，自己是一口都嚥不下去了。

他說完話，就見馮纓哎呀呀笑開，頗有些故意逗趣的樣子。

馮澈無奈地嘆氣。「二姊，妳如今都有身子了，要做娘了，怎麼還……還跟個孩子似的？」

「我就是感覺你有些長大了。」馮纓笑。

馮澈聞聲，嘴角微微抿了起來，只一瞬，又勾了勾，笑道：「二姊真是……我早已及冠，早就、早就不是小孩了。」

他的反應都被馮纓看在眼裡。

馮奚言死後的馮家，一開始的日子過得有些吃力，雖然後來因為有她和魏韞的幫忙，生活終於漸漸走上軌道，但祝氏的事，顯然對馮家是個不小的打擊。

馮凝到了差不多該成親的年紀，卻接連遇上父喪母喪，等三年孝期過，就已經要往她的年齡靠，說不得要被那些嘴碎的婦人們偷偷喊老姑娘。

因為不知道到那時還能不能找到合適的人家，馮凝幾乎日日抹眼淚，甚至還想到了讓馮蔻幫忙，在京城的皇親貴族裡找一個還未娶妻生子的勛貴，先聯絡起感情，等孝期過了立馬嫁過去。

只是祝氏到底把這一雙女兒養得太過天真了些。馮凝絲毫不知，馮蔻在五皇子、如今的安王府中日子過得並不如意。

安王是個什麼人？

魏韞對這個同父異母的弟弟評價就是，渾人。

他府裡的女人太多，具體數目恐怕連他自己都記不清了，況且，能入他眼的，必定是有什麼過人之處，可能是容貌，可能是性情，也可能是某種手段技能。

這些東西說白了，馮蔻都沒有。

所以等到脾氣略顯潑辣，正好能壓住安王的安王妃過門後，馮蔻早就被拋在了腦後。

馮蔻連爭寵都爭不過其他侍妾，一個月都不定能碰上安王一次，又如何去幫馮凝的忙？姊妹倆為此還吵過幾次，翻來覆去，不過是一個怪另一個得了富貴卻忘了姊妹，一個罵另一個自私自利不知體恤姊妹。

聽說後來由此鬧得太狠了，馮凝都差點叫安王看上收進府裡，還是安王妃出面，提到馮纓的名字，他這才罷休——

當初馮纓還是魏夫人，安王看上馮家女抬進門做妾，那叫給忠義伯府面子，現在馮纓成了榮王妃，是嫂子，他要是再抬嫂子的親妹妹做妾，那叫打兄嫂的臉。

馮瑞、馮荔還有馮凌的日子過得都還不錯，有梅姨娘在，他們兄妹三個倒是很快適應了過來。

馮瑞得了間鋪子，埋頭做起生意。馮凌開始開蒙，意外發現是塊讀書的料子。

還有衛姨娘的三個孩子，兩個女兒依舊還是她自己在養育，唯一的兒子馮昭聽說被馮澈帶到了身邊照顧，也不知能不能把他糾正回來。

不管怎樣，馮家的那些事，對馮澈來說，興許是肩頭最沈重的一座山，所以，清風朗月的少年從心理上很快真正的成長了起來。

「二姊，姊夫成了榮王，又十分得陛下器重，恐怕不用多久，有些話就要傳進妳的耳裡了。」

馮纓歪了歪頭，不明所以。

馮澈想起曾聽到的傳聞，怒道：「那些人從前還都與姊夫共事過，竟還不知道姊夫的為人如何，太子離京前，有好幾批人曾到太子面前說什麼榮王雖身體羸弱，但十分得陛下寵愛，這些年手下又豢養了一批人手，說不定會威脅到太子的地位……呸！他們分明就是以小人之心度君子之腹！」

馮澈一貫是個好脾氣的，這幾句話，幾乎是咬著牙說出口，恨不能把背後說人的傢伙揪出來狠狠打上一頓。

他這反應，驚得一旁伺候的碧光、綠苔瞠目結舌。

馮纓淡淡地掃了她們一眼，碧光忙拉著綠苔退到外面走廊上，將院子裡灑掃的丫鬟們都屏退。

「馮澈。」她雙眉舒展，叫了馮澈的全名。「你在擔心什麼？」

她已換了一身簡單的家常衣裳，因為回到家裡，見的又是自己的弟弟，她不需要做什麼打扮，就連聽到剛才的那些話，她也始終是單手托腮，懶懶地看著他，眉宇間甚至不見一絲愁容。

馮澈被叫到名字，呆了一呆。

馮纓望著弟弟，一字一句道：「馮澈，你開蒙的時候，我已經去了河西，我不知道你跟著先生都讀過什麼書，但是以你的性格，禮義廉恥孝悌忠信，你學得一定比誰都好。我是你姊姊，所以儘管我……你還是認我這個姊姊，還是會在聽到那些不好的傳言的時候，記起要來告訴我一聲。」

馮澈張了張嘴。

馮纓笑道：「你覺得，你姊夫是心裡藏奸的人嗎？」

「當然不是！」

「那你覺得，太子是那種聽信讒言、不會明辨是非的人？」

「不是。太子天資聰穎，刻苦勤學，又潔身自好，很得朝中大臣的青睞和支持，將來太子一定會是位明君！」

馮纓彎了彎眉眼。「你也說了，太子不是那樣的人，所以，他怎麼會相信那些讒言？」

「可是……」

「他們是從小一起長大的兄弟，前面二、三十年，是情同兄弟，是將來的君君臣臣，後面的幾十年，是真正的手足兄弟，會是關係最親近的君君臣臣。」馮纓笑。「你不要擔心，只要心正，誰都影響不了他們兄弟的關係。」

馮纓的平靜很快影響了馮澈。

的確再怎麼多的閒言碎語，都只是一個可能，只要太子和榮王沒有被影響，那些假設就永遠不可能成真。

「太子離京後，東宮不少人心思浮動，尤其是近日，黃河一帶的消息隔三差五傳回城，姊夫和太子做的那些事許多人都知道了，所以也就有人想要分出個一二來。」

「姊夫是王爺，王爺若是比太子做的多，就有人嘀咕什麼功高蓋主，太子要是做的比姊夫多，就說榮王到底是剛認回來的，沒多大能耐。」馮纓烏黑的眼睛裡透著濃濃的笑。「其實一家人，誰有本事誰做事，你只要記得，你姊夫和太子是一條心就夠了。」

平京城裡的那些風言風語能引得人夜不成寐，卻絲毫影響不了宮裡的帝后和榮王府的馮纓。

她是照樣過自己的日子，三不五時去城裡轉上一圈，看看女學，看看酒壚，想喝酒騎馬想得快忍不住的時候就往宮裡跑，陪著皇后看看戲，陪著太子妃逗逗皇孫，再吃上一頓御膳，這才回王府歇息。

馮纓本來就是個能吃能睡的，哪怕從前在河西的時候再警醒，那必然也是要睡就能立即睡著的人。

如今有了身孕，更是睡得香甜。

大約是懷了個胃口奇大的小崽子，睡到半夜，馮纓餓醒了。她睡眼惺忪地摸了摸肚子，耳畔忽然聽到了第三個人的呼吸聲。

從前她和魏韞在一塊的時候，總不愛讓碧光、綠苔在屋裡值夜。魏韞離京後，她又有了身子，榮王府上下怕她出事，就讓她倆輪流睡在外屋的小榻上值夜。

這會兒第三人的呼吸聲，分明不是碧光或者綠苔的。

她藉著摸肚子的工夫，假裝睡夢中翻身，然後一眼看到了站在床簾外的高大男人。

馮纓定了定神，頓時伸腳往那人身上踹。「我還以為榮王殿下要等我生完了孩子才能回來呢！」

到底是懷著孩子，她的動作不敢像從前那樣大，也不敢使勁，腳還沒挨著人，已經先被魏韞捧住，放進懷裡捏了捏。

「我還以為，妳會跳下床，跟以前一樣，開開心心地歡迎我。」

從前她就經常那樣做，懶懶地趴在床上看話本子，一見他回屋，立即把話本丟下，跳下床，赤著腳或者趿著軟拖跑過來。

「也行。」馮纓使了使勁，用腳掌把他往後推了推。「那你讓開，我再來一遍。」

哪裡敢真讓她再來一遍，魏韞哭笑不得，忙再走近幾步，把人壓回榻上。「妳肚子裡還懷了一個，就好好的，不玩了。」

外屋的綠苔這會兒終於是醒了，探頭探腦見是自家姑爺，嘿嘿笑了笑，推開門退了出去。

馮纓恨不能撲上去咬他兩口，可自從這人身體好了之後，力氣大了不少，她被壓得沒法動，只好繼續拿腳去推。

「有了孩子，這不能碰，那不能吃，我想騎馬，我想吃酒！」

魏韞的眼神溫柔得幾乎能滴出水來，情不自禁地摸了摸她的臉，笑道：「等生完了，我帶妳去騎馬，帶妳去喝酒。」

馮纓險些就笑出聲。「你拿摸過腳的手摸我臉！」

魏韞忙舉起兩隻手。「腳也是妳的。」

「你！」馮纓噎住。

魏韞笑了起來，傾身過去將人抱進懷裡。「辛苦妳了。」

馮纓窩在魏韞的肩頸上，咬了咬唇。「嗯，辛苦極了。」

可能是因為懷孕的關係，她最近的情緒總有些不穩，一方面能理解魏韞為了黃河救災的事不在身邊，一方面又羨慕起自己從前那幾位懷了孕有老公照顧的好友。

一個人待著的時候還沒什麼，如今他回來了，那些好的壞的情緒一下子都崩盤了。

魏韞心疼極了，低聲哄著別哭，親親她的鼻頭，又去親她的眼睛。

這一親，倒是又把馮纓親出了火。

「你鬍子扎著我了！」

魏韞苦笑。「是是是，我去剃鬚。」
他一路風塵僕僕地回來，別說鬍子長出來了，其實身上的味道都有些不好聞。
等他沐浴更衣，一身清爽的回來，床上的馮纓已經抱著被子，香甜的重新睡了過去。
只是這回睡著，身旁的位子被踏踏實實地留了出來。
「黃河一帶的災情都如何了？皇帝表舅交代的差事都辦完了吧？」
一覺醒來，馮纓問的頭一件事，就是黃河那邊的情況。
雖然他倆一直沒有斷過家書，但信裡許多事不好寫得太清楚，還是直接問更好一些。
馮纓接過碧光遞來的溫水帕子擦臉，一邊擦，一邊自己嘀咕道：「黃河一帶年年都會發幾次大水，記得去年朝廷不是剛讓人修過那兒的幾道堤壩，還清過河底的淤泥嗎？」
魏韞穿好衣裳，從屏風後繞出來，轉頭對著馮纓道：「自是辦完了正事才回來的。不過有些事，還是得回了京才能繼續辦。」
馮纓微微發愣，她實在是好奇得厲害。「這話怎麼說？難不成那邊的災情還有什麼內情，所以你們和太子才在那頭待了那麼久？」
魏韞頷首。「查到點當地官員不敢管的事。」
「總不會是哪位王公大臣貪了去年那筆修堤壩的錢吧。」馮纓玩笑道。那修繕堤壩，到底是關係到人命的，又是慶元帝親自撥的銀錢，不至於有人敢動這份心思，怕不是脖子上的玩意兒自以為長得太牢了。

本以為魏韞至少也得搖頭，道一聲「胡說八道」，沒想他居然長嘆一聲。「還真的就是王公大臣。當初事出蹊蹺，又迫在眉睫，我與太子只好打算等賑災後再查貪墨一案，沒想到，意外的發現了安王的人。」

太子少時喜翻看刑部、大理寺等案件卷宗，魏韞自然也跟著看了不少。因此，兄弟二人發現疑點後，抽絲剝繭，很快發現了越來越多的可疑之處，最後更是挖出了背後線索引導方向——安王。

安王從未領過政事。

他是連慶元帝都不得不承認的不靠譜，因此，儘管已經娶妻生子，也早就到了該領些差事的年紀，但慶元帝始終沒有放活，似乎是打算就讓他當這個閒散王爺，老實本分地把日子過下去就成。

是以，在發現所有的貪墨證據最後指向的都是安王後，兄弟倆決定保留證據，回京後再交由慶元帝決定是否繼續追查。

馮纓細細一咀嚼，問：「安王貪了大約多少？」

魏韞搖頭。「只去年黃河修堤一事上，貪墨了約有二十萬兩。」

馮纓目瞪口呆，二十萬兩……

二十萬兩能做什麼？

能養活整個河西的百姓，他們可以不必再苦哈哈的過日子，可以吃得飽、穿得暖，小孩無論男女都能有書讀。

安王一口氣貪了二十萬……這胃口委實不小，膽子也是根本不帶怕的。

她的反應都在魏韞的意料之中。

當時他與太子發現這件事的時候，就去盤查了當地大小官員。他與太子在明，那些參與貪墨的官員在暗，正試圖銷毀所有證據，卻不想正好被他們的人守株待兔抓個正著。

「太子大約是不敢相信安王會有這種事，連著好幾夜無法入睡，愁得眉頭都沒舒展開過。但是仔細想想，其實也是早有跡象。」魏韞若有所思。

安王封王之前，不過是宮裡一個不受寵的皇子，不算聰明，不喜讀書，也不會什麼拳腳功夫，上了馬更是連騎射都做得不好。他的日子是眾兄弟中過得最舒坦的一個，只要他不胡來，帝后以及他的母妃，誰都不會多管教他一句。

那時候，他的手頭就比其他皇子更顯寬鬆一些。

不久之前，太子審問了涉案的一眾官員，不過短短幾日，堂審供詞就積累了厚厚一疊。

馮纓往髮間簪了一支石榴花簪，一不留神，簪得歪了，正要扶，魏韞伸手幫她重新簪上。

「這幾日我會時常進宮，或是與太子忙於徹查安王一事，恐怕會有人來府上叨擾妳。妳要是不願見，就讓女衛把王府上下都看得再嚴些，免得有人貪那幾錢銀子私自把人放了進來。」

王府裡的人並非全都是他們信得過的，從宮裡出來的太監宮女們各有心思，沒出事前，誰也不知道究竟誰才是真的忠心。

「我要是願意見呢？」馮纓且說且笑。「我就當是看齣現演的戲，倒也是個樂趣。」

倒的確是個樂趣。

太子查二十萬兩貪墨的時候，魏韞順藤摸瓜，細細盤查，查到了安王手裡另外還有不少來路不正的大筆銀錢。

一番殺威棒下來，自是有人惶恐不安地把許多事都交代了出來。

原來，安王雖不涉朝政，但畢竟是皇子，底下許多人還是極為看重他的身分。於是，藉由安王的身分，一些賭坊和黑市紛紛開張，該孝敬的銀兩與其給那些會獅子大開口的官員，還不如給安王，畢竟真要是出事，頂著的這一位再怎樣也是龍子龍孫，那些自以為身分顯貴的官員們到底是不能和他比的。

漸漸的，一些官員也開始往安王靠攏。

畢竟這位王爺，貪的是錢，不是權。沒那個爭權奪利的野心，這時候就顯得安全感十足，不必擔心哪天出了什麼大事。

之後的幾天，魏韞果真動輒就進出皇宮，與慶元帝、太子共同調查安王一事。

不過幾日工夫，安王亂了陣腳。

先是安王府手底下一人被推出來頂罪，說是貪心不足，所以藉著安王的名頭到處斂財，原只想著多騙些銀錢，沒想胃口漸漸大了，尋常幾百兩銀子已入不了眼，於是最後就貪大了。

馮纓聽到這個說法，忍不住笑話安王這個法子實在太過拙劣。

叫人沒想到的是，更拙劣的法子很快就出現在了她的眼前——

安王為了求情，私下裡往榮王府送了一份大禮。

這份禮，原本是該由魏韞親自接收的，只是榮王府的下人們早得了吩咐，如果有什麼人送禮，務必都把人攔在王府門外。要是進了門才把禮物拿出來，那也得抬出去。

安王的這份禮，是坐著轎子跟在安王後頭來到榮王府門前的。

管事太監將將把人攔下，正欲說些什麼，安王身邊的太監忙上前湊到他耳邊說了兩句話。

管事太監的眼神當下變了，只好將安王一行人請進王府，自己匆匆給王妃報信去了。

馮纓是怎麼都沒想到，安王送上門來賄賂魏韞的大禮，居然會是馮蔻。

馮蔻如今年華正好，雖然被安王冷落後日子過得清苦了些，可安王到底不是蠢的，發覺魏韞成了皇兄，馮纓成了嫂子，立馬給她單獨安置了一個院子，又派了下人小心翼翼地伺候。

於是，不過些許日子，馮蔻的面孔就白胖了起來，並且粉嫩嫩的好似能掐出水來，再加上腰肢纖細，胸脯渾圓，任誰看了都覺得是塊香肉。

饒是如此，等見了馮纓，原本信心滿滿的安王頓時呆住了。

他從前沒留意過這個從河西回來的表姊，一來覺得年紀大了又不肯出嫁，定然是個脾氣古怪，不好相處的，二來她很快被指婚出嫁，成了婦人，他更沒興趣留意。

哪裡想到，頭一回這麼仔細地去看她，竟會看到那麼漂亮的一張臉。

平京城容貌出眾的姑娘不止馮纓一個，但是像馮纓這樣容光懾人、英氣勃勃的，卻是獨一無二的一個。

這時候再回頭看馮蔻，安王哪裡還敢說自己送的是什麼絕色美人？立即丟下人，狼狽地跑了。

安王可以跑，馮蔻卻是被留了下來。

馮纓沒打算把人留在榮王府，見她神色慌張，卻又時不時打量著周圍，當即讓胡笳把人送回馮府。

當夜，魏韞頂著月色回府。

「他把馮蔻送來了？」

魏韞笑了笑，嘴角勾起。「那好歹是他的女人，他倒是毫不吝嗇，到處往外送。」

馮纓愣了一下。「到處往外送？」

魏韞俯身，和她對視。「妳覺得，他會把馮蔻先送去哪裡？」

馮纓神情微動，猛地站起來。「太子？」

見魏韞點頭，馮纓叫出聲來。「他瘋了不成？他把馮蔻當做了什麼……可以交換的物件？」

魏韞沒有應聲，但顯然這就是安王的想法。

「馮蔻雖然和我不親，可好歹也是個大活人，又不是他養的小貓小狗，況且，他倒是膽大，居然敢把馮蔻往我跟前送。」

魏韞默了半響，才道：「他是心急了。」

朝野內外有貪腐，這是歷朝歷代都無法根絕的事，但大多數是錢和權都貪，尤其涉及其中的皇子親王，多是有著勃勃野心，饒是安王再怎麼閒散放浪，他也絕無可能不知道手底下人都在做些什麼。

果然，那頂罪的人也不是個硬骨頭，沒幾下就被打得老老實實交代了安王的打算——讓他頂罪，若是死罪，就養他全家。若沒死，等從牢裡放出來，就給上一大筆錢，讓他帶著全家走遠點，隱姓埋名過活。

這頭讓人頂罪，那頭安王不忘賄賂太子等人，想要把自己的嫌疑洗得乾乾淨淨，免得一身腥臭。

可惜，太子不會收他的賄賂。

安王急得不行，轉頭又把人送進榮王府，恨不能叫馮蔻吹上一夜枕頭風。

當然，魏韞也不可能收。

甚至，兄弟倆更聯手帶著人查，牽絲絆藤又扯出了一大片相關人等來。

「安王到底是想做什麼？」馮纓有些想不明白。

要說野心，安王只怕沒什麼野心，他也是慶元帝一眾皇子中，目前來看最沒有希望繼位的人。

可如果沒有野心，他貪這麼多錢又是要做什麼？

「非要說原因，便只是貪。而因為他的貪，也讓陛下更直接清楚地發現朝野內外官員的貪婪，想來必得有一番整頓。」魏韞把馮纓圈在懷裡。「接下來的朝野內外，只怕要鬧上很久。」

慶元帝未必不知道官員的貪，只是沒想到會這麼貪。

今次黃河沿岸出事，天災人禍，不外乎如此。但如果沒有人禍，即便是天災，也不至於死傷眾多。

所以，首當其中第一個被處置的，一定是安王。

「那些人被逼急了不知道會犯什麼渾。」馮纓有些擔心。

她倒是不怕有人敢打上門來，也不在意外頭說的話，只是魏韞如今身體康復，在外走動，難免會有疏忽的時候，萬一有人背地裡動手，怕的是防不勝防。

她擔心得厲害，魏韞卻笑著把人摟緊。「沒關係。」

馮纓皺眉。

他道：「接下來的事，有太子和六部尚書在，與我無關了。」他輕輕撫著馮纓的背，目光落在她還不是很顯眼的肚子上。「妳懷著身孕，父皇讓我多陪陪妳。」

這裡頭藏了一個屬於他和她的孩子。

現在還小小的，不遠的將來，會呱呱墜地，會哭，會笑，會慢慢長大。

但那是一個漫長的過程，他不想錯過任何一天，所以，那些亂七八糟的事不如讓別人去做。

馮纓去見了馮蔻。

她被關在馮府一間幽閉的房子裡，沒有窗戶，光線僅能從漏風的門縫中透進去。馮澈怕她吵嚷不休，不願放她出來，還安排了人日夜守著門。

馮蔻初時真的吵鬧了很久，梅姨娘被吵得煩了，又見她不肯吃不肯喝，索性把一日三餐改成了一日一餐。

於是馮蔻不吵也不鬧了。

門開的時候，馮蔻就抱著膝縮在角落裡，聽到聲音轉過頭來看，呆呆的，沒什麼精神。

好一會兒，馮纓才聽到她慢吞吞的聲音。「妳來這裡做什麼？來看我的笑話？」

「妳身上有什麼值得我笑的地方？」馮纓反問。

其實那天在榮王府，姊妹倆沒說過多少話，一個不想說，一個不想答，就連這次來見她，也是馮纓過了兩天後才想起來的。

馮蔻變了臉色。「要不是妳，我怎麼會成現在的樣子？」

馮蔻嫉妒馮纓，是那種快要發瘋的嫉妒。

嫉妒她有個出身顯赫的母親，嫉妒她哪怕從小不得爹爹的寵愛，哪怕在河西風吹日曬，依然生了一副令人豔羨的好模樣，嫉妒她身邊無論什麼時候都有人護著她，嫉妒她能嫁一個真心實意愛護她的男人，嫉妒她身上的爵位。

於是越得不到，越瘋狂，在聽說安王要把自己送給太子的時候，馮蔻沒有掙扎，沒有拒絕，欣然坐上了轎子。

可是東宮沒有要她，安王又要送她進榮王府。

馮蔻一度覺得，如果進了榮王府，給榮王做妾，那一定會被馮纓磋磨死。

但是……榮王府也沒有要她。

她被馮纓直接送回了馮府，送到了三哥的面前。

「妳為什麼不肯收下我……妳是覺得我到了榮王面前，會讓妳失去寵愛是不是？」馮蔻仰著頭，咧著嘴問。

馮纓懶洋洋地看著她。「妳連安王都籠絡不住，妳姊夫怎麼會多看妳一眼？」

馮蔻怔了一下。「我沒有！都是安王妃的錯，都是那群女人的錯！」

馮纓俯身，和她對視，目光沈靜。

「妳和妳娘一樣，永遠都把錯推到別人的身上，妳如果當初老老實實地不去攀附安王，從宮裡出來後，妳以忠義伯府嫡女的身分，哪怕不能嫁進勛貴人家，也能嫁給門當戶對的兒郎，當人正頭娘子，是妳自己不要的。」

馮蔻顫了兩下，臉上血色全無。

「是他騙了我！他明明說過會娶我做側妃的！」

馮纓神情微動，站起身，閉了閉眼睛。

說到底，馮蔻還是覺得都是別人的錯。

安王是什麼人？她怎麼會沒有聽說過，一正妃、兩側妃，那都是用來安置勛貴世家的女兒的，是真正用來聯姻的位置，忠義伯府哪夠這個資格？

「妳回來之後，把整個家都破壞了……」馮蔻開始哭，一聲聲的，哭得十分淒厲。「妳為什麼要回來？爹死了，娘也死了！」

她是從小錦衣玉食長大的，是忠義伯府的嫡女，她爹曾經救過天子，深受皇恩！可她怎麼突然就成了現在這樣子？

馮蔻嚎啕大哭，馮纓盯著她看，看了好久，終於轉過身走出門。

門外，馮澈和梅姨娘站在不遠的樹下。

一見她出來，梅姨娘忙走上前，拉著她的手問：「五姑娘是不是又跟妳說什麼渾話了？

妳可別放在心上，她……」

「我沒事。」馮纓搖搖頭。

她轉頭去看馮澈。「打算怎麼安置她？留在家裡嗎？」

馮澈沈默，好一會兒才道：「找座庵堂，花些銀錢，託那裡的師父們幫忙照顧她。」

這已經是最好的辦法。

他們不可能把馮蔻送回安王府，留在家裡只怕她心裡也不會痛快，倒不如送去一個能讓人修身養性的地方，等到她想明白了再把人接回家，以後是再正正經經嫁人也好，不肯出嫁也罷，總歸家裡不會少她一雙筷子、一口碗。

在聽完馮澈對馮蔻的安排後，馮纓點了點頭。

「如果有需要幫忙的地方，三兒，你讓人去榮王府找我和你姊夫。」

馮澈淡笑。「這是自然。」

馮纓很快回榮王府，她前腳剛走，後腳梅姨娘有些急切地開了口。

「三爺，你怎麼不把四姑娘的事同你姊姊說說？四姑娘成日裡哭哭啼啼的，生怕自己將來成了老姑娘嫁不出去，不如讓你姊姊、姊夫幫忙挑個合適的，等出了孝就嫁過去。」

馮澈轉過身。「我可以讓他們幫忙挑幾個合適的人，但是他們挑的，姨娘覺得四妹妹會答應嗎？」

梅姨娘愣了愣，回過神長長嘆了口氣。

「咱們家裡這兩位姑娘，若是有二姑娘的三分性子，也不至於成如今這模樣。」
是啊！馮澈閉了閉眼。
魏韞說不管安王的事，果真就沒有再去管過，只時不時還是有太子的人過來，將新近調查到的一些情況與他說上一說。
魏韞不離左右，馮纓便跟著聽了幾耳朵。
自他和太子回京後的一個月時間內，平京城裡的一些大小官員頗有些亂作一團的意思。
安王已經被收監，安王府上下更是被嚴密看管了起來，甚至於連一些女眷的娘家人，也都被太子一行人盯上了。
最令人吃驚的是，他們還在安王名下發現了一座透著古怪的山。
表面上那只是安王從前得的一座山頭，山上沒什麼資源，至多不過就是有不少野生果樹，每年都能讓安王府和宮裡嚐個新鮮。
然而實際上，這座山中，隱藏了安王的一座地下寶庫。據安王自己的交代，是他囤金儲銀用的。
安王的案子大理寺辦得很嚴，因為頂上有慶元帝壓著，底下有太子盯著，即便安王是皇子，大理寺與六部官員們也不敢給他開後門。
原是打算他的嘴撬不開，就把同案的那些官員的嘴撬開，哪裡想到，安王反倒是最先慫了的那個。

於是，這山是怎麼到安王手裡的，他們又是怎麼在山裡挖出了這麼座地下寶庫，怎麼從外頭搜刮的民脂民膏，有一說一，全都交代了清楚。

馮纓靠著軟墊，等那來報信的太子的人離開，對魏韞道：「皇兄他們準備什麼時候去山裡開那個寶庫？」

如今證據確鑿，安王的那個地下寶庫勢必是要被鑿開，將裡頭的東西都歸於國庫的。

從安王府裡搜出來的帳本，據安王自己說是不全的，因為他性子散漫，最大的喜好就是囤金儲銀，帳本記錄完了就隨手往書房裡一塞，想起來時再找，有時就不知塞到了哪裡。

於是那寶庫裡究竟藏了多少東西，連他自己也一時半會兒交代不清楚。

好像有什麼從倭人海盜那得來的夜明珠，從田地裡挖出來的前朝的寶貝器皿，還有半人高的紅珊瑚等等，不計其數。

「過幾日就去。」魏韞勾過馮纓的手指。「安王是個沒野心的，他母妃未嘗沒有想過讓他跟太子爭個高下，只可惜他自己天生沒有那分稱王稱帝的野心，只想當個有錢有勢的王爺，一輩子不愁吃不愁喝，高興了還能鑄個金屋，躺在裡頭數數金銀，摸摸寶物。」

「照這麼說起來，那寶庫裡的金銀有很多很多？」

「嗯，大抵能養活大半的大啟子民。」

馮纓冷不丁吸了口氣。「這麼多？」

魏韞笑。「嗯，就是這麼多，所以才說好在安王沒有野心。」

是呢。馮纓想。但凡安王有那個心思去搶太子之位，甚至是逼迫慶元帝退位讓賢，有那些錢足夠他不知不覺養出一支兵強馬壯的私兵了，說不定那些兵力還能比盛家軍更強。

如果真是那樣，平京城哪裡還有太平日子可以過？

可另一方面，雖然安王只是囤金儲銀，像貔貅一般，大把大把攏財，可他的財來路不正。

也不知有多少百姓，因為他的這分貪，被底下攀龍附鳳的官員層層剝削，被壓榨，被奴役，甚至如此番黃河一帶百姓一樣，家園被毀，妻離子散，甚至命喪黃泉。

馮纓越想越覺得，說不定當那些被抓的官員們得知安王手裡有這麼多金銀卻沒想過奪權的時候，一定懊悔萬分，恨不能多慫恿慫恿這位王爺，說不定既有了從龍之功，又能把持朝政。

但那又能如何？

安王罪名已定，死罪能逃，活罪難免。他的寶庫歸入國庫，自己又被貶為庶民，從此榮華不再，只怕是再不能好好過活。

緊接著，她又忍不住去想，如果自己有了那些錢又會做些什麼？

就好比上輩子，夥伴們一塊兒開玩笑說如果中了一個億要怎麼花？買房、買車、做慈善，大概還有環遊世界，然後就是宅在家裡吃著銀行利息過日子……

馮纓想得出神，魏韞伸手輕輕刮了刮她的臉，輕笑一聲把人摟進懷裡。

「在想什麼？」魏韞問。

馮纓靠上他的肩頭。「在想如果我有那麼多金子銀子，我會怎麼用。」

魏韞聞言笑了，低頭在她眼皮上親了親。「嗯，想好了怎麼用？」

馮纓搖搖頭。

她還真想不出怎麼用，大抵還是會用在盛家軍上，又或者是全部捐出去讓別人去用。

但比起得到那麼大一筆錢去發愁怎麼用，她有更多的事情想要做。

「含光。」她突然發問道：「你這輩子有沒有想過自己最想做的事是什麼？」

「沒有。」魏韞平靜道。

馮纓詫異。「什麼都沒有？」

魏韞想了想。「也許有過。就是在活著的時候，好好活著，看看身邊的人。其他就沒有了，更沒有什麼遠大的目標，妳呢？」

她當然有！

「我以前最想做的事，是肆意地生活，不受拘束，不成親，清清爽爽一個人。」

這是她兩輩子都沒變過的想法。

「現在呢？」

「現在是和你在一起，看山看海，然後回河西，一桿槍一匹馬，繼續當我的女將軍。」

她不想過什麼轟轟烈烈的一生，所以，哪怕在平京生活的時候，做了旁人眼中那麼多驚人的事，於她而言，都不過平平。

那些小說裡寫的平反、謀逆，她一樣都不想碰到。

她從前為了不讓三兒他們被迂腐的爹娘拖累孤老一輩子，選擇了順應旨意回京，現在只想和這個她嫁了的男人好好過完下半生。

如果能回河西，那自然是最好的選擇。

也許是馮纓臉上的嚮往太過顯眼，魏韞撫了撫她的臉頰，目光落在她微微隆起的肚子上。

「等孩子出生，我們就去河西。」

泰安元年，馮纓被召回京。同年，嫁魏府長公子魏韞。

此後風雨同過，榮辱與共。

## 番外一　像誰？

馮纓肚子裡這一胎，一待就是十個月，不光待足了十個月，甚至還多待了七、八天。

賴大夫跟宮裡的太醫來來回回的看，都說孩子好好的，估摸著是還沒待夠，這才不肯出來。

馮纓不著急，繼續吃吃喝喝的，魏韞卻比以往更不敢讓她從眼前走開一會兒，可該做的事總要做。

慶元帝雖然讓他在家好好陪馮纓，可太子總還是時不時來找他，一時是戶部的季景和調去吏部，一時是回京述職的官員帶來了某地的消息。

這日太子又登門，一同帶來的還有微服出行的慶元帝。

父子倆來榮王府，馮纓自然是要作陪的，可她那肚子實在太圓滾滾，看得人心慌，只出來行了個禮，就被慶元帝叫人趕緊扶到旁邊坐下歇息了。

「這肚子，要不是太醫說了只有一個，還真是越看越像是懷了兩個。」慶元帝看著馮纓的肚子，高興得合不攏嘴。「你們夫妻倆都是隨了爹娘的好相貌，這孩子將來的樣子肯定差不了。」

這話，慶元帝不是頭一回說了。

馮纓忍笑，就聽見太子哭笑不得道：「父皇總是變著法誇自己模樣好。」

「朕的模樣本就不差，要不然，也生不出你們兄弟倆這副面孔來。」

望見慶元帝那得意洋洋的神情，太子與魏韞面面相覷，各自低頭笑而不語。

「都說外甥肖舅，我現在就怕要是個姑娘，長大了像舅舅可怎麼好。」

相比起兄弟倆的反應，馮纓更顯得有些憂愁。

她往日裡倒不是個多愁善感的性子，大抵還是因為懷孕的關係，總是會胡思亂想，或者各種發散想法。

這幾句話的工夫，她又開始發愁女兒長得若像舅舅該怎麼辦了。

「像舅舅也沒什麼不好的，妳哥哥長得不差。」

「不成不成，阿兄有些粗獷了。」

「像妳舅舅們？」

「這要是個兒子，像哪個舅舅都行，要是女兒……就是長得最好的小舅舅也不行，要嫁不出去的，到時候還得攢錢給她討個上門女婿！」

「那就像妳太子表哥！」

「太子表哥也不行……」

舅甥倆你一句我一句，還不知道那未出生的究竟是個姑娘還是小子，已經越說越擔心起小孩將來的長相了。

而孩子的親爹，從關係上來說好歹也算是表哥，拐著彎講也是將來孩子「舅舅」的魏韞，看著妻子一臉認真的憂心忡忡，無奈地嘆了一口氣。

他更愁有孩子之後，自家媳婦的腦袋瓜子不夠用了。

孩子再怎麼肖舅，總還是得像親爹吧。

這分愁，倒是沒讓夫妻倆愁上多久。

慶元帝父子前腳才走，後腳馮纓就發動了。好在榮王府早就請好了穩婆，又有賴大夫坐鎮，雖過程辛苦了些，但孩子還是順順利利地生了下來。

六斤八兩，一個圓乎乎、肉嘟嘟的大胖姑娘！

魏韞一直在產房裡陪著，什麼「男子不能進產房」的規矩，他半句話都沒去理睬，全程陪產。女兒一生下來，他只看了一眼，便又一顆心撲在馮纓身上，擦汗、餵水，生怕她有什麼不舒服的地方。

結果，他的媳婦兒央著他把孩子抱過來看完後的第一句話是。「慘了，咱們閨女的眉眼長得像小舅舅！」

千里之外的河西，趴在地上給兒子當馬騎的盛六爺重重地打了一聲噴嚏，身上的小子「咯咯」發笑，還伸手揪他頭髮。

盛晉嘴裡嘟囔了句。「可不能叫底下的臭小子們，看到偉岸的六爺給黃毛小兒當馬騎。」然後頭一低，繼續兢兢業業給兒子當坐騎。

# 番外二　雜記

芳姨娘改嫁了。

芳姨娘是馮奚言當初從外頭納回來的，馮奚言說她是落難的閨秀，被賣去了花樓，湊巧遇上他，就把人納了回來。

這話說出去，自然是有人信，有人不信。

馮纓就不信。

後來同芳姨娘熟了之後，姨娘自個兒主動提起了自己的過去。

芳姨娘原本姓徐，壓根不是什麼落難的閨秀，她爹娘就是田間地頭討生活的農夫農婦。她爹一輩子幹過最男人的一件事，就是為了生兒子，窮得都揭不開鍋了，就把她們五個姊妹全都賣了出去。

他們住的那地方，賣女兒是分去處、分價碼的。

賣給別人當媳婦的都是自家兜買賣。賣給牙婆將來當丫鬟伺候主子的是一筆錢，不多，也就幾個小錢。要是賣給牙婆養成瘦馬或者是哪家花樓的妓子的，那就是幾個大錢。

她爹把她們五個姊妹都賣給了牙婆，拿了好幾個大錢，頭也不回地回家生兒子去了。

用芳姨娘自己的話說，就是被鴇母養了幾年，所幸生了副好面孔，也算得以在花樓裡活了下來。之後被一頂小轎從側門抬進忠義伯府，才算是她真正安穩生活的開始。

馮奚言死後，幾個通房都被放了出去，衛姨娘沒在家裡留多久，也被鄉下老家的爹娘接走了，聽說回去沒多久，就嫁給一個鰥夫當了媳婦。

芳姨娘原本倒是沒打算改嫁，忠義伯府雖然不在了，可馮府還在，日子過得好好的，又有兒子陪在身邊，她絲毫沒想過再找個男人過日子。

偏這時候，馮澈新提拔上來的一家裁縫鋪的掌櫃看上了芳姨娘。

那人模樣尋常，性子倒是不錯，家裡又沒爹娘要伺候，只一心一意想求了芳姨娘回家當媳婦。

馮澈不好把這話直接同芳姨娘說，轉了個彎找到馮纓。馮纓又繞回去同她提起，芳姨娘還沒說話，梅姨娘先拍了桌子連著幾聲說好。

芳姨娘想了想，又同那小掌櫃主動說了自己過去的事，那小掌櫃絲毫不介意她的從前，真心實意想娶她回家。

芳姨娘沒再拒絕，只要那小掌櫃答應可以讓她常去探望兒子，這便應了這門親事。

之後的日子倒也過得有滋有味，不比從前在忠義伯府的差太多，沒出一年，芳姨娘有了身孕，才不過兩個月，還沒生呢，小掌櫃已經樂顛顛地到處給人發喜糖和喜餅了。

等這個孩子出生，馮澈他們總算是徹底出了孝。

梅姨娘原先還擔心給馮荔說好的那戶人家等不了三年的孝，母女倆都做好了親事要泡湯的準備。

哪知道那家倒也是信守承諾，等馮荔的孝期一過，就請了媒婆正正經經登門拜訪了。

馮纓被拉著遠遠看過幾眼，是個模樣端正的書生，聽說已經中了進士，入翰林院供職了。

再後來，馮纓看著馮荔出嫁、懷孕、生子，她在馮荔的身上已徹底看不到初見時的鑽營。

哪怕後來再遇見季景和，馮荔也已經滿眼只看得見自家夫君，半點餘光都刮不到這個未來首輔身上了。

馮纓知道，重生這件事的影響，已經在馮荔的身上徹徹底底消失無蹤。

# 番外三　承諾

說好的孩子出生後，就找機會回河西住，可也不知道是太子故意的，還是慶元帝有什麼暗示，總之在寶兒滿月之後，馮纓與沖沖地和胡笳她們說可以準備回河西，魏韞卻帶來了走不了的消息——

太子妃又有身孕了。

小皇孫死後，太子妃整整兩年沒有再懷上過孩子，其間雖然兩位側妃先後生下了皇孫，但最得太子疼愛的，始終還是太子妃所出的頭個孩子。太子在太子妃房中的日子，也永遠比側妃和其他女人多上許多。

這一回，太子妃終於又有了身子，太子說什麼都要把手頭的事都放一放，一心一意陪在太子妃身邊，照料他們母子。

這「放一放」的事，到底是不可能真的放下的。

於是接替太子辦事的人，自然而然的就成了才剛向慶元帝提出要帶妻兒去河西的榮王。

懷胎要十月，產後調理又要小半年，馮纓掰著手指，結合自己之前懷孕生產的經驗，滿打滿算，也要一年半到兩年的時間。

一想到等寶兒三歲了，她才能回河西，馮纓免不了覺得惋惜。

她還不知道小表弟長什麼模樣，小舅舅在信裡說已經能騎著小馬駒，高興地催人拉著馬快些走了，她好想帶小表弟騎馬呀！

惋惜歸惋惜，馮纓卻也不會把這些心情往太子妃跟前丟。

魏韞知道她的心思，只能在忙碌之餘，多陪陪她跟孩子，順便再從慶元帝和太子手裡淘些好東西，回家逗她開心。

這麼一忙，果真就忙了兩年。

這一回，就連慶元帝也不攔著了，大手一揮，也不顧朝臣的反對，徑直將承北府及其下轄諸地都歸作了榮王的封地。魏韞和馮纓回河西，直接就成了榮王就藩。

出發那日，馮纓揮別親朋好友，坐在馬車裡，抱著寶兒時不時就跟她提起河西的一些風土人情，寶兒不過才幾歲大，沒一會兒工夫，趴在娘親的懷裡就睡了過去。

大概是被寶兒傳染的睡意，馮纓也有些睏了，作勢想找個地方靠著瞇一會兒，偏這個時候碧光憂心忡忡地出了聲。

「王妃最近嗜睡得很，要不要讓賴大夫看看，是不是身上有什麼不好？」

馮纓掀起眼皮，搖頭。「挺好的，沒什麼不舒服。」

她話才說完，立馬打了個哈欠。

碧光哪會聽她的，當下就把同樣的話向騎馬走在馬車外的魏韞說了一遍。

車隊很快停了下來，賴大夫被長星從車隊後頭領了過來，也不廢話，伸手就往馮纓手腕上搭。

診脈完，賴大夫的眼睛已經瞪圓了。

「都已經是懷過一次的人了，自個兒肚子裡又懷了一個，怎麼一點都沒感覺？糊塗！」

訓完馮纓訓魏韞。

「王爺怎麼也跟著王妃犯糊塗，她這都有了兩個多月的身子了，你們夫妻倆半點感覺都沒有？這要是真往河西去，半路這孩子非出事不可！」

馮纓愣了一下。

她在河西生活久了，經期的的確確是一向不準的，有時連著幾個月都正正常常的來，有時隔兩個月才來一回。

尤其是生完寶兒後，經期更亂糟糟的，賴大夫也是看過的，說雖然月事不準，但身體無恙。既然這麼說了，她也就一直沒把這事放在心上。

算算日子，這回的確有兩個月沒來了，她還以為……

原來是……懷了？

魏韞凝眸看著她，見她反應如此，心下也是一片無奈。

「是我的錯，我沒注意到她最近身體上的不對勁。」

仔細想想，最近的馮纓確實有太多不對勁的地方，嗜睡、貪吃、動不動喊累，跟她往日裡那精神十足的樣子完全是兩個狀態。

賴大夫哼了兩聲。「這娃娃還這麼小，你們夫妻倆當真要趕路回河西？也不怕顛著小娃娃？」

「當然不！」

馮纓先叫出聲來。

她自己能撐得住，可誰知道肚子裡的孩子會怎樣，這又不是現代，出點事有醫生護士能在手術室裡救命，即便是身邊跟了一個賴大夫，她也不能全然放心。

她仰頭去看魏韞。「我們先回去，等孩子生了再去河西怎麼樣？」

魏韞一時間心疼極了。他太清楚她有多想回河西，但為了這個孩子，她果斷又選擇了一次放棄。

得了馮纓這句話，魏韞當即叫來長星、渡雲，吩咐下去。「準備調頭。」

渡雲愣了愣，還是長星撞了他的胳膊肘，看看馮纓，又看看賴大夫，他這才恍然大悟，欣喜地轉身發號施令。

於是，不過才出城走了小半個時辰的大隊車馬就這麼調轉了方向，沿著來時的路朝著熱鬧的平京城走了回去。

車輪轆轆，帶動起一陣塵煙。

而後漸漸地，平京城高大的城門已經能遙遙望見。

馮纓依在車窗邊，望著遠處依稀能見的城門，面上含一抹淡淡的笑意，只覺得胸中鼓漲著無法言喻的情緒。

她回頭去看坐在馬背上的男人。

男人笑笑，驅馬上前，鄭重道：「我保證，這一次，等孩子出生，我一定能帶你們回河西。」

## 番外四　家人

屋外淅淅瀝瀝的雨下了好幾日，彷彿沒有盡頭。不過才九月，天氣已經叫這冷雨淋得令人從骨子裡感到了冷意。

馮澈站在廊廡下看著雨水打在外頭葉子上，默默吐出一口氣，低頭搓了搓手。門內傳來說話的聲音，夾雜了淡淡嘆息。

他又等了一小會兒，身後「吱呀」一聲，屋門終於打開了。

風吹了一陣，雨水斜著打進廊廡，帶著涼意，這裡是平京城的一所私塾，四處看著都有些破落，和其他被修建得十分舒服的私塾比起來，實在落魄了些。

但這裡收的學生，不分貧富，不看出身。

這也是馮澈為什麼會出現在這裡的原因——他的十弟，馮昭。

他們的爹死後，馮家很是過了一陣子無頭蒼蠅般的日子，不過後來的那些事，漸漸的也就沒了最開始的怨氣和茫然，想走的人走了，想留的人留下，倒是慢慢又順利了起來。

衛姨娘為了三個兒女，在馮家留了一些日子，之後就被鄉下老家的爹娘接走了，聽說回去沒多久，便嫁給一個鰥夫當了媳婦。

衛姨娘走之前，萬般捨不得的就是馮昭。

但捨不得歸捨不得，衛姨娘還是走了，那時馮昭已經被馮澈接到身邊照顧，怎樣也不可能跟著離開的。

馮澈不會養孩子，很多事全靠梅姨娘，但梅姨娘不懂讀書識字，馮澈如今又在朝中得人重用，抽不出身來，於是，他把十弟送進了私塾。

只不過馮昭像是無心讀書，又或者尚未找到名師，總聽先生抱怨他在學堂上無心聽學，毫無反應，因此私塾一家接著一家的換，就這麼過了一兩年，輪到了這裡。

今天，是馮昭在這家私塾讀書的第三日，他來接人回家。

「十公子……」先生面上各種神色交織，卻也只這樣說了半句話，就吐不出下文了，最後只能朝馮澈無奈地搖了搖頭。

馮昭抬頭看著馮澈，滿臉桀驁地抱緊了懷裡的書袋，別過頭去。

馮澈良久才嘆了口氣，伸手牽過他，言簡意賅地對先生說：「謝謝。」

回馮府的馬車上，馮昭一直埋著頭不說話，馮澈不時撩起車簾往外看，經過一家鋪子時他喊停馬車，然後下了馬車。

熱乎的胡餅剛出爐，馮澈低聲要了幾個餅，回頭的時候一眼瞅見偷偷撩起簾子朝外看的馮昭。小孩發現他看過來，忙放下簾子，雨水斜打在簾子上，馮澈清楚地聽見車裡傳來的噴嚏聲。

「你不喜歡上學？」回到馬車裡，馮澈遞過胡餅，開門見山問。

小孩緊抿嘴唇，兩手抓著餅，就是不說話。

馮澈側過頭看他。「不想上學，想做什麼？」

小孩嘴裡迸出毫無生氣的六個字。「什麼都不想做。」

馮澈聞言，皺了皺眉頭。「什麼都不想做？你想要家裡人一直養著你？」

「為什麼不行？」馮昭憤憤咬了一口餅。「我不喜歡上學，一點都不喜歡，看那些字好累，拿筆也好累！」

「好。」

馮澈突然答應，之後就什麼話也不說。一直到回了馮府，他下了馬車就往院子走，身後的馮昭被人從車上抱下地，抱著書袋邁著小短腿快步跟在他後頭跑。

他一邊跑，一邊喊：「三哥，三哥你是不是不高興了？三哥？」

馮昭人小腿短，饒是追著他跑，也沒能把人追上。

馮澈幾下就把人給甩開了，知道在自家府裡丟不了人，更是連頭也沒回一下，逕直拐了個彎，來到茶室前的廊上。

他身邊的小廝有些擔心。「三爺，小十爺他……」

「不用管他。」馮澈道。

他看了看廊簷外，淅淅瀝瀝的雨已經停了。雨後的馮府，淡淡的泥腥氣還在空氣中沒有散開，幾個丫鬟僕役雨剛停就已經拿著掃帚出來掃落葉了。

偌大的庭院裡植物蓊鬱有致，茶室的窗臺上插著幾朵綻放的鮮花，花葉上還沾著雨露，風一吹，嬌嫩得直滴水。

比花更嬌豔的，是坐在茶室裡托腮打瞌睡的馮纓。

馮澈脫鞋，腳才落地，那邊的馮纓已經睜開了眼睛。

「三兒，」她打了個哈欠，懶洋洋地笑。「三兒你可算回來了。」

「怎麼不讓底下人給我報信，我好早點回來陪妳。」

「我又不是小娃娃，還要你這弟弟陪。」馮纓笑嘻嘻，兩條胳膊一伸，趴在茶几上，閉眼問：「你這兒怎麼越來越冷清了？」

馮府自從由馮澈當家做主之後，很多擺設都進行了改變。像茶室這邊，一點人聲都沒有，清寂到讓人覺得空氣微涼。

「安靜點挺好的。」馮澈道。

馮纓睜開眼，環視整間屋子，最後目光落回到他身上。

「你少這麼老氣橫秋的說話，小小年紀，跟個老頭似的，梅姨娘說你成天回了家就不怎麼說話，搞得底下人都不敢在你面前太鬧騰，生怕惹你不快，還有喝茶，你現在喝茶的樣子像極了老先生。」

馮澈噎了下，手裡的茶頓時也不知道該不該繼續喝了。

他看看懶洋洋的馮纓。「妳現在懷著孩子還到處跑，姊夫不管妳嗎？」

馮纓坐在墊子上，被茶几遮住的肚子微微隆起，分明是又有了身子。只這一回，不知道是榮王府的小世子，還是二姑娘。

「他管天管地，還能管到我腿朝哪兒跑嗎？」馮纓哼哼，末了問：「我聽說你送馮昭去私塾了，他怎麼樣，還是不聽話？」

馮澈沈默下來。

茶室裡靜悄悄的，只聽得見馮纓撥弄茶壺蓋子時發出的聲音。

好久之後，馮澈終於開了口。

「他不肯讀書，也不肯聽話，我打算不送他去私塾了。」

馮纓冷不丁地愣了一下。

馮澈看看她，制止了她繼續摧殘茶壺蓋子的行為，聲音淡淡，十分堅定。「他已經十幾歲了，不是幾年前那個七、八歲的小孩，我試過了，他很多的行為舉止已經無法糾正，與其在他身上再浪費時間，不如多關注小十一。」

馮纓回過神。「哦，也是。」馮纓打了個哈欠。「但你想過沒有，如果你放棄管教他，將來他會怎樣？」馮纓扳起手指。「他不像小十一，不是塊讀書的材料；也不像小六，能自己做門生意。他這個年紀，如果就這麼鬆開手不管了……」

「那與我有什麼關係？」馮澈打斷她的話。

話音落的一瞬，窗臺外傳來東西摔碎的聲音。

馮纓騰地站起身。「誰？」

窗臺外，馮昭呆愣愣地站在那裡，見屋裡的哥哥姊姊突然看過來，慘白著一張臉。「我才不要一個怪物管我！」丟下話，轉身就跑。

馮澈愣了愣，旋即看了馮纓一眼，追了出去。

「照顧好王妃！」

小廝應聲匆匆去看馮纓，後者摸了摸肚子，無奈搖頭。「這麼大的人了，盡說氣話。」

馮昭人小腿短，論理馮澈幾步就能追上，偏他仗著個兒小不知鑽到了哪裡，等馮澈在院子裡找了一圈，有門房匆匆來報，說小十爺跑出府去了。

平京城這麼大，一個出門坐車從不下地的小公子，一衝出去就消失在了人海中。馮澈站在街道上，望著比肩接踵的人海，心裡徹底的慌了。

「請問，有看到過一個小孩嗎？大概這麼高。」

「老人家，有沒有見過一個這麼高的小孩？」

「大姊……」

最開始，是馮澈一個人在街上到處找尋，後來馮府的人手也被派出來了，接著是榮王府，一隊人帶著馮昭的畫像在城中四散開，三、五人一起，見人就問。

馮昭常去的地方，馮澈都帶著人去過了，戲樓、點心鋪、鬥雞場……一點蹤跡都沒有。

一天兩天三天，一直找不到人，榮王府幾乎把整個平京城掀了個底朝天，動靜太大，馮家老太太那兒也得了風聲，跟人一塊鬧上門。

「我的乖孫兒呢？你把我乖孫兒扔到哪裡去了？」馮老太太暴戾起來。「我早說了你就是個怪物，你就是想斷了我馮家的香火！」她一邊說著，一邊大力地拍桌子。

桌上的茶盞被拍得一跳一跳，梅姨娘的眉頭跟著跳了起來。「老太太妳可輕些，這茶盞是宮裡賞的……」

「是我乖孫兒重要，還是茶盞重要！」馮老太太嘴上這麼說，手上的動作卻已經跟著輕了下來。不能拍桌子，她就改指人，手指顫啊顫的，就差杵到馮澈的臉上。「你說，你是不是欺負我乖孫兒了？說，是不是！你現在就只是暫時替我馮家當家，就你這副人不是人、鬼不是鬼的樣子，早晚輪到我乖孫兒當家做主！你一定是害怕了，所以故意弄丟我乖孫！」

馮老太太一如既往，張嘴沒說兩句話就開始破口大罵，不堪入耳的話一句接一句從嘴裡往外蹦。

梅姨娘聽不下去了，張嘴要懟，一直垂著頭站在一旁的馮澈抹了把臉，道：「我能找到他。」

「嘴上說說有什麼用！半個人影都看不到，鬼知道你有沒有認真在找，不知道你安的什麼鬼心思！」

馮澈已經連著幾天在外頭東奔西走地找人，加上徹夜難眠，他的狀態看上去極差。饒是如此，面對馮老太太的指責，他還是壓著心口的火，耐著性子解釋。「我沒放棄，一定能找到小十的。」

馮老太太變本加厲地大罵，梅姨娘實在是忍不住了，喊了人來就要把老太太一行人趕出門去。

管事的這時候匆匆趕來。「三爺，小十爺回來了！」

「回來了？」馮老太太一喜。

「是，小十爺回來了，好好的被人送回來了！」

馮澈輕抿了一下嘴角，不等管事說完話，隨即便邁開腳步往外走。「吩咐廚房準備點小十爺愛吃的東西。還有，送老太太出府！」

梅姨娘看看他，再看看瞪圓眼睛的馮老太太，咧開嘴笑了。「在等什麼？還不快送老太太出府！」

馮澈沒有回頭去管身後的吵鬧，他一路快步走到了前院。平日裡伺候馮昭的婆子丫鬟，此時已經在院子裡圍成一圈又哭又笑，見他來了，幾人擦擦眼淚，讓出一條道，好叫三爺能走到小十爺跟前。

「你去了哪裡？」馮澈低頭問。

馮昭站在人群中間，穿的還是那一身走時的衣裳，只是明顯有被漿洗過的痕跡。馮昭被他這一眼看得愣了一下，別過臉，有些悶悶不樂。「沒去哪。」他短促停頓，視線往下，落在自己的鞋尖上。「我就是、就是出去走走。」

他低著頭，兩手捏著拳頭，似乎不認為自己離家出走有錯。

這時候，馮澈說：「三哥跟你道歉。」

突如其來的道歉顯然出乎馮昭的意料，他抬起頭，目光驚訝地看向馮澈。「不是……那個……」嘴裡的話打了幾個轉，仍舊壓在喉嚨口說不出來。

「是三哥的錯，三哥不應該說那些不負責任的話。」馮澈將馮昭的反應看在眼裡，微微抿了下唇。他半蹲下身，認真地看著馮昭。「三哥應該更有耐心地照顧你，不應該生氣亂說話。」

馮家出事之後的每一天，馮澈都過得不容易。

他不像大哥，馳騁戰場，開疆闢土；也不像馮纓，自信豁達，不拘小節。他是那種謹小慎微的性子，一身書卷氣，身上又有……如果不是家逢突變，他大概到老都會是這副模樣。大概，人活著就不會永遠一帆風順。他現在肩膀上的擔子很重，是那種無法用言語形容的重。

他要撐起整個家，擔負起作為家長的責任，還要照顧弟弟妹妹，應對從府外來的各種雜亂無章的事情。他把馮昭接到身邊照顧，是為了扳正馮昭當初被母親和衛姨娘寵壞的性子，但顯然，他沒有照顧孩子的經驗。

並且，他沒有照顧好馮昭。

馮昭不愛讀書，他教了又教，那點耐心很快告罄，原本給馮昭拜名師的打算，也在接連換了幾所私塾後徹底打消。

仔細想想，他沒問過馮昭原因，只是單方面覺得，馮昭不行，馮昭不會，馮昭不懂事。

但真的不行、不會、不懂事嗎？

正當馮澈走神的時候，馮昭慌張地搖頭。「不是，我、我也有錯！」

馮昭話音剛落，原本一院子嘰嘰喳喳的說話聲驟然安靜了下來——馮府的人都知道，從前夫人和衛姨娘在的時候，十公子是從來不會道歉的，闖了天大的禍都不會道歉。

馮昭看了看大家的反應，脹紅了臉。「我、我知道錯了。」馮昭站在原地，道歉之後支支吾吾了好久，才又重新開口。「我不是不想學，是那些人欺負我，他們說母親是殺人犯，殺人犯的兒子沒資格讀書。他們罵我，罵母親，我就跟他們打架，然後就被先生拉去頭頂水碗罰站，先生講課的時候，他們偷偷拿石子砸我，我跟他們吵，就被趕出去站在院子裡，有的先生還不准我聽課。我、我還被罰抄書！關在一間屋子裡抄一天書，一直抄到三哥你來接我！」一開始還有些支支吾吾，越到後面，馮昭的情緒越激動，之後忍不住掉下眼淚，邊哭邊喊，大概是覺得自己哭成這樣太丟人了，他又抽了抽鼻子，抓過袖子擦了把眼睛。

「他們一直在欺負你？」聽到馮昭的話，馮澈的臉色沈了下來。

馮昭哭得狠了，一張嘴，還沒說話就先重重地打了聲嗝。「……」

馮澈的臉色稍稍緩和了一些，伸手拍拍他的後腦勺。「是三哥錯了，三哥如果能多問問你，興許就能早點知道你受了那麼多委屈。」

「也、也不是三哥你的錯。」馮昭打著嗝，尷尬地低下頭。「三哥你……太忙了，我不想讓三哥你煩心。」

馮澈輕輕抬了一下眉毛，目光停留在馮昭哭紅了的眼睛上。「我家弟弟長大了，也懂事了。」

馮昭真的長大了。在家裡出事前，馮昭雖然是衛姨娘所出，但因為他身體的原因，母親總是格外疼愛這個由姨娘生的庶子。

長輩毫無節制的疼愛，養出了馮昭橫衝直撞的壞脾氣，他要往東走，府裡的下人沒人敢引著他去西邊，就是大冬天想要撈湖裡的魚，也有人凍得瑟瑟發抖地去湖邊鑿開冰面。

馮澈提出過異議，但不管是馮奚言還是祝素婉都不聽，反而責怪他老氣橫秋，讀書讀傻了。

因為這，馮澈後來很長一段時間不再插手管幾個弟弟妹妹的事。直到馮纓回京，看著她幾次教訓不懂事的弟弟妹妹，看他們對二姊又敬又畏，乖乖巧巧的，他才恍然覺得，是他不夠像個威嚴的兄長。

再之後，就是馮昭出事。

馮澈心裡長長吐出一口氣來。他還是做得不對，也做得不夠。

「以後，三哥要是哪裡做得不對，你要直接告訴三哥，或者去找二姊告狀，讓二姊來教訓三哥。」馮澈笑了笑。「你看，這樣好不好？」

馮昭回看他，認真地想了想，在周圍友好的哄笑聲中重重點頭。

馮澈聲音緩緩地接著說：「不過，你還是得告訴我們，這幾天跑去了哪裡。」他指了指圍在周圍的各張面孔。「大家都很擔心你，找了很多地方，託了很多人，都找不到你。所以，你可不可以告訴三哥，這幾天你都去了哪裡？」

「我從家裡跑出去後，爬到了一輛運東西的車上躲起來，不知不覺就出了城。」馮昭老實極了。「我在車上睡著了，是趕車的大叔發現我的，他問我從哪裡來，怎麼會躲在車裡，我、我不肯說……」

「後來呢？」

「大叔把我帶去了一個姊姊家裡，讓姊姊照顧我，那位姊姊的家裡有很多小孩，他們……有的看不見，有的不會走路，有的只會衝人傻笑。姊姊和附近的好心人一起照顧他們，也、照顧我。」

婆子丫鬟們面面相覷，低聲議論。

「聽起來像是收養殘疾幼童的地方？」

「是官府開的地方嗎？要是官府的地方，按理來說，咱們幾家都快把平京城給掀翻了，總會聽到點消息主動把小十爺送回來的……」

「可能……是哪個村子裡自己建的吧。」

下人們議論紛紛，馮澈心底也滿是疑惑。

他面上不顯，只緩聲問道：「再後來呢？」

馮昭有些不大好意思。「後來，雲姊打聽到我的事，想送我回家，我、我又逃了，逃進村子後邊的山裡。雲姊為了找我，在山裡傷了腿，我才知道原來雲姊她看不見。」

十來歲的少年，正是半大不大的時候，眼見著別人為了自己受傷，再想到自己受過的那些委屈，哪還有官家子弟的架勢，直接在陌生的溫柔姊姊面前嚎啕大哭，涕淚橫流。

這麼丟臉的事，馮昭不打算告訴親哥。他抽了抽鼻子，說：「我跟雲姊說不想回家，雲姊答應了，留了我幾天。」

留的那幾天都做了什麼，馮昭沒有當做秘密藏起來，而是一五一十告訴了馮澈。

從沒在家吃過苦的小公子試過了怎麼在灶臺生火，怎麼擇菜，怎麼給小嬰孩換尿布。他狼狽地幫忙，磕磕絆絆地學習，大概把這輩子碰不到的丟臉事都做了，雲姊不嫌棄他幫倒忙，反而耐著性子一步一步教他。

「雲姊說，有很多人出生不久就沒了爹娘手足，甚至身體殘缺，沒法長大。所以有爹娘兄長在身邊的時候，可以任性，可以胡鬧，但是不能把人心給冷了，一家人，沒有什麼話是不能說的，不說怎麼能知道誰做錯了事，誰又默默付出了多少。」馮昭往後退了一步，忽然規規矩矩地行了一個禮。「三哥，我有好多話想跟三哥你說。」

他突然這麼鄭重，馮澈有一瞬的愣怔，旋即笑了起來。「好。」

馮澈想了想，又道：「叫姨娘幫忙備上禮，三哥得去謝謝你說的那位雲姊。」

一提雲姊，馮昭立馬歡喜地笑了。

這一晚，馮澈書房裡的燈沒有滅過。

梅姨娘幾次讓人送了點心和茶水進屋，也親自喊兄弟倆趕緊回房休息，那燭光還是亮了一整晚，兄弟倆促膝長談了什麼內容，誰也不知道。

第二天用過午膳，裝滿了各式謝禮的馬車就載著兄弟倆出了城門。

城外的路顛顛簸簸，馬車行了小半個時辰，終於進了一個村子。村民見了陌生的馬車有些好奇，村子裡調皮的小孩更是跟在馬車後頭打鬧。

馮澈就坐在車裡，聽著馮昭掀開車簾給車夫指路，唇邊微微帶起了淡笑。而後，馮昭像是看到了什麼人，高興地喊了一聲。「雲姊！」

馬車停下，馮澈跟在馮昭身後下了馬車。他抬頭，一眼看到了不遠處被孩子們圍在中間的年輕女子。

她有一雙黑溜溜的眼睛，然而卻沒有神光，只是在聽見馮昭的聲音後，循著聲音傳來的方向綻放出溫柔的微笑。

「阿昭，」她盈盈淺笑，聲音動聽。「阿昭，你帶人來看我們了。」

——全書完

2015年9月出版

# 閨女好辛苦

文創風 333～334

晏家有女初長成……疏洪救災、上陣殺敵——
別人家閨女學的是刺繡女紅、女訓女誡；
她學的卻是禮樂官制、射御書數，
今生不想再當嬌嬌女，她要自立自強！

## 願如樑上燕，歲歲常相見／畫淺眉

晏雉自幼爹不疼、娘不愛，被長嫂虐待卻無人聞問，
為了家族，她被迫嫁給豪門浪蕩子為妻，飽受欺凌。
如今生命即將走到盡頭，她不恨不怨，
只是格外想念家中後院的秋千，想念幼時的燦爛春光……
當她發現自己竟回到記憶中的春日時，滿心失而復得的快樂。
機緣巧合下，她與兄長同時拜入名士門下，
每日學習的不是婦德婦功，而是兵法騎射、治國策論。
不甘心受困閨閣之中，膽大心細的她隨兄長赴任，
搶救災民、懲治貪官，打響了晏家四娘的名頭。
她知道，在外人眼中她離經叛道，
收留逃奴須彌，更與他過從甚密，全然不在意女子名節。
那些耳語她一律拋在腦後，
這一生，她決心只為自己而活！

文創風 895

# 歪打正緣 3 完

國家圖書館出版品預行編目資料

歪打正緣 / 畫淺眉著. --
初版. -- 臺北市 : 狗屋, 2020.10
冊 ; 公分. --（文創風）
ISBN 978-986-509-152-1（第3冊 : 平裝）. --

857.7 109012754

| | |
|---|---|
| 著作者 | 畫淺眉 |
| 編輯 | 黃淑珍　李佩倫 |
| 校對 | 陳依伶 |
| 發行所 | 狗屋出版社有限公司 |
| 地址 | 台北市104中山區龍江路71巷15號1樓 |
| 電話 | 02-2776-5889～0 |
| 發行字號 | 局版台業字845號 |
| 法律顧問 | 蕭雄淋律師 |
| 總經銷 | 知遠文化事業有限公司 |
| 電話 | 02-2664-8800 |
| 初版 | 2020年10月 |
| 國際書碼 | ISBN-13　978-986-509-152-1 |

本著作物由北京晉江原創網絡科技有限公司授權出版

定價260元

狗屋劃撥帳號：19001626

網址：love.doghouse.com.tw　E-mail：love@doghouse.com.tw